中外机智人物故事大观丛书

奇怪的家具

中国汉族劳动者

机智人物故事选

祁连休　冯志华　编选

河北出版传媒集团　河北教育出版社

图书在版编目（CIP）数据

奇怪的家具 ：中国汉族劳动者机智人物故事选 / 祁连休，冯志华编选. -- 石家庄 ：河北教育出版社，2014.6
（中外机智人物故事大观丛书）
ISBN 978-7-5545-1220-3

Ⅰ. ①奇… Ⅱ. ①祁… ②冯… Ⅲ. ①民间故事—作品集—中国 Ⅳ. ①I277.3

中国版本图书馆CIP数据核字（2014）第128293号

书　　名　奇怪的家具
　　　　　——中国汉族劳动者机智人物故事选
作　　者　祁连休　冯志华
策　　划　郝建国
责任编辑　郝建东　张　涛
装帧设计　慈立群
出版发行　河北出版传媒集团
　　　　　河北教育出版社　http://www.hbep.com
　　　　　（石家庄市联盟路705号，050061）
印　　制　山东临沂新华印刷物流集团有限责任公司
开　　本　787mm×1092mm　1/16
印　　张　19
字　　数　281千字
版　　次　2014年7月第1版
印　　次　2014年7月第1次印刷
书　　号　ISBN 978-7-5545-1220-3
定　　价　38.00元

前　言

机智人物故事是世界各国民间故事中一个颇为引人注目的门类。这一门类的民间故事，是由一个特定的富有智慧的故事主人公贯穿起来的故事群的总称。这些故事群的主人公，有的有生活原型，有的并无生活原型，而是出自艺术虚构；有的属于劳动者型，包括奴隶型、农奴型、农夫型、村姑型、牧民型、渔民型、雇工型、仆役型、工匠型、矿工型、游民型等，有的属于非劳动者型，包括官吏型、文人型、才媛型、讼师型、艺人型、衙役型等。无论属于何种类型，这些故事群的主人公都机捷多谋，诙谐善谑，敢于傲视权贵，常以机智的手段调侃、播弄、惩治邪恶势力，扶危济困，并且嘲讽各种愚昧落后的现象，为民众津津乐道。这一类人物形象，往往在一个地区、一个民族、一个国家广为人知，成为民众心目中“智慧的化身”；有的甚至在全球传播，被誉为民间文学中的“世界的形象”。各国各民族的机智人物故事，尽管内容比较庞杂，瑕瑜并存，但大多数作品是积极的、健康的。它们大都以写实手法再现社会生活，富有喜剧色彩，蕴含着人民群众的幽默感，洋溢着笑的乐趣，具有一定的社会意义和美学价值。

中国的机智人物故事源远流长，蕴藏极其丰富。早在两千多年前的春秋时期，就出现过晏子这样的著名机智人物。晏子的趣闻逸事，至今仍然让人感到饶有兴味。此后的各个时期，也有不少机智人物故事流传。到了现当代，中国的机智人物故事更是层出不穷，迄今已在汉族和四十多个少数民族中发现了九百五六十个机智人物故事群。这些机智人物故事群，少则十数篇、数十篇，多则一二百篇、三四百篇，其中不乏影响较大的故事主人公，不乏精彩的、耐人寻味的篇什。从历史渊源的久远，从作品的数量和质量，从故事主人公艺术形象及其广泛的代表性诸方面来考察和衡量，中国的机智人物故事在世界范围内是不多见的。

除了中国以外，机智人物故事在亚洲、欧洲、非洲、美洲等地亦有流传。就地区而言，以亚洲较为突出；就国家而言，以土耳其、伊朗、阿富汗、印度、印度尼西亚、泰国、哈萨克斯坦、蒙古、日本、朝鲜、德国、保加利亚、罗马尼亚较为突出；就机智人物形象而言，以阿拉伯的朱哈、阿布·纳瓦斯，土耳其、伊朗、阿富汗和中亚细亚的霍加·纳斯列丁（毛拉·纳斯尔丁、纳斯尔丁·阿凡提），印度的比尔巴，印度尼西亚的卡巴延，泰国的西特诺猜，哈萨克斯坦的阿尔达尔·科塞，蒙古的巴岱、日本的吉四六，朝鲜的金先达，德国的厄伦史皮格尔，保加利亚的希特尔·彼得，罗马尼亚的帕卡拉等较为突出。

我们编选的“中外机智人物故事大观丛书”，旨在全面介绍世界各国的机智人物故事，借以引起读者对这一类民间故事的兴趣。此套丛书共有十册：《捉弄和珅——中国古代机智人物故事选》《奇怪的家具——中国汉族劳动者机智人物故事选》《智斗太守——中国汉族文人机智人物故事选》《反穿朝服见皇上——中国汉族官宦、讼师机智人物故事选》《国王有四条腿——中国西北少数民族机智人物故事选》《佛爷偷糌粑——中国东北、西南少数民族机智人物故事选》《巧审“大善人”——中国云贵川少数民族机智人物故事选》《教国王的黄牛诵经——中近东、北非机智人物故事选》《巧断珍宝失窃案——亚洲机智人物故事选》《教皇中计——欧洲、美洲机智人物故事选》。本书即其中的一册。

倘若读者通过本书，通过这一套“中外机智人物故事大观丛书”，能够增进对于古今中外机智人物故事的了解，并且从中获得艺术欣赏的乐趣，我们将感到无比欣慰。

编　者

2012 年冬于北京

目　录

十麻子的故事 / 1
谈牛价 / 1
演状元 / 2
喊礼 / 2
三槐的故事 / 4
有钱大人三十岁 / 4
抬轿上岳州 / 5
大三的故事 / 7
碰了鬼 / 7
照吩咐办的 / 8
针锋相对 / 8
先前讲的话作废 / 8
马坦的故事 / 10
老爷赔雨伞 / 10
五十大板 / 12
负荆结义 / 13
买猪 / 15
马判官 / 17
买缸 / 19
巧退婚 / 20
王老二的故事 / 22
换谷种 / 22
摘桃子 / 23
打赌 / 23
守桃子 / 24
吃“而已”/ 24
智斗万全店 / 26
双倌的故事 / 27
不打自招 / 27
诬告不成反受罚 / 28
巧断奇案 / 29
计斗群盗 / 31
石泉的故事 / 33
七棱八角的石头 / 33
这顿饭省了吧 / 34
犁地 / 35
申红脸的故事 / 37
写对联 / 37
一餐能吃二十担 / 38
天狗吃月 / 39
肚子里也有腥气 / 40

吉高的故事 / 42
换钱袋 / 42
吊孝解众难 / 43
吉高堆草垛——找（早）不到（倒）/ 44
小鱼的命生得苦 / 45
挑实担 / 46
吉高踏水车——光打虚号子 / 47
吉二爹的故事 / 48
割山 / 48
考灵姑 / 49
做媒 / 50
西晚的故事 / 52
量地尺 / 52
狗报讯 / 53
夜尿长 / 53
毕矮的故事 / 55
打城隍 / 55
智斗县官 / 57
奇怪 / 60
巧计除恶棍 / 63
十九层地狱 / 66
送还金耳环 / 67
找烟钿 / 68
买眼药水 / 70
至聪木匠的故事 / 72
大半天吃餐饭 / 72
巧解装犁术 / 72
赚松活钱 / 73
汆谷讲故事 / 73
立卖山契 / 74
刘狗的故事 / 75
筷子打架 / 75
鸭笼逗笑 / 76
酸桃惹馋 / 77
关朝的故事 / 80
媳妇和女儿 / 80
讲故事 / 81
骑马 / 82
“招婿”上门 / 83
一坛银子 / 84
计平圣旨牌案 / 86
杜老幺的故事 / 88
两个字 / 88
顺藤牵宝 / 90
一难“顺风旗”/ 95
二难“顺风旗”/ 97
三难“顺风旗”/ 100
夜饭对 / 103
剔牙 / 104
赔窑货 / 105
尽量不尽壶 / 106
写挽联 / 106
吴癞子的故事 / 108
打鼎锅 / 108
装死人 / 109

何三麻子的故事 / 111
“看鱼” / 111
“我是关云长” / 112
就只长了一张猪嘴巴 / 113
有幸不需媒 / 114
拿杆秤来 / 114
宋丑子的故事 / 116
舁轿 / 116
看门 / 117
房“哭” / 118
只捣一次鬼 / 119
放蛇斗官府 / 121
张十伢的故事 / 123
牵牛 / 123
挖茶蔸 / 124
看货把钱 / 125
十伢题诗 / 125
卖灵屋 / 126
狗吃的 / 126
堂上作证 / 127
一计镇三邪 / 128
张代刀的故事 / 130
吃“瘟神” / 130
难上加难 / 131
又打又罚 / 132
陆游人的故事 / 134
不破规矩 / 134
踩了土坯 / 135
“不像你们爹多” / 136
整治拳客 / 137
烂泥里捏刺 / 138
阿生的故事 / 140
财主迎亲 / 140
更换对联 / 142
明聪的故事 / 143
买辈分 / 143
痛快年 / 144
买缸 / 145
赶集 / 146
一字笑的“智壶” / 147
杀贼 / 148
罗兰娇的故事 / 150
出嫁路上 / 150
话把把儿和银根根儿 / 151
儿不嫌母丑 / 151
智斗县太爷 / 152
罗竹林的故事 / 153
还是“道光”好 / 153
“食儿”最差劲 / 154
漆变金 / 154
戏县官 / 155
走到哪里随哪里 / 156
扫帚把儿 / 157
还愿 / 157
念四胡子的故事 / 159
捉弄管账先生 / 159

不义之财多敲点才煞客 / 160
医针屁股 / 162
“我死了” / 163
计换金罗汉 / 164
关帝庙题诗 / 166
恭喜发财 / 167
周俊的故事 / 169
施计揍财主 / 169
七个铜钿 / 171
草绳捆田 / 173
姚老石的故事 / 175
打醮 / 175
张天师收鬼 / 176
贱三爷的故事 / 178
抢金柜 / 178
三坛礼品 / 179
十坛金银 / 180
香火路 / 181
一斗米和一把米 / 181
翻跟头 / 182
巧化缘 / 183
银子和马 / 186
智平械斗 / 187
养老 / 191
你是贱三爷吗 / 193
水晶盒 / 193
炸鬼 / 195
桂鸦鹊的故事 / 197
脾气 / 197
吃粥 / 198
细爹的白头发 / 198
徐荀三的故事 / 200
娶亲 / 200
计惩伍阎王 / 202
智辱县官 / 204
写座幛 / 205
理发 / 206
挖耳 / 207
三整差役 / 207
三戏孟老板 / 209
出门时时好 / 211
办丧事 / 212
徐家三爹的故事 / 213
楼板换劈柴 / 213
奇怪的家具 / 214
智擒金拐子 / 215
颠掉黑鱼脑壳 / 218
半头“鲁”的故事 / 220
高鹞子的故事 / 221
栽稗免租粮 / 221
智惩相师 / 222
你有七算我有八算 / 224
萧德儿故事 / 227
卖跳蚤药 / 227
巧戏贾三爷 / 228

数节气 / 229
盛老九的故事 / 231
巧整“鬼不缠”/ 231
智斗把头 / 232
谎张三的故事 / 235
吃米粑 / 235
炒豆喂鸡 / 236
“抢劫”/ 237
挑盐 / 240
大罐装进小罐里 / 240
做贼偷贼 / 241
池塘着火 / 243
“己所不欲，勿施于人”/ 243
款待亲家 / 244
打赌输女 / 245
扯谎架子 / 247
韩老大和五娘子的故事 / 250
宴请财主 / 250
宝塔诗 / 251
治无赖 / 253
夫妻定妙计 / 254
一刀之罪 / 257
董叫的故事 / 260
只有大人敢说 / 260
八个人抬 / 261
改对子 / 261
茶钱归谁开 / 262
烙手 / 263
走“红火大运”/ 264
帮县官 / 265
傅三倌儿的故事 / 268
提小掠 / 268
买棺材 / 270
红包袱换白包袱 / 271
游伯佬的故事 / 272
款待差役 / 272
打官司 / 273
还治其人 / 274
双龙抢宝 / 275
赚开城门 / 276
智捉群贼 / 276
巧分七羊 / 277
治泼妇 / 278
谈棋换面 / 279
“用得一世”/ 279
解士美的故事 / 281
戏要能不尽 / 281
借手巧砸百把壶 / 282
奇事与巧联 / 284
卖韭菜 / 285
糖葫芦的故事 / 288
一盆油 / 288
糯米贵的故事 / 292
糯米贵试工 / 292
豆豉泡茶 / 293
天下第一味 / 293
做名贵菜 / 294

十麻子的故事

（汉族）

十麻子是一个劳动者型机智人物。其原型龚岳山，新化县天子山人，以打长工为生。他播弄县官，嘲讽乡绅、财主佬，帮助穷哥们的各种趣事，在湖南新化、新邵、怀化、溆浦等地广为流传。

谈　牛　价

衡阳府来了一个官商来买牛。这官商又矮又胖，头发油光发亮，眼睛血红，架着二郎腿，斜靠在椅子上，口里又嗑瓜子又抽烟，打着官腔问十麻子：“你们这贫地的牛要几多银子一头？咹!”

十麻子见他这副架子实在恶心，但沉住气不紧不慢地说：“我们这里的牛分几个等级，如果是外形美观，又会拉犁拉车的，每头五两银子；如果长得高瘦，不会拉犁拉车的，每头只一二两银子；如果又矮又肥，毛发油亮，不会拉犁拉车，只会吃东西的外地跑来的野牛，什么用处都冇得的红眼睛、冇尾巴，一文不值!”

官商一听，脸上麻辣火烧的，只好红着脸往别处走。

曾同林　李丽萍搜集整理

演 状 元

县官爱财如命，十麻子给他编了一出戏，开演那天县官去看，一看演的是自己，没看完就回到县衙，把演县官的十麻子传来审问。

十麻子故意戴着状元帽，穿着状元服，大摇大摆来到县官面前。

“无礼的十麻子，见了我怎么不磕头?”县官怒吼起来。

“我是状元，你是小小的七品县官，为何要我磕头?”十麻子指指衣帽说。

“你在演戏，分明是假的!”

“你既然知道是假的，为什么要传审我?”

县官张口结舌，只好眼鼓鼓地看着十麻子大摇大摆地走了出去。

曾同林搜集整理

喊 礼

十麻子干过卖沙罐的生意，走村串户叫卖，练出了一副好嗓子。有一天，杨财主做喜事，叫他充当司仪。十麻子说：“我从没喊过礼，不晓得怎么喊。”

财主说：“我只借你的好嗓子，我叫一句你就跟着喊一句就行。”

仪式开始，财主叫：“升炮!”

十麻子扯开喉咙喊：“升——炮!”

“就位。”

“就——位!”

十麻子嗓音真洪亮，像钟一样响。财主不由得小声夸奖了一句：“喊得好，真不错!”

十麻子也来一句：“喊——得——好！真——不——错!”众人听了哄堂

大笑。财主拉拉十麻子的衣角，说：“完了!”

十麻子跟着喊：“完——了!”

财主又急又气，顿足骂道：“碰了鬼，还喊什么?”

“碰——了——鬼……”

财主一把拖过十麻子，气冲冲地责问他：“我做喜事，你尽搞什么鬼!”

十麻子笑嘻嘻地说：“老爷，是你说的，你叫一句，我就跟着喊一句呀!”

李耀　曾同林搜集整理

三槐的故事

（汉族）

三槐是一位劳动者型机智人物。他的故事，大多写他当长工时与东家斗智的事迹，充满泥土气息，至今仍在临湘一带流布。

有钱大人三十岁

有一年，三槐想要财主东家加点工价，上工刚半个月，他就借口与东家说："我的表兄有个朋友在湖北，他的朋友对他说，那边有个冒年纪的寡妇答应出高价请长工。其实他请长工是假，想借请长工选择上门郎是真，听了这个消息我想去试试，怕的是你老人家发脾气，说我瞧不起你老人家，别人出得起钱，你还出不起钱，所以今日特向你说明此事。古话说：'泥鳅只选泡泥巴拱。'我就是选不上上门郎，钱还是可以多赚几个的。"三槐平时很少说白，财主听了信以为真，心想：倘若三槐一走，一下子又到何处请人呢！于是，便劝他："俗语说，在家千日好，出外事事难，况且你又穷，人家寡妇是个有钱人，会看你不来的。古语说得好，有钱大人三十岁，无钱不值半毫分。还是到我家去做吧。"三槐问他能加多少钱，财主答应加他五吊钱。

过了几天，财主要三槐去喊他的女儿兰英吃饭。按礼三槐应该喊小姐，可他喊的是："兰英娭毑吃饭。"兰英听了，气得抹着眼泪跑到屋里告诉财主，财主一听大发脾气，臭骂三槐："真是该死的家伙！"三槐听着回答说："你老不是教训我说'有钱大人三十岁呦'，小姐今年十三岁再加三十岁，正好四十三岁哒，你太太今年还只四十二岁，人家都称她娭毑，小姐四十三岁哒，难道不应该称娭毑呦！"财主听了只好干气。

抬轿上岳州

从前，宋洞村里有一个狡猾贪财的财主，人称"三爹"。他家里请了三个长工，其中一个就是三槐。有一年到了腊月二十三，三爹还想到岳州去买点好东西过年，便与老婆商量。老婆说："下咯样大的雪，你何哩去得。"三爹说："我披上风衣，坐上轿子，大概不会蛮冷的。"老婆又说："咯样冷的天，就怕长工们不肯去呀！再说，明日又是腊月二十四，自古道：长工短工，腊月二十四了工。"三爹说："长工是鸭子脚板不怕冷。再说迟两天下工的事，我跟他们说几句好话，奉承他们一下，他们是会去的。"他们俩公婆的议论，碰巧被三槐听见了，三槐当时就着了急，连忙把三个伙计叫来商量说："刚才我听到三爹明日要去岳州打年货，要我们抬轿。到岳州一百多里路，天冷路滑，三爹又重，他是不肯走一脚路的，我们抬去抬来，这个苦差，我们何哩吃得消啊！"这两个长工说："这何哩搞呢？"三槐说："我们得想个良计，既要使三爹去不成，又要使他不怪我们不肯去。"两个伙计说，"要都是要得，只是这个良计就要靠你想了。"三槐想了一想说："明天三爹要去岳州，今天夜里他一定要向我们打招呼的，不打招呼，明天二十四日我们下工走了，他就去不成了。如果他提起去岳州，你们两个，就一口同音答应，并说我们正想去岳州看看热闹。到了明天，你俩看我的眼色行事就行了。"

当夜，三爹果然来找他们了，并且花言巧语地说："本来明天应该让你们下工，只是，我明天要到岳州有点紧要事，而且非去不可，不然就要误大事。我也晓得，一年来你三人的确为我家吃得有亏。有道是，一个人情做到头，因此，想再留你们两天，帮忙送我去岳州打一转，工钱嘛，我也会晓得的。你们看如何?”三人齐声答应说:“好,既然三爹这么看得起我们,莫讲送你去岳州,就是上刀山下火海,只要三爹敢去,我们也是愿意同去的。再说,我们也想去岳州看看。”

腊月二十四,按习惯是过“小年”,一清早,家家户户放鞭炮接年,可他们三个长工一天亮就要准备去岳州。人家欢欢喜喜过年,他们还要冒着风雪,草鞋赤脚抬财主上岳州,心里好不难受。

吃了早饭,他们便抬三爹上路了。三槐说:“今天天气不好,三爹年纪大了,弟兄们要把脚步放稳些,吃点亏,不要跌伤了三爹,我们都将棉衣脱掉,抬轿就放势些。”另外两个长工听了三槐的话,满口答应,抬的抬轿,挑的挑担,一鼓作劲往岳州走去。

走了不上半里路,到了一块冬水田边,转了一个急弯,三槐一看,机会来了,正好下手。他们三人早定有哑谜暗语,只听三槐喊了一声“走好呀”,就你一推我一拉,连人带轿往冬水田里一倒,把三爹一个倒栽葱翻在雪水稀泥巴里。他们三人也不管三爹,一鼓作劲争得脸红颈根粗,我怪你,你怪我,你骂我,我骂你,还吵得打起架来了。再说三爹,跌在冬水田里,冷得要死,但见他们真的打起架来,又不好发气,只得连声高喊:“我的活爷吔,你们不要打了,快把我抬回去,岳州我不去了。”三槐却说:“三爹莫急,我硬要他们再好点抬着送你去岳州。”三爹忙说:“不,不能去了,快快抬我回去,再等一会儿,我硬要冻死去呀!”

这样,两天的苦差,半个时辰就了结了。

以上两则方启禹讲述

何岳军　高林保搜集整理

大三的故事

（汉族）

大三，又称大三爷，是一位劳动者型机智人物。其人系湖南汨罗县桃林人氏，靠做长工为生。他的故事描述他与东家作对，替穷人打抱不平的各种趣事。作品大都情节简单，短小有味，至今仍在汨罗、岳阳等地流传。

碰　了　鬼

一天早晨，大三很早就来到地里干活。老板心想，大三去得倒是早，不知干活卖力不卖力。于是悄悄来到一片树丛后面，偷看大三干活。谁知大三早就发现他了，便故意踮起脚尖向老板望去。老板怕大三发现自己，连忙蹲下。大三见他蹲下来了，便也跟着蹲下来。过了一会儿，老板见地里没动静了，又站起来一望。大三立即跟着站起来一望，老板又赶紧蹲了下去。就这样，老板望，他也望；老板蹲下，他也蹲下。

待老板回家后，大三随即也回来了。老板问他：“你怎么不干活，朝屋里跑?”大三说：“今天硬是碰了鬼，我蹲下来，鬼站起来，我站起来，鬼又蹲下去，吓得我只好回来。”

老板真是哑子吃苦瓜，有苦说不出。

吴首啸搜集整理

照吩咐办的

老板金角家第二天要请客，安排大三去砍肉。他生怕大三忘记，便在头一天吃晚饭时交代一次，洗脚时交代一次，睡觉时交代一次，第二天临走时又交代一次，每次都说砍五六斤，千万不要忘记。旧社会肉铺卖肉给财主家兴记账。大三在肉铺给金角家砍了四个五斤肉，四个六斤肉。提回来后，金角见大三提这么多肉，问他是怎么搞的。大三说："我是照你吩咐办的。"

以上二则杨玉虎搜集整理

针锋相对

东家在辞退大三那天，当着许多乡绅的面挖苦大三，说："你，神①是有这么神，穷也是有这么穷，不是这么穷，哪里有这么神。"

大三毫不示弱，当着那些人的面对东家说："你，发是有这么发，刮也是有这么刮，不是这么刮，哪里有这么发！"

东家听后顿时张口结舌，狼狈不堪。

杨若林讲述　黄奠中搜集整理

先前讲的话作废

大三儿小女多，家里十分困难，不免经常要找老板借东借西，比如钱、谷、种子，等等。找的次数多了，老板就不高兴了，说："今后你不要找我借东西好吗？"

---

① 神：方言，调皮的意思。

大三说："可以，只是你也别找我借东西。"

老板听了，连着打了三个哈哈，心想：我有什么事情要找你这个穷鬼帮忙啰。忙说："放一百二十个心，我保证不找你借东西。"

一次老板出门，要大三陪着一道去。老板只图如何方便，什么也没带，一双空手撩着。大三是个精细人。俗话说：晴带雨伞，饱带干粮。一说出远门，大三便把一把雨伞先带在身上。

上路后，头天天气还好，第二天也还不错，到了第三天早上便下起大雨来了。老板急了，对大三说："来，我们一块打吧。"大三不肯，说："你不是说了吗，保证不找我借东西。"

老板讲不起硬话了，连忙宣布："先前我讲的话作废。"

段秀莲讲述　周志民搜集整理

马坦的故事

（汉族）

马坦，一作马坦鼻，是一位劳动者型机智人物。他的性格诙谐，机智有为，经常浪迹于劳苦大众之中，往返于集市村坊之间，扶弱抑强，捉弄官吏、豪绅。他的故事在浙江东阳以至邻县广为流布，为民众喜闻乐道。早在20世纪40年代就曾出版过卢嘉木编的《马坦鼻的故事》。

老爷赔雨伞

马坦虽然一年忙到头，年年如此，可家境一直不很好。一把雨伞用了好几年，还舍不得买把新的。这天，他挟着旧雨伞进城赶市去。来到南午岭头，老天不作美，刮起了风，下起了雨。马坦刚把旧雨伞打开，“呼”地一阵风，“嘶”的一声，旧雨伞撕开了。雨水从伞的破缝里滴到他的头上、脸上，他抹着脸上的雨水，心里很是懊恼。

说也凑巧，这时，东阳城里的县太爷，坐着轿子，一班衙役举着“肃静”“回避”的牌子，敲着响锣，前呼后拥地从南午岭脚上来回城去。马坦避在一边，看县太爷坐在轿里，不怕风吹雨淋，舒舒服服，好不威风。他猛然生起一计：老天吹破了我的雨伞，我倒要叫老爷赔一把。他想停当，随即跟在老爷后头一路进城而来。

老爷进了衙门，马坦把破伞放在衙门口的墙脚跟，就去逛大街了。

马坦逛了东街又逛西街，从西街又逛到南街，估计放着的雨伞会被贪小的拿走了，才踅回衙门口。一看，果然如此，这一下他可乐啦。

衙门里，正在给老爷接风。忽听县堂擂起了鼓，肥得像猪一样的老爷，赶忙从里衙出来，手还不停地抹着油光光的嘴，酒兴正浓哩。老爷升了堂，拿起惊堂木狠狠一拍："谁个刁民，有甚大事要擂鼓？"

马坦连忙跪下，将雨伞被偷一事诉说一遍，要求追捕。

老爷一听，勃然大怒，吼道："混蛋！滚，滚，滚！我以为有甚重大案件要审判，这种鸡毛蒜皮的事，你给我滚！"骂着就要退堂。马坦忙上前拦住道，"老爷，我要问你，你是什么命官？"

老爷眨了眨眼道："我是东阳父母官。"

"好！"马坦接着说，"既是父母官，就得为东阳百姓做主。如今小偷偷到你衙门口来了，你还不肯追查，那么东阳六十八个都份的百姓财物你还会给他们做主？今天，你要不秉公追查，我就到金华府太爷处告你的状，金华府太爷是我的表娘舅的表娘舅，看你乌纱帽戴得牢勿？"

老爷哪知这个告状的瘦个子，面不惊人貌不出众，竟会有这么一手。正当老爷一筹莫展时，站在一旁的书办，夹了夹眼，向老爷连使眼色，示意赔他一把伞。

"好吧！算我这个父母官倒霉，我赔你。"说着，老爷让衙役买来一把新雨伞交给马坦，就喝令退了堂。

马坦撑起老爷赔的雨伞，从东街走到西街，又从西街走到南街，边走边说："看，这是老爷赔给我的新雨伞哪！"

城里人一下子把老爷赔新雨伞的事传开了。县太爷听了，又气又恼，真下不了台。

张卫乔　吴恭祥搜集整理

五十大板

马家村的财主马家泰，为人奸诈凶狠，横行四乡，乡亲们吃过他不少的苦。这次，他竟把恶主意打到马坦头上来了。

一天，听说县官老爷路过马家村，马家泰便趁机想告马坦一状，以便把看中已久的三间平房捞过来，做自己的赌场。

“伙计，去把马坦叫来，就说我请他。”

马坦来了。马家泰脸堆笑容，说：“哟！坦弟，好久不见了，请坐，请坐！”

马坦漫不经意地一笑，落落大方地在一旁坐下。“坦弟，人们都说你的能耐不小，我看不见得吧！到现在还光棍一条，说明什么？我与你是同宗兄弟，关心你，……不过今天我是要领教领教你的能耐。听说你拳脚也有两下，我倒要跟你比试比试，怎么样？”

马坦一时摸不清他葫芦里卖的是什么药。他看看自己结实的身板，瞧瞧马家泰胖乎乎的身子，反问道：“打？你行吗？”

“行！行！而且是我让你先打。”

“让我先打，在理吗？”

“武坛讲功底，什么理不理，你打吧！”

“不，马坦我从不平白无故打人。这个打法更应该有个由头。”

马家泰眼看马坦不会轻易上钩，就进而用激将法：“这个缘由嘛，我说了，就怕你会变孱头。”

“你尽管说，弄清了缘由，我就痛快了。”马坦拍着胸脯说。

“好！坦弟果然是个痛快人。是这样，今天县官老爷要经过这里，我想和你演场儿子打老子的戏，然后去见官，一看你敢不敢，二看县官判不判。”

“噢！你想让我吃官司。”马坦恍然大悟，“我何不将计就计，教训教训这个马家不肖子孙。”马坦打定主意，想好对策，整整身板舒了口气，开腔了，“好！你把脸靠过来。”

马坦扬起蒲扇般大的手掌，左右开弓，狠狠打了马家泰七八个耳光，打得他眼冒金星，鼻流鲜血，嘴唇都厚起来了。马家泰想不到在他这样的族兄和势利人面前马坦竟会假戏真做，落手凶狠，一时间，火性也上来了：“走，马坦，见官去!”

县官老爷在马家村祠堂开堂审案。

“青天老爷在上，小人被逆子打得血流满面，天地难容，望老爷能替小民做主。”马家泰告发道。

儿子打老子，这还得了，县官喝道：“来人，把这逆子拉下去打三十大板!”

马坦见状，连喊冤枉：“老爷，小民实在冤枉，但不敢明说，万请老爷借我一支笔，小民写给老爷看。”

马坦接过笔，在手掌上写了几个字，伸给老爷。县官老爷不看犹可，一看顿时暴跳如雷，叫左右把马家泰按倒在地，狠狠打了五十大板。打毕就退堂。

真是偷鸡不着蚀把米，马家泰一瘸一拐地走出祠堂，忍气吞声，问马坦：“马坦，你到底在老爷面前耍了什么花招?”

马坦笑呵呵地把手伸过去，原来他在手掌上写了“父是爬灰的”五个字。

进明　陈鹿鸣搜集整理

负荆结义

马坦的名气渐渐地大起来，连义乌的牛坦也听到了。牛坦想，耳听为虚，眼见为实，我就不信马坦有这么大的能耐，倘有机会，我要和他较量较量才好。

有一天，牛坦带着妻儿到东阳姑母家探亲。走了好一阵儿，来到西门外，在七里寺的凉亭里休息一会儿。亭内坐满去东阳城里赶集的人，人们正谈论着马坦的故事。说来也巧，牛坦前脚走进凉亭，马坦后脚也赶到了。牛坦和他的老婆找个空位坐下来歇口气。马坦拿出旱烟筒，装上旱烟，就在牛坦夫妇的对面，找个位置挤下，大口大口地吸着烟。

此时，凉亭里的人们谈论马坦更热火了。马坦听了，心里很是不安。可牛坦实在听不下去了。他站起来，卷了一下衣袖，扫视了一眼说："别吹牛了，马坦在你们东阳可能算得上一条好汉，但到义乌，在我牛坦面前，说不定……"说完，他用左手的拇指和食指托住下巴，"嘿嘿"干笑了几声，接着又补充了一句："不是吹牛，马坦非跪在我牛坦面前求饶不可。"

众人一听是义乌的牛坦，知道也是一个有本领的人，都回过头来看他。牛坦理了理衣服，悠然自得地坐在老婆身旁。此时，他老婆正解开衣襟给孩子喂奶，白胖胖的左乳房下有一颗豆大的黑痣。这一些，全给坐在对面的马坦听到和看到了。马坦心里想：早就想结识牛坦，今日正是个好机会。不打不相识，他如此傲慢，我不给他一点厉害，岂能结交！他一声不吭地吸完一筒烟，谋算好了主意。看见牛坦夫妇向东阳城走去，他也随后跟了来。

到了东阳县衙门前，马坦一把拉住牛坦夫妇击鼓喊冤。县太爷急忙升堂，传马坦牛坦等进去。公堂上，马坦跪着对县太爷哭诉道，"小民马坦，东阳人氏，只因家贫，民妻外出义乌为佣，不想被义乌牛坦勾引，强霸为妻。牛坦是义乌一霸，一贯仗势欺人。今日他与妻儿到东阳，小民与他说理，遭他一顿拳脚。无奈，小民只得喊冤，求老爷给我做主，断还民妻，不胜感恩。"

县太爷一听，发怒道："岂有此理！牛坦，你强霸有夫之妇，知罪吗？"

牛坦早被马坦喊冤声弄蒙了，一听马坦诬他抢老婆，真是又恼又气又恨，但在公堂之上，只得哀声说："告老爷，这是从何说起，老婆是我的，怎么说是强霸？"

"马坦，你可有证据？"老爷问。

"老爷，我马坦的老婆是有记号的。老爷可问问牛坦，他的老婆可有什么凭证。"马坦说。

县太爷问："牛坦，你可有证据？"

“老爷，女人都是一样的，有什么证据？不信你问我的老婆好了，哪个老婆不知谁是她的丈夫？”牛坦回答。

“老爷，牛坦霸占我老婆快两年了，而且生了孩子，如今怎么敢承认她是我的老婆呢？望老爷明察。”

“那么，你老婆有什么记号呢？马坦！”县官问。

“我老婆左乳房下有颗豆大的黑痣，请老爷验明。”

县官叫差役押着牛坦老婆到厢房里查验，果然不错。于是县官马上断案：牛坦强占民妻，罚打二十板，马坦收回原妻。

牛坦输了老婆挨了打，一肚子火气。心里嘀咕，马坦果然厉害，我非报此仇不可。牛坦出了衙门，只见马坦领着哭哭啼啼的牛坦老婆在街头站着。未等牛坦开口，马坦就向牛坦作揖施礼：“牛大哥，小弟与你作嬉，是想结识你。今日冒犯大哥，万请恕罪。”

“你想霸占我的老婆吗？”牛坦压住怒火问。

“不敢，不敢！小弟在此，就是等候大哥来领回尊嫂，小弟并无这等妄想。”马坦连连打拱，“东阳义乌交往甚多，小弟久慕大哥之名，只是无缘相见，今日相见，三生有幸。小弟以后生涯，还望大哥指点帮助。”

牛坦听了，火气消了一大半。他一见马坦本领高强，为人爽直，就道：“今日之事都怪我在凉亭夸下海口，切望马坦兄见谅。”

两人负荆结义，互称兄弟。站在一旁的牛大嫂见此情景不觉破涕为笑。

自此以后，牛坦与马坦你来我往，感情弥深。牛坦与马坦的“负荆结义”也被传为美谈。

明进　张卫乔搜集整理

买　猪

这天是李宅市日，赶集的人群中有个身材稍瘦、肩背褡裢、头戴笠帽的中年汉子。这人走到猪市场的一棵大枫树下歇起气来。猪市场里有个生性忠厚、说不来话的老汉，在那里卖猪。他笼子里的五只仔猪，毛短，欠壮胖，是豆料不足的缘故。但在行的人一看就知道是好仔猪。

不到一袋烟功夫，有一个中年女人走了过来，要买老汉的猪。这女人一身有钱人的打扮，说话挺神气。她一看老汉人忠厚，就想弄点便宜去。

"这种蹩脚猪卖多少一斤?"女人问。

"十……十五个……铜板一斤。"老汉结结巴巴地回答，显然他是被她的气派吓住了。

"价贵！九个铜板一斤我给你买两只。"那女人说着便卷起袖子到猪笼里去抓。

这时，站在枫树下歇气的瘦个子走了过来。

"嗨，老人家，十五个铜板一斤我要，五只全要。"瘦个子说着卷起袖子也伸手去抓猪。

"你这是干什么？人家价格做到九个铜板一斤，你为什么偏要十五个铜板一斤!"那女人眼看到手的便宜货，将被人抢走，急得就像麻雀那样快嘴尖舌地叫起来。

"十五个铜板一斤嫌贵?"瘦子站起来，侧着身，俯到那女人耳边低声说："你不看今日仔猪行情，那边仔猪已涨到二十个铜板一斤了呢？而且猪色也没有这么好。"说着又俯身抓起猪来。

那女人不听倒可，一听也慌了，生怕十五个铜板一斤也买不到，连忙往笼子里抓去两只。

这时站在一旁买猪的人，听说仔猪涨到二十个铜板一斤，就一哄而上，七手八脚地夺起猪来。老汉的五只猪一下子就卖光了。可这个瘦子，抓来抓去依然没抓着猪。

老汉把猪卖完了，心里想，今日卖猪亏得这个要买猪反买不到猪的人帮忙。于是想请他一起去喝点酒。瘦个子哪里肯去呢！老汉横拉竖拖，没有法子，只好向他讨个姓名。瘦子笑呵呵地摘下头上的笠帽，指指上边写着的字说："这就是。"

"啊！你，你就是马坦呀！是能人，是才子……"老汉说个不停。

从此，马坦帮助老实人卖猪的事就传为了佳话。

张卫乔　吴恭祥搜集整理

马判官

马坦出外流荡了几年，终于回到家乡来啦。到家的当天，堂弟有贵告诉他，村东的道智寺有个老和尚，自称已修成活佛了，能知人天命，定人祸福。常常装神弄鬼，诈骗钱财。早年马坦在家时，跟这老和尚有过交往，现在听有贵这么一说，就决计当天去见他一见。

马坦来到道智寺，在禅房找到老和尚。老和尚见到马坦，心里疑惑：他到底是来拆庙，还是来烧香？但不管如何，都要想法把他镇住才是。老和尚让座后，便眉飞色舞地吹嘘起来，说自己本是罗汉转世，现已重新修成了罗汉。马坦一直佯装很相信地听着。

忽然，那老和尚“突”地从座上跳起，面西跪下，口中说：“不知佛祖驾到，有失远迎，万望恕罪。”马坦问时，老和尚说今日是王母娘娘的蟠桃会，刚才如来佛赴会路过这里，要他同往，他是在行接驾礼呢。

马坦听后微微一笑，并不搭话。

转眼间，老和尚又一次从座上跳起，弓着身子弯着腰，说：“不知大士光临，有失迎候，务请鉴谅。”完了，不等马坦发问，便抢着说，刚才是观音大士驾临。

马坦听了，还是不搭话。

送走“观音大士”，老和尚正准备坐下，突然又说有几位罗汉来了，急忙朝天空招了招手，说：“诸位先走一步，我马上赶来。”

马坦心里着实好笑，但并不想现在就点穿它，看看老和尚还有什么戏要做。

两人又静坐了一些时候，终于，老和尚不耐烦了，说：“马坦，你到底有什么事相求，请快说出，我还要急着去赶蟠桃会呢!”

马坦见老和尚黔驴技穷，便站起来，走到门口，佯装跟别人说话。声音断断续续地从门外传到老和尚耳朵里："二位来了……已经找到，……请再等一会儿……"

老和尚听得心中生疑，等马坦回屋，便问："你跟谁说话？"

"天机不可泄漏。"马坦神秘地说了一句，便反问道，"你真是活罗汉吗？"

"不信，可问如来佛去。"老和尚说。

"那可能是我们找错了。"马坦说着就站起身来到门外，装着跟谁嘀嘀咕咕地商量，说，"二位请看仔细，别找错了。什么？没错，好！……"

老和尚听得真切，心中大疑，大声对马坦喝道："你想勾结坏人来算计我吗？哼，看你……"

"请别发怒。实话对你说吧，我已不是人，十年前我就死了，阎罗王见我有点本事，就委我当了地府判官。现在，我是奉命来捉拿你的哩，黑、白两位无常已在门口等候多时了。"马坦说得很玄乎。

老和尚不听则罢，一听就汗毛根根倒竖，"砰"的一声跪倒在地，苦苦哀求："马判官，看在同乡脸上救我一救。"说完，便捣蒜般地磕起头来。

马坦装作为难的样子，说："这，这可是救不得的。既然是同乡，总归也得卖点情面。这样吧，给你一天的期限，须办的事赶快办，我明天再来。"说完马坦便走出禅房，装着招呼黑、白二无常的样子，直往佛殿走去。

老和尚一步三叩头地哀求着，紧紧跟将出来，活像那些"硬讨饭"一般。佛殿里有许多善男信女在烧香拜佛，他们见状，好生奇怪，纷纷围拢来观看。

此时，马坦便停下脚步，转身对老和尚说："不是说你是活佛吗？既然是活佛，自然是长生不死的。这回，定是阎罗王一时失误，看错了名字，你还是向如来佛和观音菩萨求求，请他们搭救吧。"

老和尚顿时忘却禅林规矩，捶胸跺脚，放声大哭起来，说："我该死，我该死，我不该欺骗你马判官。我，我这活佛，其实……是假的哇。"

"这哪会是假的呢？我都亲眼看见你跟如来佛他们打招呼了。"马坦说。

“你不知道，那是为了骗骗你哇。”

“啊！是这样吗……那我也跟你说实话吧，我马坦也不是什么判官，刚才，我也是为了骗骗你哇，哈哈哈……”

周耀明搜集整理

买 缸

有两个可恶的小偷，欺花大爷年老无力，青天白日，竟当着他的面，扛走了他家的花鱼缸。花大爷气得跺脚捶胸。马坦看了很是同情，他把旱烟袋卷起，往腰里一别，就替花大爷追大鱼缸去了。

他抄近路来到一个山口，吸着烟坐等小偷。两个小偷气喘吁吁地抬着大鱼缸来了，马坦马上迎上去说：“这缸是卖的？天色不早了，还没有主顾吧？”

“是的。”两个小偷齐声回答。

马坦很高兴地说：“真是来得早不如来得巧，我家老爷新建的花园正要买这样一口大鱼缸，只要漂亮，价钱贵点不要紧。我看这花缸老爷定会中意的。朋友，你们是交红运啰。”

两个小偷也很高兴，忙问抬到哪里。马坦说：“路是远点，但这也是你们的造化，路费加倍。”

“好，好，你领路！”

于是马坦前面走，小偷后面抬。西北岭上，西南岭下，绕来弯去，弯来绕去，足足走了二十里，来到一个翠竹掩映的小村子，天也已黑了。马坦说：“到了，你们在这里等，我去通报老爷。”

两个小偷气喘吁吁，肚也饥了，腿也酸了，放下大鱼缸，一屁股坐在村口的叉路边草地上，等待着发财。

不一会儿，马坦来了，后面是花大爷，还有十几个后生，拿着木棍，提着绳子。两个小偷情知不妙，一拍屁股摸黑就逃。

原来，马坦知道这两个小偷人生地疏，便七绕八弯，把两个小偷带回花大爷村里来了。

胡火木搜集　张卫乔整理

巧退婚

马坦的堂妹马玉兰，心灵手巧，聪明贤惠，是个百里挑一的好姑娘，十八岁那年经媒人撮合，许配给远村的一家富户。

媒人，媒人，两面瞒人。定亲后不久，马玉兰打听到那个男人是个游手好闲的懒汉，哭得死去活来。这事该怎么办？当时的风俗只有男家退婚的理，没有女方退婚的份。提出退婚吧，男家决不肯轻易罢休，事情闹大了，赔上一笔数目不少的礼款不算，还得弄坏自家的名声。难啊！

婶娘和玉兰来跟马坦商量，马坦拍着胸脯说："婶婶，玉兰，你们请放心，这事包给我好了，准让你们满意。"

第二天，马坦急匆匆地赶了半天路，找到那男家。那男人不在，亲家公、亲家母热情地把他迎进门。听说新大舅来，左邻右舍的男女老少都来观看。马坦一个也不打招呼，一屁股坐在交椅上，眼朝着天看，还大声地喝道："看什么？我又没多个鼻子多双眼，有什么好看的！"马坦的这一举动，把众人弄得"哗"的一声笑开了，都说这新大舅是条没有家教、不懂礼节的"牛"。在堂上陪坐的亲家公肚子里也生起三分不高兴。

过了一会儿，亲家母端上两碗鸡蛋汤，马坦、亲家公各一碗。马坦也不推辞，端起自己的一碗狼吞虎咽地倒进肚子去，见亲家公尚未动手，便把另一碗也移到自己面前，三口两口又把它吃掉了。完后又把那两只空碗舔了又舔，连连说道："好吃好吃，我最喜欢吃鸡蛋汤，可惜只两碗，还没吃饱。"围看的左邻右舍一个个捧腹大笑，笑出了眼泪笑弯了腰。亲家公肚里有了七分不高兴。

马坦见了，故意装出满不在乎的样子说："这有什么可笑的，如果我妹妹来，她能一连吃下七碗鸡蛋汤，那你们得笑咽了气。”说罢抹抹嘴巴，跷起二郎腿，咿咿呀呀地唱起粗野的小曲来。众人都笑倒在地了，亲家公肚里已有十分不高兴。

“阿哥是条粗野的牛，妹妹会是识礼人？倒霉倒霉，跟这样的人家结亲，咱们还有脸见人？”等马坦一走，亲家公夫妻俩便嘀咕开了。一嘀咕两嘀咕，便叫来了当初做主的媒人，主动把这门婚事给退掉了。

陶然搜集　周明耀整理

王老二的故事

（汉族）

王老二是一个劳动者型的机智人物。他在故事中有时以长工身份出现，有时以佃农的身份出现。其故事流布于湖北谷城一带。

换 谷 种

这一天，财主拿出一袋粟谷，叫王老二到三十里以外的地方去换种子。王老二掂了一掂，足有五十多斤。扛这么重的谷袋走几十里山路，还要拿干粮，确实有些吃力。不去吧，又不行。只好咬着牙，扛着谷袋出了门，走了三四里路，已经累得满头大汗，腿脚无力了。咋办呢？他看山脚下有几棵大树，树荫很好。他想："干脆到树荫下歇歇再说。"

王老二来到树下，用谷袋做枕头，睡在那里想计策，想着想着竟睡着了。一觉醒来，太阳快要落山了。他坐起来，吃了干粮，又喝了一些泉水，扛起谷袋往回走。

天黑了，王老二才到家。财主问他换到谷种没有，他说："换到了。这谷种叫'靠山倒'。它依得肥，越肥它越长得好。"

这一季，财主真的把谷地里上了很多粪。到秋收的时候，果然多打了很多谷子，财主高兴地说："要不是换的好谷种，今年哪能打这么多粮食！"

摘桃子

那年六月的一天晚上，长工们想吃财主心爱的大桃子。本来伸手就能摘几个，可是财主在稻场里乘凉，不敢摘。咋办呢？王老二和长工们商量了一个办法：王老二去对财主悄悄地说：“东家，今儿晚上，我和老张打赌，他说你郎坐在屋里，他能把你骗出来。我说他没有这大的本事。谁输了谁明天买一壶酒。请您进屋坐着，让他来骗你行不行？”财主听了笑着说：“行。我这就进屋去，看他有多大神通能把我骗出来。”说罢就进屋去了，坐在那里，让老张来骗他。

老张进屋去骗财主，老李就放心地在外面摘桃子。

老张对财主说：“东家，外面来了客人，快出来迎接！”财主摇摇头说：“晚上不会来客人，我不出去。”老张又说：“东家，王老二在稻场里捉了一个大乌龟，请您快出去看！”财主说：“我不相信。”说罢仍然坐着不动。

老张看老李摘罢桃子走了，才笑着认了输。这时候，财主又回到桃树下乘凉，王老二他们高高兴兴地到一边吃桃子去了。

打赌

第二天晚上，王老二和张李二长工在稻场里乘凉谈笑，财主来了，笑着对老张说：“你呀，真是个傻家伙。你和王老二打赌有什么把握？你也不想想，东家我堂堂一个读书之人，岂能由你摆拨？你叫出就出，你叫进就进？这不是笑话吗？连老张这个聪明人也不敢这样说呀，你逞的什么能？”王老二听了笑笑说：“这点本事，我倒有的是，只不过我不在东家面前用罢了。”财主听了心里想：“王老二真太自信了。连我也没放在他眼里。今儿我定借这个机会让他出一出丑。”便说：“王老二！今儿个我俩来打个赌，你若能把我从屋里骗出来，我甘愿割五斤肉，买三壶酒给你们打牙祭，你若输了你说怎么办？”王老二：“我输了东家扣我的工钱。”财主听了更为欢喜，便说：

“一言既出，”王老二说：“驷马难追。”说罢，财主就搬椅子，放在屋中间，正准备坐下，王老二说：“别忙！我今儿要变个样，就是你坐在外面我把你骗进屋来。”财主心想：不管屋里屋外，反正我坐着不动，你总不能把我招进屋去。便说：“行。”他一边说一边把椅子搬到稻场里坐下，叫王老二来骗他。王老二笑着说：“东家！你郎输了。我已把你从屋里骗出来了。”财主仔细一想，才知道自己上了当。后悔已是来不及了，只好红着脸认输。

守 桃 子

财主门前种着十来棵桃树，树上结着又大又红的桃子。东家让王老二和张长工李长工天天晚上睡在桃树下守桃子。三个人就拣熟透的甜桃消夜，挺美气。后来财主看着桃子一天天少了，对长工们有点不放心，便搬了凉床，睡在稻场里，亲自看守。这天晚上，财主刚躺在凉床上，三个长工便围上去缠着要他谈古话儿。财主一想，正好借讲古话教训教训这几个穷骨头，就把那贫是命定，富是天生啊，义仆孝主啊，陈谷子烂芝麻的讲谈到深夜，还不歇嘴。张长工李长工听得乏味得不得了，一个哈欠接一个哈欠，王老二还是一个劲地捧场，说好听，熬得财主说着说着睡着了。王老二把老张老李二人一拉，摘了些甜桃大吃了一顿。才吃罢，他们就悄悄把财主连人带床，一下抬到污水池边。王老二就跟两人一嘀咕，两个长工都笑坏了。又过了一会儿，王老二便大声喊：“有人偷桃子，有人偷桃子!”财主睡得迷迷糊糊，听到喊声，慌忙往床下跳，扑通一声，掉进污水沟里，糊了一身臭水。王老二和老张忙把他拖起来拉到大堰里去洗，老李乘机把他的鞋子和凉床搬回原处。财主洗罢了回来，看看凉床还在老地方。他真不知是怎么掉进污水沟里的。从那以后，财主再也不守桃子了。

吃“而已”

财主虽没有多大学问，却喜欢卖弄。一天，他因有事要出远门，把老婆和他比较相信的长工王老二叫到面前，叮嘱了一番，就要起程。老婆问道，“老爷！你走后，家里每天给长工吃些啥饭菜?”财主摇晃着脑袋说：“家常便饭，萝卜，白菜而已。”说罢便走了。

财主婆左想右想：“萝卜、白菜我都知道，这‘而已’是什么呢?”便去问王老二。王老二说：“‘而已’大概是鸡公吧?”财主婆本舍不得杀鸡，但因是财主的吩咐，只得把鸡子杀给长工们吃了。财主回来听说了这事，就把王老二叫到后院，准备先训后打。

王老二来到后院一看，见财主脸上露出三分杀气，院里又放着大棍。财主婆在一边撅着嘴，知道是吃鸡子的事发作了，也不作声。财主说：“你知道我找你为啥事吗?”王老二故意说：“还不是为了杀‘而已’的事。”财主一听就吼开了，就要动手打人。王老二不慌不忙地说：“叫我说，东家今儿不能打我，还要谢我。为什么呢？原因有四条；第一，东家的学问太深，说出话来我们都不懂。东家娘子问我啥叫‘而已’，我也不知道，我想‘而’就是儿娃，‘已’字活像一只鸡子在那里卧着，就说而已大概是鸡公吧。这样，东家娘子就把个鸡公杀了。常言说得好，‘不知者不为罪’，东家的棍子怎能打无罪之人呢？第二，吃鸡肉的时候，我已对长工们说了：这是东家出门吩咐的，叫东家娘子把鸡子杀了给大家吃，吃了以后好好干活。长工们听了很高兴，都说东家是个好人，你郎今儿为这事打了我，长工们一定会说：‘哎呀！这杀鸡子的事，原来不是东家的本意，是王老二的好心。’这样，岂不是吃东家的肉，领我王老二的情？第三，东家每回出门，都叫我在家管事，长工们都知道我是你相信的人，因此也都不敢不听我的话。你今儿打我，哪个长工还听我的？日后东家再出门谁来给你管事？第四，这鸡子是东家娘子杀的。你今儿打我跟打她一样。长工们一定要笑她堂堂一个东家娘子，连一只鸡子的家也当不了。这样，东家娘子在面子上也过不去呀!”财主婆听了忙插嘴说：“是啊是啊！人家王者二的话，句句在理，你应该好好想想，不能打他!”

财主干瞪两眼，只得作罢。

智斗万全店

离王老二家不远的一个小集镇上，有一家万全店。老板是个有钱有势的人。他做生意，专门苛刻穷人。穷苦人到他那里去买卖东西，说话都要小心。谁若褒贬他的东西不好，或是说他的价钱太大。他马上就要板着脸叫你滚。

这事被王老二知道了。他一心要替人们出口气，就想了个办法。这天他把他附近的十几个木匠邀到一起，对他们说："今年老下连阴雨，你们都没有活儿做，我帮你们想个方法，保险有人出高价来请你们做活儿。"木匠们听了，打心眼里欢喜。问他有啥方法。王老二把办法一讲，木匠们立即照着去做。

这天，万全店的老板刚把门打开，就来了两个人。"老板！我们要买墨斗。"万全店里根本就没这东西，老板不愿说没有二字。因为他自称万全店啦，说没有不是砸了自己的招牌吗？所以他就说："有，过几天来拿！"没过多大一会儿，又有三个人进店来要买墨斗，老板说："有，过几天来拿！"老板见这么多人要买墨斗，正在纳闷，几个人从万全店门口过，边走边说："那几幢大殿一开工了，需要的木匠很多，缺墨斗用。谁要有本钱，赶着做了，准能赚一笔大钱。"万全店的老板听了，赶紧到处请木匠。并讲明愿出高价钱，要大家日夜赶做。仅个把月时间，就做出了一千多个墨斗。这样，木匠们都挣了很多钱。可是万全店的墨斗一个也没有卖出去。老板是哑巴吃黄连——有苦说不出。

以上六则蒋德新搜集整理

双倌的故事

（汉族）

双倌是一个劳动者型机智人物。他的故事多数以嘲弄财主，鞭挞邪恶为内容，质朴中充满诙谐、幽默的趣味，颇受群众喜欢，在江苏无锡太湖一带几乎家喻户晓。

不打自招

有一日，双倌挑着满满一担大粪，去前边田里浇麦苗。

迎面走来大肚子财主，他一见有人挑着大粪不让他，心里就来了火：从来只有别人让我，哪有我让别人的事。要我让，我的面孔放到哪里去？于是他大摇大摆向前走去。

从来只有轻担让重担，那有挑担让行人？你大肚子这么势利，我可不让你。双倌嘴里喊着："粪来了，快闪开!"只管往前走。

大肚子哪里去理会双倌的话，只管往前走，粪水溅得他满身。这下可捣了胡蜂窝。大肚子像发痴那样骂着双倌："狗娘养的，你可有眼睛?"双倌毫不让步，据理力驳："大肚子，你可有耳朵，我刚才喊话，你可曾听见?"

大肚子见双倌还敢顶嘴，更来了火："你还嘴硬，叫你去吃辣花酱。"把双倌扭到了县衙。

那个时光，官、财一家，县老爷听了大肚子的告发，将惊堂木一拍，厉声说："大胆村夫，竟敢把臭粪撞到大东家身上，是啥个道理?"

双倌却是一问三不声。县老爷以为双倌理亏，又一拍惊堂木说："再不招来，重打五十大板!"

可是双倌仍旧站着没动，好像一个木头人。

县老爷好生奇怪，就转过脸来问大肚子："他是不是哑子?"

"不，不是，在路上他还说话哩!"

"说点啥?"

"他说粪来了，快闪开!"大肚子唯恐县老爷不明白，又补充了几句，"他还跟我顶嘴哩，说我可有耳朵?"

大肚子还想说下去，双倌突然开口了："县老爷，大肚子东家说的是事实。"

县老爷要想帮大肚子，无奈他不争气，把底露了，只得干瞪眼。

大肚子见县老爷没治双倌的罪，连连恳求道："请老爷为小的做主!"

县老爷两手一摊，说："你已经不打自招了，还叫我说点啥?"

朱文荣讲述

诬告不成反受罚

双倌经常戏弄、惩罚财主，方圆几十里的财主全恨他，可是说又说不过双倌，打又打不过双倌，因而又都怕他。财主们想来想去，终于想出了一个杀死双倌的办法。

一日，双倌还没起床，四个公差已经奉命来到双倌家里，摆着一副公事公办的样子说："双倌，有人告你啦，今有公文来到这里，快伸出手来上铐，一起进县衙。"

双倌见祸从天降，念头一转问道："我犯啥罪?"

公差嘿嘿冷笑说："有人告你坐地分赃。"

双倌眼珠骨碌一转，一屁股坐在床上，为难地说："唉！可惜我左眼瞎了，右眼又出了脓，让我扎块布，马上跟你们走!”说着，他顺手拿了块破布，把两只眼睛用布扎紧，然后伸出双手，让他们上了铐，跟着进入县衙。

县老爷立即升堂，把惊堂木一拍，板着面孔问：“大胆刁民，竟敢养贼行盗，坐地分赃，快快从实招来!”

“老爷!”双倌连连叫屈说，“小的冤枉呀!”

县老爷见双倌还要喊冤，就叫差人押来同伙当堂对质。

一个小头细眼无赖捣米般地说：“小民受双倌指使，到处劫财盗银，还强抢良家女子……”

双倌觉得声音陌生，眉毛一皱，问道：“你们跟我同伙了多长时间?”

两个家伙争着回答。一个说：“半年。”一个说：“一年。”

双倌紧接着又问：“我近来有一只眼睛瞎了，你们说是左眼还是右眼?”

两个家伙又抢着回答。一个说：“左眼。”一个说：“右眼。”

双倌听了哈哈大笑说：“老爷，你可听清楚了?”

县老爷答道：“听得清清楚楚。”

“既然你听清楚了，就请你验看我的眼睛吧!”说着，他把扎眼睛的布条刷地拉了下来。

县老爷一看双倌的眼睛好好的，一下惊呆了。

县老爷虽受恶财主的贿，但恨他们做事太笨了，就下令把作伪证的两个小头细眼无赖痛打了三十大板。那两个无赖熬不过了，只得如此这般地交代了谎咬双倌的始末经过。县老爷越听越恼，最后咬着牙罚每个财主一百两白银了事。

华祖荣讲述

巧断奇案

从前，在无锡太湖边上有个叫张三的人，他从小就不学好样，偷东西成了他的看家本领。大家恨透了他，叫他贼骨头张三。

一日，邻村有人办喜事，贼骨头张三挤进人堆里一看，哈，女方嫁妆特别多，有金银珠宝，也有贵重首饰。他当日晚上便随着闹新房的人进了新房。过去有个风俗："三朝无大小，太公可来在新床上豁虎跳。"因此新房里人头攒动，笑声不绝。贼骨头张三见一时无法下手，就贼眼一转，趁人多嘈杂时光，像老鼠那样往床底下一钻，准备夜深人静以后再动手。

半夜三更了，闹新房的人才慢慢散去。那新娘辛苦了一天却毫无倦意，十分健谈，竟把家里的一切都向新郎和盘托出：她的小名、爱好，妹妹的脾气、情人等等，一连讲了三个通宵。

贼骨头张三钻在床底下，白天不敢出来，夜里又不能下手，吃又吃不到，睡又睡不好，一直熬到第四天。实在吃不消了，只好硬着头皮从床底下爬出来，伸了伸麻木了的双腿，就想夺门而走。

可是刚出房门，就让迎面走来的新郎官抓住了。新郎官说他是贼，动手就打。贼骨头张三一口咬定是新娘约他来的，又把从床底下听到的学说了一遍。这样一来，新娘就是跳到黄河也洗不清了。蛮好的新婚夫妇，突然掀起了大波大浪。

于是族长把贼骨头张三送进县衙，县官一连审了三日，贼骨头张三一口咬定是新娘约他去的。县老爷见问不出米和糠来，就以"清官难断家务事"作推托，当堂开释了贼骨头张三。

贼骨头张三好不喜欢，大摇大摆地走下堂去。可是他刚踏出门槛，就被匆匆赶来的双倌拦住了："张三，你说是新娘约你去新房的，你可敢在老爷面前对质？"

张三见半路上杀出个"程咬金"来，心里吃了一惊，只得硬着头皮说："啥人说不敢？"

"好，"双倌说，"我们去见县老爷。"

县者爷本想退堂，见双倌又拉着被他放走的人走上堂来，心里先是不快，就高声地问："为啥私闯公堂？"

双倌不慌不忙地说："刚才放走的人，嚷着要来你面前跟新娘子对质，这不是你老爷本要做的事吗？"

好厉害的双倌，一句话说得县老爷十分尴尬，“嗯嗯”了几声后，才说：“现在新娘子在啥地方？”

“在衙门外。”

“好！”县老爷装模作样地传令，“把新娘子押上堂来！”

新娘子上得堂来，县官不管三七二十一，手指贼骨头张三问新娘：“是你约他到新房里去的吗？”

贼骨头张三不等新娘回话，就抢着说：“还赖啥？那日，你还叫我躲到床底下哩！”

县官感到好奇，还想问下去。双倌却在一旁说：“贼骨头张三已经不打自招了，还问啥？”接着便指着“新娘”说，“你晓得她是啥人？她是我老婆小西施呀！”

原来双倌为了弄清事情真相，便让小西施假扮新娘到公堂上对质。

县老爷猛地把惊堂木一拍，喝道：“来人啊，把恶贼拉下去痛打五十大板！”

在重刑面前，贼骨头张三只得如实招供出自己的全部罪行。

朱阿盘　陈理言讲述

计斗群盗

有一年，苏、锡、常一带发了大水，圩田被淹了，好多岸路也没在水里。

在运河边上有个村子，村上有个后生，他明天要去常州迎亲。岸路不能走了，只得改水路。双倌正好来到那个村，他能摇得一手好船，就抢着去摇船。

这日，逆风加逆水，双倌搭三个后生摇船十分费劲，个个汗流浃背，也摇不出多少路。

于是双倌要三个后生上岸去拉纤，自己来到船上又摇橹又掌舵。岸上拉，船上摇，迎亲船加快了。

可是，刚过常、锡交界的地方，突然，纤绳让浮搁在河边的棺材嵌住了。三个后生一用力，却把棺材盖掀掉了。

那时光，私开棺材是要定罪的。三个后生惊呆了一会儿，方才放下纤绳，七手八脚抬起掉在地上的棺材盖。不料正要上盖时，却让斜刺里窜出的一群人拦住了。

为首的是当地专管土地的图当先生，还有几个身体壮实的后生，他们气势汹汹，大吵大闹："你们私自开棺，该当何罪?"定要船主同去县衙，不然赔一百两白银，以作"抵罪埋棺之费"。

几个小后生开头不买他们的账，可是地方上的人从四面八方赶来，越聚越多，想好处的地头恶棍都赶来了。

一下子，一百两赔偿银很快上升到五百两，少一两都要扣留新倌人。送亲人见事情闹大了，急得像热锅上的蚂蚁团团转。

双倌却自有办法，你看他两足一蹬，跳到岸上。他嘴里一个劲喊着："请闪一闪!"大家听他好大口气，都纷纷让开了路。好双倌面对吵吵闹闹的人声，并不慌张。他来到那口棺材旁边，看看材盖，看看材身，又看看为首的图当先生，就开口了："你们吵啥?我看棺材盖搭棺材不是原配，木色不同，尺寸也不同!"

几个地头蛇一听，自作聪明地哈哈大笑，说："是不是，可以试一试，配不配，也可盖一盖。"说着叫两个恶棍把材板盖了上去。

双倌见他们中计，就紧抓时机，跳上材盖，两手把长竹篙轻轻一折，成了两段。双倌一手捏一段，一边舞一边大声说："如今事体解决，啥人来开盖，啥人就有开棺罪!"

为首的并不服气，还想耍无赖。双倌早看在眼里，两手紧捏断篙，随着"格格"的声音，竹篙变成一丝一丝。这一下可把地头恶棍镇住了。趁这当口，双倌吩咐几个后生继续拉纤赶路。自己抱拳行个四方礼，说声"后会有期"，就两脚一蹬，人像飞的一般上了船艄。

那批地头蛇没一个敢上前一步，只能眼睁睁地看着迎亲船慢慢远去。

陈金娣　华祖荣讲述　以上四则朱海容搜集整理

石泉的故事

（汉族）

石泉是一位劳动者型的机智人物。他的故事流传于甘肃省境内的汉族地区，作品具有西北特色。

七棱八角的石头

陶庄有户财主，吝啬刻薄，险恶狡诈，雇工汉们吃尽了他的苦头，于是大伙就给他起了个浑名“黑心狼”。

一年，黑心狼家新来个年轻的雇工汉，名叫石泉。他来只有半年光景，便把黑心狼斗了个落花流水，替穷哥们出了气。

黑心狼要盖一幢看戏的阁楼，他要求既要别致、美观，又要省钱。这天一大早，黑心狼悠闲地捋着山羊胡，迈着八字步，来到石泉跟前，吩咐道：“今天，你上山去拉石头，不要好的，要拣七棱八角[①]的，越便宜越好。”

石泉感到为难，便说：“针尖还能两头快？那孬石头怎么用，还是拉好的吧。”

黑心狼双眼瞪得像两只铃铛：“好石头，那么贵的价钱，你腰包里掏？”

石泉只好点点头答应道：“好吧，那就拉七棱八角的石头。”说完，就去

① 七棱八角：指不好的。

准备大车、牲口，很早就起程了。

傍晚，黑心狼听见石泉的鞭子打得叭叭响，响亮的号子那么悦耳、动听，心里乐得开了花，对老婆喊道：

“石头拉回来了，快叫人卸去！”

黑心狼也丢帽掉鞋地跑到门外，一看，呆若木鸡：车上空空的，哪有一块石头！他凶得像只饿狼：“你拉的石头呢？”

石泉对他笑笑，漫不经心地说：“老爷，山上所有的塘子[1]我都跑遍了，都是些六面十二棱的石头。你要的那种七棱八角的石头，我一块也没有找到，所以我就空车回来了。”

黑心狼一听，知道上了石泉的当，气得浑身颤颤索索，脸色苍白，半天说不出一句话来。

这顿饭省了吧

七月的一天后晌，天阴得很厚，既不打雷，又不刮风，雨沥沥拉拉下个不停。

石泉蹲在牲口棚旁边的一间草屋里，望着外面好似筛子筛下的又细又匀的雨丝，心想：这一个多月，又割麦，又打场，忙得四爪朝天，浑身骨架像散了似的，雨你下吧，下吧，我也该歇几天了。他歪在草铺上，迷迷糊糊地睡着了。等他醒来，天已黑，屋里什么也看不清了。他心里纳闷，现在正是吃黑饭的时候，怎么还不叫吃饭呢？

俗话说：“十个财主九个抠，一个不抠是小偷。”这时，黑心狼大摇大摆地进来了，皮笑肉不笑地说道：“石泉，我看这闷雨得下几天，雨天里也没有多少活，从今天起，就改为两顿饭，晚黑的这顿饭就省了吧！你没事，喂过牲口就睡吧。”说罢，转身走了。

石泉二话没说，走出草屋去牲口棚。棚里拴着黑心狼的坐骑。黑心狼很

[1] 塘子：采石头的地方。

爱它，每次出门都骑这匹好马。石泉走上前，摸摸它的额头说："伙计，我这一顿饭省了，你也省了吧！"

这场雨就这样沥沥拉拉下了十多天，石泉每天只随便给马上点儿草料，干一口湿一口，夜里也不给添草。农谚说："马无夜草不肥。"那匹马渐渐瘦下去，眦骨突起，肋骨也一根根显露出来。那天，黑心狼要出门，把坐骑牵出来一看，先惊慌失措，然后暴跳如雷："石泉，我的马怎么成了这个样子？怎么搞的！"

石泉一字一句回答："老爷，你比我更清楚！"

"我清楚什么？"黑心狼两眼冒火，真想一口把石泉吞下去。

石泉又一板一眼地说："我这一顿饭都省了，何况它是畜生！"

"噢，原来如此……"黑心狼气得一蹦一蹦地走了。

犁　地

农民陶瑞善的四亩地和黑心狼的五十亩大田相毗邻。这是一块上等好地，沙质土壤，乌黑油亮，捏一把都淌油，种啥得啥。黑心狼对这块地早已垂涎三尺，总想不花一文钱弄到手。他的办法是，在犁地时，春里半犁，秋里一犁往陶瑞善这边翻，用不了几年就可以把这块地蚕食完。陶家心怯黑心狼财势，也只好看在眼里，恨在心上，不敢声张。

路不平，众人踩。石泉给陶瑞善出个点子，叫他在挨着黑心狼地的边口，栽上两棵树，看黑心狼怎么办？雇工汉们谁都不愿去犁这块地，他们因这事受了不少的气，有的挨了打，有的还被扣了工钱。这天，黑心狼找到石泉，对他说："五十亩大田边的那块地，谁也啃不动，我看只有你去。"

石泉想了想，说："叫我去犁那块地，也行，但得有两个条件，你要是答应了，我才能去犁。"

黑心狼得地心切，便回答："你说吧！"

"第一，我得用你那匹坐骑，第二，它没干过活，性子也烈，不好使唤，你得去牵笼头！"

黑心狼心想：舍不得金弹子，打不到巧鸳鸯，牵笼头，也不算失体面，便答应道：“行。”

这天早上，雇工汉、庄稼汉，还有黑心狼的闺女、媳妇一大家子，听说黑心狼要去牵牲口犁地，十分好奇，都跑来看热闹。

黑心狼在前面牵牲口，石泉在后面叫着号子，甩响鞭儿，赶着一犋牲口，犁得可起劲呢。眼看快到地头了，石泉看准地头上那个沤粪肥的大塘子，朝马脊背上猛抽了一鞭子。马一惊，带着黑心狼，扑向臭气熏天的粪池……

这时，石泉愤愤地把手中的鞭子投向粪池，扬长而去，另谋生路去了。

以上三则钱立言搜集整理

申红脸的故事

（汉族）

申红脸是一个劳动者型机智人物。其原型系清道光年间湖南祁东县归阳镇人，姓申。其人机智风趣，能说会道，遇事爱唱“红脸”，加之他喜饮酒，一喝便成了“红脸将军”，因此人们送他个外号叫“申红脸”。在湖南祁东、祁阳一带，流传着许多关于他的故事。其中最为有趣的是他与财主五爪子斗智的各种故事。

写 对 联

申红脸只读过两年半书，但他资质聪敏，又勤奋好学，在当地有“泥脚杆子”秀才之称哩。

申红脸的家与大财主五爪子的高楼只相隔那么几条田塍，一贫一富，正好南北相对。每当过年，五爪子照例要在大门边贴上一副迎春联。这五爪子虽然也通读过“四书”、“五经”之类，但写出来的字句儿总不如申红脸的好。申红脸还常常借写春联来掐一掐他的尾巴，真弄得他有点气炸了肚皮呢。于是，五爪子心里一横，倒想出了一个绝妙的办法来：以后每年春节大门口的楹联，就索性照着申红脸的写，申红脸写什么，他就写什么。

一次，申红脸在门口边贴上了这么一副对联：

对门过年，我也过年，对门样样好。

我亦做人，彼亦做人，我家事事难。

五爪子一看，眼睛都笑眯了，可肚子里一运筹，哟，这怎么能照抄呢？他搔了搔头皮，左思右想，最后还是只好照抄回去了。不过，第二天贴出来时，又略略地调换了几个字眼儿：

对门过年，我也过年，我家样样好。

我亦做人，彼亦做人，对门事事难。

可五爪子哪里知道，申红脸的对联只写了上半截。当五爪子的对联一贴出，这申红脸就立即在上、下联尾又各加上了四个字儿：

对门过年，我也过年，对门样样好景长不了。

我亦做人，彼亦做人，我家事事难处总有完。

大年初一，天还没放亮呢，有人就把申红脸的对联告诉了五爪子。五爪子一听，气得口吐白沫，据说他三天没沾米饭不算，肚子里还咕噜咕噜地痛了好几场呢。

一餐能吃二十担

申红脸夸下海口说，他一餐能吃二十担谷子。这事儿传到了五爪子耳朵里，五爪子哈哈大笑起来。他想，人都说申红脸这个人嘴巴儿硬，没听说过肚量也有这样大，二十担谷子倒进肚子里，别说一个人，就是二十头黄牛也要非胀死不可的。

一天，五爪子找来了申红脸，睁着狡诈的眼睛冲着申红脸说：“人都说牛的肚子大，你说这话对吗?”申红脸从鼻孔里“哼”了一声：“不，老爷，人都说猪最蠢，我看有人比猪还蠢呢!”五爪子知道自己又上了当，眉头顿时缩成了一个大疙瘩，口里喷着火焰说：“哼！你不是夸口你一餐能吃二十担谷子么？明摆的，老爷今天就要看你一个究竟，要是你吃不下这么多，我五老爷就非打开你的肚皮给大家看看不可!”申红脸点了点头说：“要是我吃完了这么多呢?”“那就算你白吃了。”申红脸大声说：“不行！要是我吃完了，老爷的粮仓也得让我打开供大家来使用!”五爪子先是迟疑了一下，然后咬牙切齿地“唔”了一声。

申红脸立即叫人挑来了二十担谷子，又叫人用这二十担谷子买来了几大桶鱼苗，而后又把鱼苗倒进了一口很大的锅里，叫人久烧久煮，煮着煮着，这鱼苗竟都化成了水，水又腾腾蒸发，待揭开锅盖时，真还不够吃一顿饱的呢。

这五爪子哑巴吃黄连，知道申红脸不好惹，这回除白赔了二十担谷子外，仓库里还心疼地缺了一大角……

以上三则肖远余讲述　张小补　谭绪管搜集整理

天狗吃月

五爪子吃了申红脸几次大亏之后，决定要好好惩治他一番。一天，五爪子发出了请帖，邀请申红脸来他家赴宴，申红脸按时赶来了。

八仙桌旁，宾朋满座，申红脸坐到了事先留给他的席位上。宴席开始了，大家都拿了筷子、调羹，吃得十分带劲，唯有申红脸坐着不动——因为他面前任何餐具都没有。

申红脸突然大笑起来，大家莫名其妙地问他笑什么，申红脸眉飞色舞地说：“诸位，这能叫我随便说出口吗?”“说吧，说吧!”几位有点急不可待了。申红脸神秘地眨了眨眼睛放低声音说：“奇怪呀，奇怪！昨天夜半，我起来小便时，抬头一看，哟，天上的那轮大月亮突然就一块一块地崩缺下去了……”“那是天狗吃月呀!”五爪子急忙显示着自己知识的渊博，凑过来插话说：“那你当时为什么不鸣锣呼救呢?”申红脸激动得站起身来：“嘿嘿，老爷说得可容易哩！你想想我身边当时是既无铜锣，又无锣锤呀！后来……”申红脸停了停，焦急地搓着手心。“后来，那月亮怎么样了?”五爪子倒有点担心地追问。“怎么样？怎么样?”申红脸轻蔑地摊开了双手，“我只好睁着两只大眼睛，白白地看着这天狗吃啊吃的！……”说着，他猛地站起身来，一甩手愤愤地走了……

五爪子望着申红脸的背影，气得全身发抖，手中的酒杯“啪”的一声，正好砸在自己的脚指头上……

肖远余讲述　张小补　谭绪管搜集整理

肚子里也有腥气

一天，申红脸两手各持一根钓竿，蹲在河边钓鱼，两根钓竿能同时一条又一条地收获着。

五爪子立在一旁，看得出了神。他想：这穷小子能钓得着鱼，难道我五老爷反不能么？他手心发痒，响着个公鸭嗓子对申红脸说，“咦，你这小子还不快、快点说，这只要把钓钩放到河里去，就可以钓得着鱼了么?”申红脸不动声色地点了点头。

五爪子神气十足地从申红脸手里要过了一根钓竿，身子向前一倾，把钓钩丢进了河里，还暗暗地要同申红脸比个高低呢。

可也不知怎的，五爪子钓呀钓的，总不见鱼儿的影子。他一张堆满横肉的脸，被太阳晒得流了好几道黄汗。“娘的！怕是老爷威风大，鱼儿都不敢来上钩了么?”五爪子自言自语地咕噜着。申红脸听了却冷冷地一笑：“嘿嘿，五老爷呀，这一定是你常常吃的那些猪肉、羊肉、鱼肉的，身上散发出一股腥气，鱼儿闻得出来，远远地避开你了！不然……”说着申红脸又钓了一条鱼。五爪子吃惊地睁大了眼睛：“啊？这、这么说，那叫我怎、怎么办呢?”申红脸立即献策说:“老爷，办法倒也是有的。不过，要是老爷钓鱼真有诚心，就得先不妨把袍服脱下来，然后再用泥巴擦擦身子，这样鱼儿就闻不到腥气了。”五爪子钓鱼心切，又怕钓不着鱼儿丢了面子，他先是迟疑了一会儿，后来也只好硬心地照办了。

太阳已从东墙转到了西墙，五爪子脚也发麻了，手也发酸了，可仍然一条鱼儿也没能钓着。他终于忍不住吹胡子瞪眼地骂了起来:“娘的!你个好小子，显然是骗了老爷，要是老爷还钓不着鱼，我可不得轻易饶了你!”申红脸瞧了瞧五爪子遍身是泥的鬼样子，不由开心地笑了起来:“五爷呀，哪个还敢骗你呢?你可知道，鱼儿这东西是蛮有灵性的，你身上的腥气嘛，虽然用泥巴擦得去，可还有肚子里的那股腥气啊!……”说着，申红脸伸手拿过五爪子的那根钓竿:“哎哟哟，五老爷呀，看你也太贪心了吧!你只想多钓些鱼儿，可世上哪有钓鱼的连饵子也舍不得放一点的呢!啊哈哈哈……”说罢，申红脸一个急转身扬长而去……

五爪子好容易才明白了过来，又羞又气又恼，一拐腿儿，还差点把自己也赔进河里去喂了鱼儿呢!

李月亮讲述　张小补搜集整理

吉高的故事

（汉族）

吉高是一个劳动者型机智人物，在故事里面，通常以帮工、流浪汉等身份出现。其人滑稽多智，敢与有钱有势的恶人作对，让穷乡亲格外开心。他的故事在苏北兴化、泰州、泰兴、宝应、大丰等地广为流布。

换钱袋

吉高小时候，跟舅父去卖粮食。舅父把钱袋交给吉高看管，自己到街上办事去了。

吉高一个人坐在船艄，怕人来偷钱袋，就歪着脑袋想出一个主意，包包扎扎后，就坐到船头上去。

一会儿，来了个麻脸汉子，端着一大碗热腾腾的面条，喊着："孩子，你舅父叫我送来的，快吃吧。"吉高一边吃一边问："舅舅怎么还不回来呀？"麻脸汉子说："在行里打牌呢。喏，他叫我把钱袋带去，急等用呢！"吉高不放心地问："真的？""当然真的。"吉高忙丢下面碗，蹬蹬蹬跑到船艄，拎起沉甸甸的钱袋，又蹬蹬蹬跑到船头，把钱袋递给那人。麻脸汉子拎起钱袋，连面碗也不要了，掉头就走。

过了一会儿，舅父回来了，一上船就问："钱袋呢？"吉高说："不是你叫人来拿走的？还送了一大碗面给我吃！”“啊呀，孩子，你上当啦，那是骗子，这可怎么好呢?!”吉高不慌不忙地说：“舅舅，你到船后艄掀开竹席看看。”舅父慌忙跑到船后掀开草席，一看，哎呀呀，黄的、白的，铜板银元，一个不少。

原来，吉高早把卖粮的钱藏在这儿，那钱袋里装的是河滩上的碎砖烂瓦。舅父乐得哈哈大笑，连声夸奖吉高聪明。

徐圣贤讲述　徐敬高搜集整理

吊孝解众难

有一天，吉高路过一个村庄，见庄上的人都三两成群地聚在一块，愁眉苦脸地谈论着什么。吉高感到奇怪，忍不住上前打听：“出了什么事?”

一个中年男子愤愤地对吉高说：“我们村上有一个远近闻名的大财主，一年到头、四时八节、婚丧嫁娶、生日满月，都要佃户送礼，有时还节外生枝，生着法子敲佃户的竹杠。三天前，财主老子双脚一蹬，上了西天。大伙儿正在东借西挪，准备送礼，没想到老子未下葬，死鬼那二十几岁的小老婆又上了停尸床。本来‘黄泉路上无老少’，死人不是什么稀罕事，可财主又打起了鬼主意，说他的庶娘是‘以身殉夫’的烈女，写了个呈子送到县府，要为她砌一座贞节坊。”

“他砌他的贞节坊，你们发什么愁啊?”吉高问道。

“唉!”一位白发老人长叹一声，“财主传出话来，要各家各户都备上双礼：一份吊死鬼，一份作立贞节坊的贺礼。这贺礼是喊明了的：一户两斗小麦。这眼前正是青黄不接的时候，哪家不是吃了上顿愁下顿？上哪弄礼去！唉，要是没有礼，东家抽了田，日子就更没法过啦!”

“原来为这事犯愁啊，”吉高听了，哈哈一笑道，“明天，我替你们走一趟，跟财主老爷说说，免了你们的礼吧!”大家以为吉高在开玩笑哩，都摇头叹气：“唉，哪只狗会舍得丢掉到嘴的肥肉哟。”

第二天，吉高素衣白帽，挟着一刀烧纸来到财主门前，门倌上前拦住：“请问，您是主家亲戚还是朋友?”

吉高理也不理，径直走进灵堂，放声大哭起来。

财主和一群亲朋，正在大堂上陪着县太爷饮酒谈天，商讨造贞节坊的事。听说有人来吊孝，跑出来一看，却又认不得，只好上前打拱道：“请问尊客是寒舍哪门亲朋?”

吉高答道：“你是不知，死鬼肚里明白啊!”财主听了，真有些丈二和尚摸不着头脑，一时愣在那里，亲朋也纷纷议论这客来的蹊跷。县太爷也踱着官步走过来。吉高一看县太爷和这么多人都围了过来，更加大放悲声，一把眼泪，一把鼻涕，嘴里还不住地诉说着，故意把话说得含含糊糊：“苦啊!有道是‘一日夫妻百日恩’，想你我虽是露水夫妻，倒也是自幼青梅竹马，只说是你嫁与财主走好运，想不到竟然年轻轻地去了酆都城，怎不教人痛断肠!”

财主老爷听了，直吓得脸色蜡黄，冷汗淋淋，有心板下脸来赶走吉高，又碍着县太爷和众多亲朋故旧的面，不敢发作。亲朋们挤眉弄眼地议论起来。县太爷气得火冒三丈，指着财主的鼻子，冷冷地说道：“这就是令堂的贞洁吗?”转身吩咐衙役：“看轿，打道回衙!”这里吉高也止住悲声，袖子一甩，扬长而去。

这一闹，吓得财主老爷不敢再提立牌坊的事了，连佃户的礼也来不及收，就连夜埋葬了一对死鬼。四乡的佃户们眉开眼笑地庆贺吉高为他们免了一场“礼灾”!

姜庆庄搜集整理

吉高堆草垛——找（早）不到（倒）

有个地主十分吝啬，对雇工苛刻得要命。做任何事都要讨巧，生怕吃亏，恨不得雇工只干活，不吃饭，不要工钱才好哩!

一天，地主家要雇两个临工堆草垛。吉高知道后，想好了计策，就去找地主说："听说你家要雇两个临工堆草垛，这样不上算！我一个堆得比他们快，样式找不到，而且只图肚子饱，不谈工钱，你看怎样？"

地主一听连连点头，招呼吉高吃得死饱。

中午，吉高就回来说堆好了，地主跑去一看是不错：人家堆的草垛是根底大，上面小，而吉高堆的却是下面小上面大，真是找不到。因此，又请吉高饱餐一顿。

晚上，一阵大风刮来，草垛倒了。地主知道后，马上来问吉高："你说你堆的草垛找不到的，现在倒得啦，你要为我重堆才行呀！"

吉高不忙不慌地听他讲完，狡黠地一笑："不错，我是说过，我堆的草垛找（早）不到（倒），晚上倒了，你还来找我，不是欺负人吗？我们找人评理去！"说完，拖着地主就往外走。

地主知道不是吉高的对手，只好作罢。

董兰英讲述　沙树山搜集整理

小鱼的命生得苦

吉高好不容易巴望到打牙祭这天。他心想：以往初二、十六两次打牙祭，都是蜜糖抹在脑脖子后头——摸着舐不到。眼下，五月了，正是割麦栽秧的辰光，这次打牙祭总该弄点荤菜了吧？

太阳正中了，吉高和伙计们收工吃饭。老板奶奶端了碗菜朝桌子中间一放，装着笑脸说："大家快吃吧，烧了点鱼替大家换换口味。"伙计们不用拿眼睛瞟，鼻子一嗅心中就有数了：臭咸菜煮小鱼。吉高一见火冒三丈，心中骂道：真是刻薄鬼！他用筷子在碗里一捣翻，突然嘴一张，放声大哭，哭得真叫个伤心。

这一哭，弄得老板奶奶丈二和尚摸不着头脑，只好用两只白眼珠子死命地盯住吉高。吉高越哭声音越高，惊动了在里屋吃大鱼的老板，他连忙跑来，见是吉高在哭，就问哭的什么事，吉高先是不睬他，后来才抽抽噎噎地说："我哭小鱼的命生得苦啊！"老板奇怪地问："你怎知道的？"吉高说："小鱼活着时拱在水草里，死后又钻在臭咸菜里头！"

姚硕仑搜集整理

挑实担

有一个财主，奸诈吝啬，有次耕秋田，他找几个农民替他下田挑粪。几个农民忙得汗流浃背，到晚上与他结算工钱时，财主把脸一沉，大声呵斥说："还要工钱？你们干了半天还不够我给你们的饭食钱呢！"有个农民不服气地问："我们明明干了一天，你怎么说我们干半天活？"财主狡诈地一笑："还问我？你们实担去，空担回，难道还要整天工钱。"几个农民说不过他，认倒霉，只好回去。

他们唉声叹气地走到半路，恰好碰见吉高从外地回来，把事情原原本本地告诉了吉高，吉高说："不怕，明日我跟你们一起去，保证不少一分工钱。"

第二天，几个农民半信半疑地和吉高一道去财主家挑粪。财主见了，很高兴。吃罢早饭立即叫他们挑粪。大家挑起粪担，一起来到地里，吉高叫大家粪担不倒，一边去睡觉，中午又把粪担挑回，饭后，又把粪挑下田，晚上又原样挑回来。吉高急忙找财主结算工钱，财主一看粪堆还是那么多，咆哮如雷，吼道："你们挑一天，为什么粪还这么多？"吉高慢言慢语地说："财主，今天大伙儿可吃了苦了，一天就干一天活，实担子去，实担子回。"说得财主干瞪眼，可也无奈，只好结算了整天的工钱。从那以后，财主再也不敢欺负穷苦人了。

刘金标讲述　王程采录

采录于宝应县芦村

吉高踏水车——光打虚号子

吉高在一个财主家做伙计。这天，财主叫他带几个人去车水沤田。可是财主很吝啬，早上烧了一锅薄粥，伙计们喝得嘴尖起来，谁有力气车水？吉高却笑嘻嘻地说：“走，替财主沤田去。”说罢，带大家踏上船，下田去了。

田离财主家约有三里路。一到田头，把水车架好，已是太阳大上角了，吉高说：“你们坐会儿，我来敲锣！”说罢，就“哒咚哒咚呛，哒咚哒咚呛”地敲起踏车锣。敲了一阵儿，又起头打起车水号子。伙计们也和唱着，个个喉咙蛮响的。

老板隐隐听到锣声和号子声，心想，伙计们劲头还不小呐！但又怕吉高唱“空城计”，就爬到门前的草堆上，手搭凉棚朝田里望去。

吉高正唱得起劲，忽见老板爬上草垛，忙说：“伙计们，快回去吃中饭。”

伙计们惊讶了，“才下田，水还没有车一滴，只打了一阵虚号子，怎好回去吃饭！”

“老板喊哩！”说完就划船回来了。

老板见伙计们都回了家，大吃一惊：“你们回来做啥？”

“老板不是站在草垛上招手的吗？我想，定是老板怕薄粥不见饥，叫我们回家吃饭了。”

老板一听，无言对答，只好把中饭端上桌。

夏如金讲述　夏荫祖采录

采录于泰县叶甸乡

吉二爹的故事

（汉族）

吉二爹是一位劳动者型的机智人物。他的故事流传于湖北嘉鱼一带，大都以农村及小镇生活为题材，富有泥土气息。

割　山[1]

吉二爹上十岁的时候，就蛮机溜，又逗人痛，又逗人嫌。

有一年十冬腊月，村里一帮穷哥们一起过河到沔阳湖去割山。各人挑着铺盖粮食、锅盆碗盏，来到河边。正要上船，吉二爹连跑带蹦地赶来了，说也要去割山。领头的把他的小耳朵一揪：“人小鬼大，也想去刮油？”几个好心人转弯：“可怜他无爹无娘，就让他去算了，帮忙着个火也是好的。”领头的嫌吉二爹野口野嘴，不讲禁忌，还是不准上船。吉二爹急得赌咒：“我当哑巴一句话都不说。”领头的这才让了步。吉二爹喜得不得了，一出溜就雀到船艄去了。

上洲的人到齐了，领头的查问铺盖拿来冇，众人答拿来了。领头的又问粮食拿冇拿足，众人说拿足了。领头的再三问有冇得漏了的东西，众人说都已准备齐全。刚要起锚，就听得吉二爹在船尾轻轻地叨叨：“黑咯，黑咯。”

① 割山：把洲人到洲上去割芦苇叫割山。

领头的上去就是一巴掌：“叫你不说话，你偏说，还有开头，你就放铳。”船慢慢地向对河划去，吉二爹一面哭一面嚼：“黑咯，黑咯嘛！”旁边的人吓他：“快莫说了，还说非把你送回坡上不可。”吉二爹再也不做声了。

船靠对岸，人们七手八脚地把东西搬到柴山，搭棚的搭棚，挖灶的挖灶。等到水挑来了，柴火弄来了，就是不见煮饭的大铁锅。领头的左车身一看，冇得，右车身一瞄，空咯。急得脚直蹦，火直冒。一群人都痴倒，你埋怨我，我急着你。这时候，一个细伢的声气说：“我说黑咯黑咯，你们不听吵，还打我一巴掌，我又说黑咯黑咯，你们还要赶我下船，我么样还敢说呢？”几句话把大人们弄得哭也不是，笑也不是。

百把年来，簰洲就流传着一句歇后语：“吉二爹割山——黑咯”。意思是说旁观者清。

孙显春讲述　马道怀　屈明仙　谢忠告搜集整理

考灵姑

吉二爹村上有个寡妇，耍手玩惯了，肩不能挑，手不能提。天晓得她在哪里得了神道，下起了马脚。

有些上了灵姑当的人，气她不过，跟吉二爹打赌，问他敢不敢喊灵姑是他老婆。吉二爹说敢。这些人又说，要喊她一声老婆，她答应才算数，吉二爹拍了胸。

这话一阵风传到灵姑耳朵里，灵姑气得直骂吉二爹不要脸。还说，想我当他这穷光棍的老婆，做梦。要我答应他一声，除非太阳从西边出来。

这一天，灵姑又下起了马脚，一群老人妇女围倒她，灵姑从包袱里拿出香纸蜡烛，焚烧禀告。只见她往桌上一趴，神仙就附体了，浑身直扑，口里搞七搞八，不晓得说什么名堂。好几个活人从灵姑口里讨来了死人的信，有个妇女大声喊道：“哪个问，快抢马！”吉二爹见时机已到，挤上前去，捏倒鼻子，尖倒喉咙说：“我问！”灵姑憋倒神仙腔说：“问哪个？报！”吉二爹放声大哭起来，说：“问我老婆，姓何，睡在角边。”灵姑说：“我就是何氏。”吉二爹越发伤心地说：“老婆哟，你丢得我好苦哇，害得我日里想，夜里想，不知你在阴曹地府安不安啰?”这时，灵姑也是一副哭腔，“我也想你呀。”吉二爹把眼睛一揉，问：“仙姑你是不是我的老婆哟?”灵姑答：“人吔，我是你老婆哟!”吉二爹说：“你既是我老婆，那我考考你，记不记得我哪边腋夹窝里有颗黑痣呀?”吉二爹刚出口，灵姑“扑哧”一声笑起来，所有在场的男女老少笑得直吼，马脚笑醒了，冇得法，只好说了一句：“吾神去矣!”夹起包袱赶紧开了溜。

蔡名兵讲述　陈启照搜集整理

做　　媒

一户人家，儿子二十好几了，就是背有点驼，多次托媒也找不到一个姑娘，屋里大人着急。这事被吉二爹晓得了。另一户人家，姑娘二十出头，也因为背不很直，还冇找到婆家，屋里大人更发慌，再三拜托吉二爹关心。吉二爹是个热心快肠的人，心想这都是我们穷哥们的难处，我不能不管。他们一个要补锅，一个锅要补，我就来牵好这根红线。他先到男家去说合，又到女家去挂钩，连两边如何见面，都细致地做了交代。两家都感到可以遮丑，说不出的高兴。

这一天，吉二爹引着男伢的妈来看姑娘，走到门口，吉二爹就大声喊姑娘，这时候姑娘正站在一口大水缸旁边，手拿一个水瓢，笑容满面地说，“您老们快请屋里坐，我正忙着淘缸哩!”男伢的妈暗地里拉了吉二爹一把，低声说：“这姑娘生得眉清目秀，五官端正，又会说话又勤快，我是看中了的。”吉二爹说：“你家看中了，还不晓得人家同意不同意啊!”男伢的妈直央求吉二爹做好事，帮忙帮到底。

第二天，下了点雨，姑娘的妈来看男伢，还是吉二爹走在前头，到了大门前，屋里冇得人，只见后门口立着个人头戴斗笠，身穿蓑衣。吉二爹喊了一声，那人车过身来，手里拿着一把秧，亲热地说，“快请屋里坐，我把这几棵秧栽了，就来斟茶。”姑娘的妈暗地里拉了吉二爹一把，到一边说：“这伢长得浓眉大眼，膀粗腰圆，又懂礼性又能干，我是看中了的。”

这门亲事两厢情愿，很快就成了。七月初七，吹吹打打，抬着花轿，男家把姑娘接进了门，拜了天堂拜地堂，拜完天地入洞房。新姑娘坐在床边，蚊帐遮着半边身子，两个人不靠拢，大半天不说话，怎么样办呢？忽然想起吉二爹嘱咐的话，遇到为难事就喊吉二爹，说巧也巧，他俩同时喊了一声“吉二爹”，只见房门开了，吉二爹端来两杯酒，笑嘻嘻地递给新郎官一杯，递给新姑娘一杯，高声唱着彩词：

一个会淘缸，
一个会插秧，
郎不嫌弃妹，
妹不嫌弃郎，
七巧结姻缘，
这真是一对好船档。

吉二爹的喜歌，把一对新人唱得喜笑颜开，双双喝了交杯酒。

熊自富讲述　谢忠告搜集整理

西晚的故事

（汉族）

西晚是一位劳动者型机智人物，在故事中通常以帮工身份出现。其故事大都为抨击、捉弄狠心盘剥穷人的财主、财主婆的趣话，流传于广西玉林一带。

量　地　尺

地主吩咐西晚去翻甘蔗畦，西晚落力干，很快就翻了几畦蔗地，收工比往日早一点。财主婆怕西晚偷懒，亲自跑到地里察看。

财主婆从地里回来，就责备西晚：

“你收工那么早，还没翻得三尺地就跑回来，光想着吃饭。”

其实，要使尺子量，西晚翻了三十尺还不止呢！

西晚不吱声。到了晚上，就去找财主婆预支点工钱。

“不年不节，你要钱买什么？”财主婆奇怪地问。

“我的衫裤破了，汗巾烂了，想买一尺布做套衣服，缝条汗巾。”西晚正正经经地说。

“你这是什么尺，一尺布能做一套衫，还能做汗巾？”

狗 报 讯

西晚到垌上做工了，财主婆在家吃好东西。等到西晚收工回来，她把鱼呀肉呀藏好，再摆出两碟咸菜来："西晚，咸菜好送粥，吃吧，我们也是吃这个。"

但厨房里一股肉香还未散，怎瞒得过西晚呢？

第二天西晚提前收工，想赶回来看财主婆在家吃什么。但他前脚刚跨进大门，财主婆早收拾停当，又摆出两碟咸菜给西晚。一连几次，西晚都扑了空。财主婆为什么这样灵通，我什么时候到家她都知道呢？西晚想。他看看身边那只每次收工总是跑在他前头的小白狗，心里忽然明白了。

一天，财主婆打发西晚去做工，又在家和财主弄了一碟白切鸡，一碟酥肉，还有肉蛋、牛巴等吃喝起来。饮着饮着，财主提醒老婆："快出去看看，那只白狗回来没有？"财主婆伸出头去瞅了瞅，大路上没有白狗的影子，便说："放心吧，西晚还没有回来。"

话未说完，西晚已站在门口笑道："嗬！今天弄这么好的菜，真是西晚有口福了！"财主和财主婆只好强装笑脸让西晚吃个够。那只天天给财主婆报信的白狗早被西晚缚在田头啦！

夜 尿 长

老板好赌，经常半夜三更才摸回来叫门。遇上天寒地冻，这可是个苦差事。西晚每次爬起来开门，冷得牙齿直打架。

这一夜，北风北雨，西晚盖着破棉被，在床上冷得发颤。

"嘭嘭嘭！"那个老赌鬼又在擂大门了。

"等一等，我屙完尿就来。"西晚卷曲着在破被里应着。半晌，老板不见西晚开门，蹲在门口被雨水洒湿了身，冷得哆哆嗦嗦，急得踢大门："西晚，还不赶快开门，老子冷得受不了啦！"

“来了，来了，屙完尿就来了!”西晚边说边用一个大茶壶，往尿桶里慢慢斟水。

老板心里犯疑：这个西晚，一泡尿能屙得这样久？便贴近门缝侧耳听动静。听到西晚屋里的尿桶，仍在断断续续地叮叮咚咚地响，只好耐着火性等着。

又磨蹭了一阵子，西晚才慢吞吞地出来开门。老板脚未跨进门，劈头就骂西晚：“你这泡牛尿屙得这样久，让老子喝够了西北风!”

看着老板的狼狈相，西晚掩着嘴笑了，他讪讪地对老板说：

“我每晚都是吃清粥，尿又多又长。”

以上三则唐伦华讲述

罗秀兴　梁书　唐懋洁搜集整理

毕矮的故事

（汉族）

毕矮是一个劳动者型机智人物。其原型毕文彩（1609—1676），明末清初兰溪壁峰人，是个“凿井耕田”的贫苦农夫。其故事达百则之多，内容较广泛，从许多角度表现反压迫、反剥削的题旨，以及旧时农村、城镇的世态人情，塑造了一个滑稽多智、富于正义感和同情心的劳动者形象。这些故事在浙江兰溪县及浙西、浙皖交界地区流布，颇受群众喜爱。

打 城 隍

一年，兰溪来了个新知县，姓沈，名叫柏青。这沈知县是当朝宰相门生的门生，所以他虽然连考三场都交白卷，但就由于靠了这么一点边，仍放了个兰溪知县的肥缺。俗话说：“新官上任三把火”，沈知县上任却忙三件事：一拜城隍，二敬上司，三会乡绅。上两件事都只有出账，唯独会乡绅，进账不少，因为要收见面礼呀！

会罢乡绅，沈知县正忙着捡点见面礼，忽闻堂上传来三通急鼓，收到一张状子。原来是河西村的童财主，失了两头大水牛，要求缉捕窃犯。沈知县想：你见面礼一毛不拔，失了水牛倒来了。好吧，送到嘴边的肉，决不放过。立即传话：“牛为六畜之首，农家生财之本，本官明日亲往查勘。”童财主一听，糟了，县官出门，衙役成群，请酒吃饭，开支非小，可又推不掉，只得恭恭敬敬迎候。

谁知沈知县开锣喊道来到村里，便高坐在童家不想走了。

童财主杀鸡置酒招待，酒过三巡，沈知县心想，这童财主实在太不懂事，为啥还不把见面礼送来？便朝师爷使了个眼色，说："出个对子助助兴。"师爷会意，连忙点头称美，童财主却不知其中奥妙，也只好随声附和。沈知县干咳了一声，道："牛笨无知，不分南北。"

童财主瞪着眼，根本对不上来。

师爷早就听出话音，便不慌不忙地说："钱可通神，能识东西。"

话声一落，急得童财主的脸呀，一会儿红，一会儿青，无奈只好送上一百两银子的见面礼。

童财主实在心痛，他灵机一动，竟诬赖牛是隔壁老石伯偷的。

原来，老石伯祖传两亩薄田，由于他精耕细作，收的粮食年年比人家多。童财主早就眼红，便想趁机霸占这两亩田。

沈知县得了童家的银子，自然一告就准，回到衙门就把老石伯传到堂上，说他偷了童财主家的牛，要将两亩田顶赃，老石伯问有何证据，沈知县一时说不上，竟胡乱说了一句："是城隍菩萨托梦本官的。"不由分说就定案了。

老石伯有口难言，含冤回家。半路上碰到毕矮，毕矮见他满面愁容，问清情由，十分气恼，便道："别慌！明天我同你去。"

第二天清早，毕矮来到城隍庙，把城隍菩萨像打得粉碎，庙祝急了，赶去告状，沈知县发下竹签，立传毕矮。

毕矮手提木棍，气呼呼道："启禀老爷，这贼不入调①，上年冬天偷我的笋，今年又偷我的萝卜，你说该打不该打？"

毕矮带着浓厚的乡音，弄得沈知县把字听别了，忙问："怎么？上年偷你的婶，今年又偷了你的老婆。那还了得，有伤风化，该打该打。"

---

① 不入调：即不正派。

站在一旁的师爷一听不对头，赶忙拉了拉知县的衣襟，悄悄说：“老爷，城隍菩萨是泥塑的。”

一语道破，知县才发觉说漏了嘴，竟一拍惊堂木，道：“唔！大胆刁民，胡说！城隍菩萨是泥塑的，岂有偷人之理?”

毕矮哈哈大笑道：“请问老爷，既然城隍是泥塑的，那他怎能知道童财主家失掉的牛?”

说得沈知县一时性急，结结巴巴地说：“那……那是他托梦同本官说的。”

“对，对，对。”毕矮马上接着说，“那天夜里，城隍菩萨也向小人托梦，说要新任知县捐赠俸银五百两，重塑金身。”

“哎！哪有此事。不对，不对。”

“真的不对?”

“是真的不对。”

“那你说老石伯偷牛的事呢?”

“也不对，也不对，统统不对。”沈知县边说边站起身来，溜进了后堂。

蔡斌搜集整理

智斗县官

毕矮爱打抱不平，所以县太爷也忌他三分。县太爷曾特地对毕矮说：“你呀，要安分守己，老老实实，不准包揽诉讼!”

毕矮笑笑，不做声。

村上有个富户叫福坤，人人称他是老狐狸，九刁十一恶。他有三个儿子，对老大、老二很宠爱，只是老三，因常常背地里资助穷人，碰上荒年，要他外出收租收账，他不但收不回来，还往往将带出去的川资也送给别人，所以福坤不光不喜欢他，还想方设法要害死他哩!

春天，福坤家东仓被人偷走稻谷十多担。当福坤发觉这是老三里应外合干的，气得浑身发抖。福坤抓住把柄，竟不顾父子之情，亲自上衙门找县老爷密议，经过疏通，县老爷要福坤告发他儿子老三犯有忤逆之罪，准备给老三处以极刑。主意一定，福坤立即央人写就状纸，递呈县老爷。

老三得知此事，急得像热锅上的蚂蚁团团转，怎么办？想来想去，只得找毕矮去，也许他有办法。

老三找到毕矮，将来意给毕矮一一说了一遍。

毕矮听了，想了一想，嘿嘿大笑，说："好好，明天中午你来我家一道，我自有办法。"

第二天中午，老三来到毕矮家，只见房门关着，老三用手叩叩门。

毕矮说："是老三吗？请进来！"

老三推进房门，一看，不觉大吃一惊。吔吔吔！毕矮犯神经病啦，这么热的大伏天气，怎么他身穿羊皮袄，还在火炉旁烤火呢？

毕矮却笑嘻嘻地招呼老三坐下。老三呢？像根木头竖在那里，结结巴巴地说："毕、毕矮哥！你，你怎么啦？"

毕矮一本正经地说："老三，坐坐。你明天就得上堂啦！喏，我这里写好条子一张你带去，不过这条子你自己不能先看，放进口袋，待明天上堂时，不管县老爷问你什么，你总不要开口。他问一句，你叩一个头，他问两句，你就叩两个头，等到他要你画押服罪时，你就把这条子拿出来，朝向他的面打开，喊一句：'青天大老爷，实在冤枉啊！'我包管你的官司打赢！"

老三半信半疑，想再问问，可毕矮却摇摇手，叫他走。

第二天，开堂了！

"嗬——"一声吆喝，皂役站立两旁，县老爷正堂一坐，传过老三。

"啪！"惊堂木一拍，问过姓名，就诉述了老三的罪状，说他犯有忤逆之罪。

老三按毕矮的吩咐，每当县老爷问一句，便叩一个头，问两句，叩两个头。接着大老爷怒目圆瞪，就开始判决，问："你，你说，你说，看你还有何话说？"

这时，老三才急忙从口袋里拿出毕矮给他写好的纸条，朝着县老爷打升，并喊："青天大老爷，小人实在冤枉哦！"

县老爷不看倒罢，一看不觉傻了眼。连说："退堂，退堂！"

在旁的原告福坤一时弄得丈二和尚摸不着头脑，也愣住了。他想：老三刚才从口袋里拿出这张条子，是个什么法宝，竟有这样大的神通！

来到后堂后，但见县老爷板着脸，责问道："福坤，你，你太缺德了！"

"啊！……"福坤目瞪口呆。

县官继续自言自语："你有没有体统？我差点上了你的当。"

福坤真如当头泼了一木勺冷水，弄得晕头转向，一时竟不知说什么好。

福坤结结巴巴地问："我，我有何过错，请，请大老爷当面指点！"

"哼！"县官皮笑肉不笑地说，"你还知道天下有'耻羞'两字！"

福坤脸都吓青了，忙说："请大老爷直说吧！"

县老爷随手拿过字条丢给他："你，你拿去看来！"

福坤拾起字条一看，气得浑身发抖。你道为什么这张字条会有这样大的神通。喏！字条上面写着这样十二个大字：

妻有貂蝉之貌，
父有董卓之心。

"好哇，这畜生竟敢这样血口喷人。"福坤火冒三丈，他向县老爷担保绝对没有这种缺德之事，并要求县老爷立即找出老三幕后指使人，因为他知道老三没有这样好的肚才。县老爷听后，两人仔细分析，觉得事情蹊跷，一致怀疑是毕矮的恶作剧。

第二天，老三又被传讯到堂。

县官问："刁民老三，你竟敢光天化日之下，无中生有，诬告长辈。本官原拟罪加一等。现姑念你年纪还轻，只要你说出这是谁给你出的主意，这样就可给你从宽处理！"

老三支支吾吾不肯说。

"啪！"县官惊堂木一拍厉声追问："你竟敢不老实！左右，看刑！"

老三经不住他们的哄吓骗，只得说出是毕矮帮他想的办法。

县官和福坤一听，点头会意，火速差皂役去传毕矮上堂。

毕矮从容不迫地来到大堂，见过县太爷。

县官火冒三丈：“嘟！大胆刁民，本官早有吩咐，要你安分守己，不准包揽诉讼！”

毕矮毫无惧色，故作惊奇地问：“小民一向安分守己，有何过错触犯你大老爷了？”

“呔！你犯法不知罪！竟敢强辩！”县官嘿嘿一阵奸笑，“来人，将老三带上来。”心想，看你怎么抵赖。

毕矮也是一阵大笑：“哈哈！哈哈……”

县官照例问过老三，老三只得直说。岂知毕矮胸有成竹地问老三，“好！你说是我代你出的主意，那不妨请你说得详细些，何时何地我和你说的呀？”

老三说：“昨天，我去找你，见你身穿羊皮袄正在房间火炉旁边烤火……”

老三话未说完，已引起哄堂大笑，害得县官连拍惊堂木：“肃静，肃静！”

毕矮不慌不忙地说：“炎夏大伏天，谁穿羊皮袄烘火炉？一派胡言乱语，父母官岂可轻信？”

县官脸上红一阵儿青一阵儿，不得不喊：“退堂，退堂！”

诸葛珮搜集整理

奇　怪

女埠镇上有爿当店，生意很好，可是店老板为人刻薄，十分吝啬，人家向他求助，总是一毛不拔，因此人人称他“吝啬鬼”。

一天，有个乡下人，穷得没法生活了，拿了一包衣物来当，因为多跑了路，口干舌燥，便向老板讨杯茶喝。谁知“吝啬鬼”非但不给他喝茶，反而骂道："这里是当铺，不是茶店，真是乡下佬!"

毕矮知道此事后很是气愤，就对那个乡下人说："哼！'吝啬鬼'这样可恶，连讨杯茶喝也不肯。好，你看吧，我要他请一席酒菜给你吃呢！三天之后，你多要几个人来，在当店门外等着，看我叫他办酒菜请你就是，别忘了。"

乡下人知道毕矮不会和他说谎，就半信半疑地答应着回去了。

第二天，毕矮起了一个早，来到当店门口，朝里面一看，只有一个学徒在里面扫地，他便提高喉咙喊了一声"奇怪"，喊罢回身就走。那扫地的学徒，倒也没有十分在意。

过了一天，毕矮一早又来到当店里喊了一声"奇怪"，喊完之后又匆匆离开。

当店里的学徒，接连两天早上看到有人来店里喊"奇怪"，便将此事对"吝啬鬼"讲了。"吝啬鬼"听了心里也觉得奇怪，他连忙召集店里的伙计商量。

"吝啬鬼"说："我们店里究竟出了什么奇怪事呢？为什么天天有人来喊'奇怪'，我们要弄清楚才好哇!"

伙计们听了都面面相觑，不知所措，后来有个伙计居然也想出个法子来了。他说："来喊'奇怪'的人，既然天天来，明天也一定会来的。我们只要等他来喊的时候拉住他不放，要他说出个道理来再放他，这样好吗?"

老板"吝啬鬼"和所有的伙计们都赞成他这个法子。

第三天，毕矮果然又很早地来到当店里，在柜台前喊了一声"奇怪"后又要转身走了。伙计们连忙从门背后钻了出来，七手八脚地拉住了他，硬要他说出喊"奇怪"的道理来。

这时候，和毕矮约好的乡下人，一共到了七个，他们正在当店门外等候毕矮的消息。

毕矮和伙计们说："你们要我说出道理来是可以的，不过要你们的老板亲自来接待我，我才肯说。"

伙计们把老板"吝啬鬼"请了出来，"吝啬鬼"心想一定是什么重要事，便很客气地把毕矮请到里面，然后笑眯眯地问道：“你天天到我店里来喊‘奇怪’，不知我店里到底出了什么‘奇怪’事，请你告诉我，我是很感激的。”

毕矮说道：“我说的‘奇怪’和门外那几位朋友有很大关系，请你把他们也请进来再谈。”

“吝啬鬼”依着毕矮的话，把乡下人统统请了进去，递了茶烟，然后问道：“你现在可以谈了吗?”

毕矮正正经经地说：“当然是可以的。不过这事对宝号的关系实在太大，你得先给我们吃一席酒菜，才好讲给你听哩!”

“吝啬鬼”看看毕矮那副神态，想到这和本店关系太大的事情不知究竟是什么？便忍痛叫一个伙计去菜馆备了一席酒菜来。

一会儿，酒菜叫到了，毕矮和乡下人刚好八个坐了一席，便不客气地吃起来了。

“吝啬鬼”等他们吃完了酒菜，才开口问毕矮道：“我店里究竟有什么‘奇怪’？请你们说给我听听。”

毕矮这时兴冲冲气傲傲地说道：“因为你太吝啬，人家向你讨杯茶喝你都不肯，所以外面人都叫你‘吝啬鬼’，以后无论什么东西，一概不到你店里来当了，如果你店里没有顾客上门，那不是要关门‘大吉’了吗？这几位朋友是最明白这件事情的，他们告诉了我，我想，一爿当店，如果没人上门来当东西，不是很‘奇怪’的事吗？你想，这对宝号的关系是多么重大呀!”说完，站起身来，领着大家向老板点点头，一同走出店门去了。

当店老板“吝啬鬼”让毕矮他们白吃了一席酒，又让他们教训了一番，直气得目瞪口呆，连话也说不出来。

李韩林搜集整理

巧计除恶棍

从前，渡渎村有座枫山书院，书院里有位书生叫方文标，家住离书院二里地的方家坑。他每天早上，一听到屋外竹林里鸟儿“叽叽喳喳”的叫声，就起床去书院攻读。

附近的红泥村有个屠夫名叫张大，是个酒色之徒，他和方文标家后门姓刁的婆娘勾勾搭搭，胡搞多年。

一天，张大看中方文标的妻子毕氏，就要刁婆娘设法勾引毕氏。刁婆娘心眼坏，鬼主意多，却故意说：“这事难呵，人家是规矩好人，她丈夫是个有名的书生哇!”

张大苦苦哀求，并且递给她一吊铜钱，刁婆娘见钱眼开，便答应替张大想个办法。

第二天，刁婆娘起了个早，待方文标去书院，她就走进毕氏家，说是她家自做了一缸好酒，特地送一壶给自己的老邻居，尝尝味道。

毕氏婉言推却说：“我是不会饮酒的!”

刁婆娘好心劝道：“不会饮酒就少喝一两口，你一喝就知道这酒的香味呢!”

毕氏还是不肯喝。

刁婆娘就装出生气的样子说：“我知道你是看不起我的！你是书香门第的家眷，我呢，高攀不上!”

毕氏为难地说：“我的确不会饮酒，请你千万莫要误解。”

刁婆娘说：“你既看得起我，就该喝上一盅，反正没有别人，我们是多年的老邻居，不用客气啦!”

毕氏经不起刁婆娘的纠缠，就接过酒壶倒了一盅，一口咽下了。

刁婆娘又唠唠叨叨地说：“今朝有酒今朝醉，这是古训。人活在世上，应该图个享受。方文标人品虽好，但他是个读书人，成天在书院顾自读书作文章，让你独个儿冷冷清清守空房，也太无情了!”

毕氏越听越不入耳，但又不好意思当面得罪别人，只得含含糊糊应付几句。

不一会儿，毕氏觉得头脑昏昏沉沉，就对刁婆娘说，“我有些发晕，怕是喝醉了，请你先回去吧!”

刁婆娘暗喜在心，说：“呀！空肚喝酒很容易醉人，我扶你先上床去睡一会儿吧!”说着就搀扶毕氏进房。

张屠夫得知毕氏已中计，立即潜入方家，毫无阻挡地就把毕氏糟蹋了！你道为什么？原来刁婆娘在酒里已放下蒙汗药了。待毕氏清醒过来才发觉自己已中计失节，就要和张屠夫拼命。张大拔出杀猪的尖刀威胁说：“嘿嘿，生米已煮成熟饭，你如声张，告诉你，我的刀是吃荤的，叫你和丈夫方文标一块做个无头鬼。”

张大这人，附近一带人人知道，他靠着一把刀子，什么缺德的事都做得出来，他在人家米缸里撒尿拉屎，人家也不敢惹他。若惹了他，打你一顿，还得你赔他笑脸，否则他就动刀玩命，所以人们对他都远而避之。

毕氏被他一吓唬，心想，我自己一死倒也罢了，可连累丈夫的性命难保，于心何忍？

这无耻屠夫逼奸以后，一而再，再而三，缠着毕氏，开始几天，在竹林里等待鸟啼，趁文标外出便乘虚而入。谁知道这贪得无厌的家伙，竟嫌相会时间太短，索性在半夜里到竹林将竹摇曳，小鸟也就“叽叽喳喳”地叫开了！

这一天，文标听到鸟叫，以为天快亮，就起床了，走到半路，抬头一看，满天星斗，知道天还未亮，只得转身回家，当他推开虚掩的家门时，听得屋里有男人声音，仔细一听，发觉自己妻子有奸夫，气极了。他想：夫妻之间相处十分恩爱，怎么会出这种事呢？一时，心如滚油煮，退出家门独自呆呆地来到路旁的一座凉亭里，越想越憋气，直气急得走投无路。

刚好这天是八月初一殿山庙会日期，成群结队的男女要上殿山。毕矮起早也去赶庙会，快走近路旁凉亭时，见有人要悬梁自尽，赶忙跑过去，一瞧，竟是毕家村的女婿——方文标。毕矮夺下他的绳带，连劝带问，方文标终于吞吞吐吐说出真情。

毕矮听后忙说：“不用急，你应该先回去问问清楚。如果你妻的确是真心爱你没变心，有什么事只要一盘问，她是不会瞒你的。要是有什么委屈，你要好好劝慰她，有天大之事，只要用得着我毕矮，我总会给你们想办法的！”

方文标听了，觉得毕矮说得有理，回家后就细细盘问妻子，妻子哭哭啼啼将张屠夫如何串通刁婆娘逼奸之事，从头至尾详详细细说了出来，并要以死来表白自己的心意。

方文标见妻子说出真心话，就劝慰说：“这事不能怪罪你，我要请毕矮帮助出主意想办法报仇雪恨。”

于是方文标将事情原本告诉了毕矮，毕矮知道是屠夫张大串通刁婆娘一块所干，谁不知道这两个家伙都是有名的头顶生疮、脚底流脓的恶棍呢！心想：好哇！被他俩迫害致死的人已不少了，今天你们自己的死期到了，就如此这般地给方文标说出了一个好计谋。

这天，天没亮，方文标前脚出，张屠夫后脚进，毕氏故意笑脸相迎，还劝张大吃杯酒御御寒，张屠夫心花怒放，醉醺醺地竟要与毕氏接吻，毕氏也不嫌避，张开了嘴，不料当屠夫舌尖伸出时，说时迟，那时快，她用力一咬，只听张屠夫“啊唷”一声，舌头已被毕氏咬下一截！

屠夫正欲用杀猪尖刀刺杀毕氏时，门外突然响起急促的敲门声，屠夫贼胆心虚，不知门外有多少人，便慌慌张张从后门逃窜。

再说，那天傍晚，毕矮早把几根杉树借放刁婆娘家门外了，他托刁婆娘代看管一下，别让贼偷走，明天就给她二吊铜钱作酬谢。

谁知屠夫刚从方家后门逃出，天黑得伸手不见五指，一脚就踩上毕矮预先横放的杉树，摔了一个狗吃粪。这刁婆娘一听门外有动静，以为有贼来偷树，就不管三七二十一，一边喊捉贼，一边就死死拖住屠夫，屠夫心慌意乱，随手一刀杀死了刁婆娘，慌慌忙忙逃走了。

这时，方文标和毕氏依照毕矮的吩咐，一切已安排妥当。

天一亮，人们发现刁婆娘惨死在她自家门外，地保向县衙门报了案，经过忤作验尸，发现死者刁婆娘嘴中有半截人的舌头，身旁有尖刀一把，知是被杀，县官看过尖刀，认出是杀猪用的，断定凶手是屠夫，就下令把本地所有屠夫都带上堂来查问，因为张大嘴里少了半截舌头，他一上堂，“咿咿哇哇”话也说不清，案情不用多审问，凶手系张大无疑，于是无赖张大被判处了死刑，人心大快。

十九层地狱

有个财主婆，五十岁才开始吃素拜佛，自称吃素婆。她表面修行，心地狠毒，是个佛面蛇心的人，吃素婆隔壁住着一位杀猪佬，为人老实，是聪明长工毕矮的好友。

一天，吃素婆突然大发“慈悲”，跑来对杀猪佬说：“你呀！今世这样苦，还不修修下一世。做个屠夫，伤了多少性命，真作孽！”

杀猪佬很生气，本想痛斥她一顿，恰好这时毕矮来他家不好意思当着客人面发火，便笑笑说：“酒肉穿肠过，佛在心头坐。人，只要心地善良就好了！”

“这种话不好讲，罪过，罪过！”吃素婆煞有介事地说。

“我反正就是白刀子进，红刀子出，管它什么罪还是过！”

“啊呀，你不怕打入地狱呀！”

这时，毕矮心想：今年旱情这么严重，佃户交不起租谷，你这假慈悲的吃素婆逼租多凶！佃户被你活活逼疯逼死的有多多少少！你不吃荤腥吃了素，就掩盖得了你的黑心肠吗？像你这样的人，如果天地有知，倒是应该打下地狱的。

吃素婆看杀猪佬不响了，就接着说：“你趁早改行！”

毕矮看不过，插嘴道：“看来他是改不了啦。”

“不改行就入地狱。”

“地狱有几层？”

“十八层。”

毕矮“唔”了一声，然后说：“不过昨晚我做了一个梦，却看到有十九层地狱哩!”

“什么？你倒说给我听听。”吃素婆心里很奇怪。

毕矮一本正经地说：“嗯，昨天半夜子时辰光，我睡在床上，蒙蒙眬眬看见一位白胡子老公公，他走到杀猪佬床前轻轻地拂了拂杀猪佬说：‘我的小子孙，我是你曾太公的曾曾太公，离你已十九代了，我们家代代都做屠夫。告诉你，我第一代杀猪，冤枉被打入第一层地狱了。可我的儿子也爱这一行，他就被打入第二层地狱。孙子呢，还是杀猪，被打入了第三层。以后代代杀猪，我家已被打入十八层地狱了。我们都还未饿死，因为地狱里的许多鬼都爱吃肉，我们仍旧好干我们的老行业。唉！到了你这一代，我真为你担心啦！这时，我和杀猪佬都奇怪起来，一齐问他为什么？他说：‘你们不用问，跟我去看看吧!’于是我和杀猪佬就跟着他的白胡子老祖宗来到第十九层地狱，不看倒也罢了，一看，杀猪佬就伤心地哭起来了。”

说到这里，毕矮神秘地说：“你知道他为什么哭？原来这层地狱里猪肉没有人要，卖不出去啊!”

“啊，卖不出去!”吃素婆不解地问。

“对！因为在第十九层地狱里，我们所看到的都是一些和你一样佛面蛇心的吃素婆啊!”

吃素婆听了，冒出冷汗，面孔绯红。毕矮和杀猪佬却哈哈大笑起来。

送还金耳环

一天，毕矮乘船到城里去。船上人多众杂，当船快到城里埠头时，突然船舱里传来妇女的哭喊声：“天哪！我的一只金耳环丢失了。我家男人病了，等我去银楼兑换，请医生看病的呵。”

一时，人声嘈杂。周围许多热心的人，都在替她在船上找寻。

这妇女越哭越伤心。有个同村来的，替这妇女讲情，说：“她丈夫已病了好几个月，毛病很沉重。有孩子，还有父母，一家人生活够苦了！行行好事，送还她，功德无量。”可是没有一个人承认捡到金耳环。

毕矮看看这妇女的伤心情景，皱皱眉头，想了想，就一字一句地对着船上乘客说：“我知道——谁拾去金耳环！”

一时，大家都很寂静，很想听毕矮说出是谁，可毕矮却又不说下去了。

毕矮停了一下，才慢条斯理地接着说：“是我看见的，不过……”毕矮只说了半句，又不说了。

渡船靠岸了。

人们都陆续前拥后挤地走上跳板。

“喂！拾金耳环的朋友，你的东西脱掉了！”毕矮突如其来，大喊了一声。

正在陆续走上跳板的人群中，有一人不禁掉过头：“啊！”

毕矮却一个箭步，上去一把抓住这人。说：“金耳环拿出来，不要敬酒不吃吃罚酒！”

这人也不敢强辩，面红耳赤地从袋里拿出金耳环，交给毕矮。

毕矮接过金耳环，交还那个妇女。

以上三则诸葛珮搜集整理

找 烟 钿

从前，兰溪地方有个规矩，造房子或者做家具，完工时要吃圆工酒，这时得付清工钿，不会吸烟的工匠，还得由东家付给他烟钿。

那时兴黄酒，有好的、差的两三档。一般有钱人家是五个铜钿作烟钿，不富裕人家付三个铜钿也行。

这一天，黄财主请圆工酒。毕矮也是工匠之一，他不会吸烟，所以有烟钿可领。黄财主将工钿和烟钿一起放在毕矮面前的桌上，说：“这是你的工钿和烟钿！”

开始毕矮没留意，后来发觉其他几位同伙，都在嘁嘁促促议论。他就仔细用眼扫了扫自己面前的工钿和烟钿，心中就有了底。

毕矮一言不发，当吃完圆工酒后，随手从上堂前拔起一柱祭天地的大红蜡烛，走到自己桌边，把这蜡烛当灯，东照西照，一双眼睛骨碌碌地转，很认真地在地上找东西。

找哇找，找哇找！他将蜡烛头倒过来，燃着的大红蜡烛油“嗒，嗒！”地滴在地上。没一息功夫，一柱一斤重的蜡烛，竟有半柱溶掉了。

黄财主眼巴巴地看着毕矮，心疼得不得了，开始还以为一下就能找到，想不到毕矮一股劲地还在找，蜡烛油“嗒嗒”在滴，实在熬不牢了，说道：

“喂！毕矮，你在找什么呀？”

“找铜钿！”

“啊？铜钿什么时候掉在地上啦？”

“刚才！”

“多少？”

“喏！你拿给我的工钿、烟钿，我除去十五个铜钿的功夫钿，这里只剩下三个铜钿呢！”

“啊啊！”黄财主明白了，脸上红一阵青一阵，“毕，毕矮，是，是三个铜钿黄烟钿。”

毕矮装成很懊丧的样子说：“那，那你为什么不早说。我，我还以为你一定是付五个铜钿的黄烟钿呢！”

在座的工匠，心里都明白，暗暗称赞：“毕矮真有办法。是要让黄财主尝尝克扣别人工钱的味道。”

毕矮将蜡烛插回蜡烛台上，一边是长长的蜡烛，一边却只有一点点烛头了。

董浩龙讲述

章笑男搜集整理

买眼药水

一天晚上，毕矮的邻人小山，因为眼睛痛得厉害，只得半夜起来到街上一家药店里去买眼药水。这时，药店老板已经睡熟，被小山唤醒了，觉得很不舒服，大声呵责道："谁这样讨厌，半夜三更来撮药？"

"买眼药水的。"小山在店门外向老板哀求。

"买多少钱眼药水？"老板没好声气地问。

"五文钱。"

"哼，这几文钱生意，鬼高兴做！"接着只听见老板呼呼的鼾声了。

小山没法，只得朝店门看看，空手而回。第二天他的眼病更严重了。后来毕矮听到了这件事，非常气愤。心想，眼药水还能买多少？他当下和小山约了几个邻居，挑了十担酒坛去到那爿药店。

他们一到，乒乒乓乓地卸下十担酒坛，老板和来往过客都不知出了什么事。这时，毕矮走到柜台边，向老板喊道："喂，大老板，给我们买二十坛眼药水，要多少钱？"

店老板见这许多人挑了酒坛进店来，正在狐疑。这时，听了毕矮的话，忙赔笑说："先生，你真是讲大笑话了。你们要这许多眼药水做啥？再说敝店一时又怎么拿得出这许多眼药水来呢？"

毕矮沉下脸来说："怎么会拿不出来的呢？贵店几文钱的小生意是不做的！今天二十坛眼药水的大生意总该做了吧！老实告诉你，今天不卖给我们，就砸烂你的招牌。"

"那怎么使得！先生，店里真的拿不出这许多眼药水，敝店平时做生意有什么不周到的地方，千万请你们原谅。"药店老板开始求情了。

毕矮这才正经说道："昨晚上，我们邻人小山眼睛痛得厉害，到贵店求买五文钱眼药水，你这个大老板嫌他钱少生意小，躺在床上不肯起来做买卖。今天，我们要买二十坛眼药水，这桩生意总算大啦，你又说拿不出这许多来了。哼！你们开药店的，总该有个恻隐之心，要急人所急才好，怎能看生意大小随便做不做的哩！”

药店老板被说得面孔绯红，自知理屈，只得向毕矮和他的邻人们赔礼。他还特地拿出一瓶顶好的眼药水来送给小山。毕矮叫小山拿出五文钱来扔在柜台上，才一齐走出店门。

这个毕矮买二十坛眼药水的故事被传开以后，兰溪所有的商店都引以为戒，小生意不敢不做了。

李韩林搜集整理

至聪木匠的故事

（汉族）

至聪木匠是一个劳动者型机智人物。因其绝顶聪明，并以木工为业，人们便称他为“至聪木匠”。他的故事在湖南双峰县一带流布。

大半天吃餐饭

有一天，财主家请至聪木匠去做功夫，吃饭的时候，财主想捉弄他，有意把筷子摆在碗的左边。至聪木匠也不理会，左手拿起筷子就吃起来。他吃得很慢，当真个是一粒一粒地数，大半天过去了，还坐在席上。财主急起来了，板起块脸讲他不该吃得这么慢。他笑一笑，说：“老爷，对不起，我今天是到你家来学徒的。”“啊?”财主问：“你还有出师?”“嗯。”至聪木匠回答：“我师傅从有教过我用左手吃饭。”财主只得向他道歉，再摆出碗筷，恭恭敬敬请他上座。

巧解装犁术

这天，至聪木匠师徒要去别家赶“上梁酒席”，碰好财主家有一架犁急着要装，财主佬说了一箩兜子好话，还说杀鸡陪他们。至聪木匠只好把徒弟留下来。

那里晓得财主捉鸡要杀时，故意放掉了。口口声声说鸡跑了，就称肉他吃，等到卖肉的屠户来了，财主又流水躲进里屋去了。等卖肉的过了身，又赶出去称，赶了半天冇赶上，再改口说煮鸭蛋算了。过了一下子，卖豆腐的来了，财主想：豆腐比鸭蛋还合算些，就买了两块豆腐让他吃。徒弟气不过，就在犁上留了首尾。

过了几天，财主把至聪木匠叫了去，一口一个酱茄子地数落：“你带的好徒弟，在外面吃冤枉饭！帮我装的犁，不是深了，就是浅了。”至聪木匠故意把犁看了看，说：“老爷！莫怪，我徒弟装的是放鸡犁，犁上装的是鸭蛋尖，所以犁进去躲屠户，犁出来鸭蛋换豆腐。”

财主脸红耳赤，羞得冇地方躲。

赚松活钱

财主请至聪木匠做具棺材，还有架势，就限定时间要他完成。至聪木匠不声不响，把木料剁得差不多了，便对财主说：“老爷！你这座‘千年屋’，要住得急？还是要住得缓？要急的话，我就按时给做好，要缓的话，我就给你延个寿。”财主一听，欢喜得不得了：“当然要缓嘛，越缓越好！”于是，就叫至聪木匠给他延寿。

至聪木匠喊来蛮多的穷乡亲，叫他们各人抱一筒杉木，在厅堂中围着他在地上画的“寿”字，慢慢细细地踩来踩去，茶时喝茶，酒时饮酒，饭时吃饭，还要财主按天付给工钱。这样子一共踩了七七四十九天才罢。

乡亲们好不高兴，搭帮至聪木匠，赚了财主家一把松活钱。

粜谷讲故事

有一年的荒月上，至聪木匠去财主家粜谷。财主见他聪明，要他讲个故事才粜把他。至聪木匠一口答应了。他在心里捉摸了一会儿，便讲起来：

“一天，一只跳蚤和一只虱婆为了争一颗蛋，打起架来，都说蛋是自己的。争不清，就去告了县官。县官把案桌一拍，说：‘你们先不要争，权且把它放在暖和的地方’孵出崽来。如果那崽跳（桀），便是跳蚤的崽。如果那崽不跳（桀），便是虱婆的崽。’”

财主听了，哭笑不得，又不得不开了仓门。

立卖山契

至聪木匠给财主做了一世的功夫，只赚住了嘴巴。后来，他老了，出去做不得功夫了，家里穷得冇米下锅，只好把仅有的一小块山卖给财主。凭中人说定，要留下一棵柿子树不卖。他在契约上写了个“是树不卖”。当时，财主认为他是个老粗，写别个把字，冇么子要紧。等到财主付了山钱，至聪木匠就带着全家，把那里的树砍个精光。财主来找麻烦，他拿出山契说：“这山契上写得明明白白，是树不卖嘛!”

财主想打官司，但契约上白纸黑字写了的，他只好胀着一肚子的气吃下这个哑巴亏。

以上五则王光　王赢搜集整理

刘狗的故事

（汉族）

刘狗，又作刘九、刘舅，是一位劳动者型机智人物，出自艺术虚构。其故事大都以智斗贪官、劣绅，替穷苦百姓伸张正义为内容，流传于广西玉林一带。

筷子打架

有个既吝啬又狡猾的财主，一天，他叫了几个农民帮他整理菜畦。吃早饭的时候，财主摆了一桌丰盛的酒菜，还和农民同桌吃喝。刚吃了一会儿，财主几次用自己的筷子搅开农民的筷子，说：“我家有个规矩，凡是吃饭时筷子打架，就要散席。”说着就把饭菜搬走了。

农民很气愤，但一时又想不出办法整治财主，大家把此事告诉了刘狗，请他想个办法。刘狗给他们出了个主意。

大家饿着肚子整理菜畦，财主在田头上指手画脚，催农民抓紧时间干活。大家干了一会儿，就用锹相互碰撞起来。财主喝问：“你们为什么不干了？”农民说：“我们农家也有个惯例，凡是锹打架，就要停止干活。”说完，大家扛起锹走散了，气得财主捶胸顿足。

鸭笼逗笑

刘狗从金家回来，晚饭后约了穷哥们，一起商量怎样逗金哥发笑的事。有的说在乌龟背上写个红寿字，送给金哥作寿礼，捉弄他，逗他发笑。有的说让老鼠戴上个寿字，送给金哥作寿礼，既能逗他发笑，又能戏弄他愚蠢。大家七嘴八舌，出谋划策，刘狗把自己的想法告诉了大家，众人听后拍手叫妙。分头依计行事，直至半夜准备好了一份特别的寿礼。

第二天，金哥过八十一岁生日，屋内张灯结彩，红红绿绿，屋外人来客往，敲锣打鼓。金哥坐在一张太师椅上，他老婆坐在一旁陪着，接受宾客们跪拜祝贺。师爷们忙得不可开交，指手画脚，点收财礼。

宾客们分批向金哥祝寿后，金哥说："老夫今天八十一大寿，我告知各位，如果有人送来的寿礼能逗得我发笑的，就赏白银一百两。"宾客一听，都争先恐后地把事先准备好的寿礼，恭恭敬敬地送上去，满以为自己值钱的寿礼，能逗得金哥开怀发笑，博得一百两白银。金哥诡计多端，他以做生日为名搜刮钱财，又怎会轻易发笑，让这一百两白银送出去呢?

金哥正在得意地看着寿礼一份份送进来，忽然门外传来喊声："刘狗到!"随着迎宾音乐声，刘狗大大方方，领着四个脚伕走进了院子。金哥赶忙出来一看，只见那四个脚伕抬着一件很大的东西，上面用大红绸布裹着，布上还绣了个金黄色的大"寿"字。金哥猜想：这一定是份很值钱又很考究的寿礼。他不嫌刘狗身份低微，连忙招呼进厅上坐，师爷慌忙斟茶递烟。寒暄过后，刘狗对金哥说："金爷八十一大寿，我特来送寿礼祝贺!"说着就叫四个脚伕抬进来。金哥的厅门虽大，横抬进不去，竖抬也抬不进去。刘狗见此情景，上前揭开大红绸布，只见大大的一只鸭笼，笼里装着一只瘦鸭。金哥和众宾客一见，顿时惊诧起来，不解刘狗用意。刘狗拍了拍鸭笼，笼里的瘦鸭一惊，四处碰撞，并"嘎嘎嘎"地乱叫，刘狗一本正经地骂着："畜牲!四条竹织成的鸭笼，你怎么会嫌'窄'呢?"说完又用力拍拍鸭笼，瘦鸭又"嘎嘎嘎"地叫起来。宾客哄堂大笑，有的笑得前仰后合，屁股翘得半天高，有的笑得唾沫横飞。金哥一见，也忍不住捧腹大笑，鼻涕、唾沫和眼泪都笑了出来。

金哥老婆倒是醒水，一见金哥发笑，马上拉了金哥一把，绷着脸说："今天是你的寿诞，竟笑成这样，真不知面皮七尺厚！"金哥猛然醒悟，急忙装出正经样子说："今日老夫寿诞，本该开怀畅笑，可是有的竟笑得一个屁股翘起半天高，有失体统！"刘狗说："都怪金爷没事先做个样子，要都像你刚才笑的样子就好看多了。"金哥哑口无言。刘狗问："金爷人贵言重，那一百两白银，该赏给我了吧！"金哥苦于有言在先，不好抵赖，只得无可奈何地点了点头。

当师爷捧着银子出来时，金哥又想起了一条计策。他对刘狗说："如果你能回答我两个问题，再赏你白银二百两。要是答不上来，以上我说赏给你的白银全扣下。"刘狗泰然自若地说："你就提出来吧！"金哥说："老夫洪福齐天，你说天有多高？我面皮有多厚？"刘狗稍一思考后，回答说："金爷面皮七尺厚，两个屁股天咁高。"金哥厉声喝道："混账！你既不量过我面皮，又不量过天，怎么知道呢？"刘狗笑着说："这可是你夫人和你说的呀！"金哥瞪了老婆一眼，他老婆自知刚才失言，赶忙做声："不错不错，老爷肥福满禄，当然面皮七尺厚啰！"金爷气得直翻白眼，说："好，就算你刘狗答对了第一个问题，那你又怎么解释两个屁股天咁高呢？"刘狗说："刚才你不是说一个屁股翘起来半天高吗？那么两个屁股加在一起，不就是天咁高吗？"金哥被问得瞠目结舌，哭笑不得，只得叫师爷把银子交给了刘狗，刘狗把三百两银子放进了鸭笼，让四个脚伕抬着。在瘦鸭"嘎嘎嘎"的叫声中，刘狗和脚伕们大摇大摆地走了。

酸桃惹馋

金哥为着一副寿联和一声大笑，白白送了三百两银子给刘狗。他心痛得像猫抓心肝，一会儿捶胸顿足，一会儿仰天叹气。他望着刘狗的远走背影，气得眼睛发直。师爷安慰金哥说："老爷，别为这事伤心神了。俗话说，羊毛自打羊身出。”金哥连忙问：“你有什么计策?”师爷凑近金哥耳朵边，叽里咕噜说了一阵儿。金哥听了直乐得手舞足蹈，连说：“妙计，妙计!”

金哥寿诞一连闹了三天。第三天早上，那些宾客又带着一份份厚礼前来。这些礼物全是吃的东西。原来金哥按师爷的计策，前天四处传话，如果有人能惹得金哥嘴馋，就重赏白银四百两，那些宾客送来的“吃”礼，一来为了奉承金哥，二来也想博得四百两白银。金哥望着一份份礼物，忍不住走过去摸摸这、掂掂那，想起师爷的计策，真个是乐得心花怒放。他装出谦让的样子，对宾客说：“老夫八十一寿诞，有劳各位祝贺!”向众人拱手致礼，接着又说：“今天你们送来的礼物，如果有能惹得我嘴馋的，就快拿出来试试。”众宾客听到金哥发话，赶紧打开红包，争着拿出自己的礼物，一窝蜂似的围拢上去，把各式各样的礼物，柑橙、石榴、万寿果、海参、蚝豉、鱼翅和金头龟等，一下间全凑到金哥嘴边。有几个还亲自吃了一点，并装出嘴馋流口水。金哥紧闭嘴巴，眼突突盯着这些时新果子和山珍海味，只是点头应酬，没有一点儿嘴馋的样子。

师爷见闹了半天，料定大功告成，赶紧替金哥收场说：“好了，各位既然无福领受这四百两银子，那就请放下礼物，到厢厅休息片时，待金爷设酒酬谢致意。”说完催促丫头把摆满了四大桌的礼物，全搬进房内，金哥和师爷也尾随着进去。众宾客谁也无法博得这四百两银子，都不愿散去。大家议论纷纷，出谋划策。可是商量了大半天，还是想不出办法来。有个客人说：“刘狗的办法多，最好请他来!”众人想起了上次的事，决定一同去找刘狗。

刘狗正在果园里和穷哥们一起采摘洋桃子。众宾客找见他，七嘴八舌地向刘狗说明来意，并请他出主意，想办法。刘狗笑着说：“你们为什么不想一想，金哥平时吃的多是时新果子和山珍海味，而你们送去的却又是这一类，他早就吃腻了，这又怎样惹他嘴馋呢?”众人一想也是，但又想不出好办法来。刘狗说：“大家先回去，等下请看我的。”众宾客走后，穷哥们忙问刘狗用的究竟是什么办法。刘狗说：“办法很简单，我只要一只酸洋桃，就惹得金哥口水直流。”大家都说这主意不错，要随刘狗去金哥家。刘狗叫几个人留下看管果园，吩咐说：“要是发现有人偷洋桃，便抓起来。”

刘狗和穷哥们一起来到金哥家，向他们交代了几句话后，独自走了进去。金哥一见刘狗，猛地想起失去的三百两银子，神色立即不同了。刘狗向他拱了拱手，说："不知金爷寿诞连开三天，请恕我送礼迟来一步！"众宾客见金哥神态，恐怕他有失信用，异口同声地帮衬说："有礼不为迟嘛！"金哥明知刘狗办法多，想不收他的财礼。但当着众人面，又不好推辞，只得硬着头皮说："……拿你的财礼试试吧！"刘狗走近金哥跟前，众人瞪大眼睛，心里都猜想这份财礼怎么个特别。一眨眼，只见刘狗像变戏法一样，伸手向空中一抓，急忙往衣袋里一掏，一只肥大的酸洋桃握在手中。刘狗把酸洋桃凑着金哥嘴边，用力一咬，酸汁四溅，刚好溅到金哥嘴边。刘狗大口咬着酸洋桃，眯起眼睛，连声说："唔！真酸真酸！"金哥望着刘狗吃酸桃的样子，嘴边又尝到酸汁，口水禁不住流了出来，喉咙刮刮响。众人见金哥这副馋相，拍手喊起来："金爷嘴馋啦！"金爷听见喊声，真如噩梦初醒，想起又要按诺言送给四百两银子，马上脸色一沉，对刘狗说："事先我可没跟你打赌哇！"众人为刘狗据理力争，金爷和师爷见说不过大家，只好无可奈何给了刘狗四百两银子。

以上三则周荣富讲述　周国良整理

关朝的故事

（汉族）

关朝是一个劳动者型机智人物，在作品里面大多以长工的身份出现。其故事以抨击、嘲弄财主的作品最多，饶有兴味，至今仍在广东西部徐闻一带流传。

媳妇和女儿

财主的儿子娶了个媳妇，是穷家女，过门后处处小心谨慎，很是孝敬公婆。尽管如此，财主奶还是看媳妇不顺眼，整天逼着媳妇干活，还百般刁难。

一次媳妇病了，做不了工。头一天，财主奶鼓着腮，第二天尽向媳妇的睡房翻白眼，第三天财主奶干脆站在媳妇房门口骂街，说媳妇把床板睡烂了。媳妇气不过，顶了一句。财主奶就拿着捅火棍，把病着的媳妇赶回娘家，并龇着牙骂道："贱货，这辈子休想再进我的家门!"

媳妇才走，不巧，财主的女儿因常害病被家婆从婆家赶了回来。财主奶听女儿哭诉了事情的经过，当即跺着脚骂道："那老母狗，也太欺负人了，等我找她算账去!"

财主奶正要出门，关朝从长工屋里赶出来说："宅主奶，你可不能去!"财主奶没好气地说，"我怎么不能去?"关朝说："不是我多嘴，千金在婆家老生病，家婆不把她赶出来，留着她睡烂床板么？”“这……”财主奶一时语塞，可很快又恶狠狠地说：“她婆家那老母狗就不生病啦？媳妇有病不请郎中看，还赶了出门，那老母狗的良心叫狗吃啦?!”关朝见财主奶气鼓鼓地又要走，就拦在前头说：“那也不能去!”“你怎么老拦着我?”财主奶更不高兴了。关朝说：“你走了，要是你媳妇的亲妈找上门来，谁给挡驾呢?”财主奶瞪着眼说：“她敢来?”关朝说：“敢得很哩！要是你亲家妈说，让我问问那老母狗，她就不生病啦？媳妇有病不请郎中看，还赶了出门，她的良心叫狗吃啦？我们可该怎么回答呢?”财主奶脸红到耳后，这回真正说不出话来了。

讲 故 事

从前，有一跛脚财主，很爱听故事。一天，他瘾头来了，就把关朝找来，说：“听说你很会讲故事，今天你就给我讲几个。讲得好，算你一天工钱。不过，你讲的故事要是有一个是我听过的，就别想要钱了。”

“好吧!”关朝说着，向财主讲起故事来：

“从前，也不知是哪一朝哪一代了，反正那时候你的祖上是很穷的，只是到了你祖父那一代，才暴富起来……”

财主打断关朝的话：“你是在说我，还是在讲故事?”

关朝说：“你有所不知，能上故事的，都是大名鼎鼎的人物，很多人都巴不得上故事哩。”

财主听了觉得有道理，就不再打岔。

“你知道你祖父是怎么富起来的吗？嗯，告诉你吧，你祖父是个无赖。有一年，村里来了个做生意的外路人。一天夜里，你祖父把那个外路人害死了，抢了一大笔银子，从此买房买地，就富了起来。到你父亲……”

财主气得涨红了脸，大叫起来：“你胡说!”关朝不慌不忙地说：“我是在讲故事。故事从来都是真真假假，假假真真的!”接着又讲：“到你父亲，那更是个心狠手辣的家伙！他霸占了孤儿王小三的地，村东林老头因交不起租子被他逼得上吊，村西陈寡妇遭他侮辱投了河……大家都说，他这代作恶，老天定会报应，让他下代生个跛脚儿子……”

财主跳了起来，气得满脸发紫：“好哇，你竟敢血口喷人！”关朝说：“哈哈，我的故事竟能使宅主公跳起来，想来宅主公是没有听过的啦？”财主吼道：“谁听过你这样的故事？”关朝说：“这就对了！宅主公，那就请给我一天的工钱吧！”财主气得脖子几乎跟脑袋一样粗。关朝见他说不出话来又说：“要是宅主公舍不得一天的工钱，我就把这个故事一天三次到处对人讲。”财主恨关朝，但更害怕关朝再对别人讲这个故事，只好把气往肚里咽，照给了关朝一天的工钱。

骑　马

一天，关朝赶墟时摔伤了脚，正巧一个财主骑着马走过来。关朝要财主把他带上马，到墟上郎中那里包扎。财主认出是关朝，说了声“活该”，拍马走了。不一会儿，又一个财主骑马走过来，关朝同样请求把他驮到墟上郎中那里去，这个财主也照样说了声“活该”，便催马走了。

过了一阵儿，来了第三个骑马的财主。关朝这回不再招呼财主，只是“哼哼”叫唤着。财主到了跟前，关朝便说：“啊，宅主公，你是念我在你家打过工，要我骑你的马吗？宅主公，我不能骑马了，我刚才把肚里的肠子摔得快断了！要是骑在马背上，马一颤一摇的，肠子定会断掉，我也就没命了！”

财主本不想搭理关朝，可听他这么一说，心里倒活动开来：关朝在我家打工时，不但做工不出力，还常常作弄我；我正苦于无计报复，如今趁这个机会送他见阎王去不是正好？想罢，便对关朝说：“哎呀，看你这个样子，我能不救吗？无论如何，你得骑我的马，我的马走得可稳啦！”

关朝说：“马稳了，就走不快。我的命已经系在头发丝上，我已经叫人来抬我了，一定要在午时赶到郎中那里去。过了午时，肠子不断头发丝断了，我也没救了！”

财主说：“我可以让马走得又稳又快，比人抬着还舒服呢！”

关朝说："可两人骑一匹马，怎么行呢?"

财主说："我让你骑马，我给你赶马。"

关朝说："谢宅主公好心，只是我骑不上去。"

"救人救到底，我扶你上马。"财主说着下了马，真个把关朝扶到马背上，赶着马向墟上走去。

"马颤得太厉害了!"关朝说。

财主把马放慢下来，慢吞吞地，一直把关朝送到郎中那里，高兴得连墟也不去了。他兴冲冲地赶回家，连忙把今日的事对老婆说了。

老婆听后却说："看你做下什么样的傻事，堂堂财主竟给关朝赶马!"

财主得意扬扬地说："你懂什么!我把马赶得比蜗牛爬还慢，到郎中那里早就过了午时啦，如今系住他命根的头发丝断了，关朝已经没命回来了!"

正说着，村外传来一阵乐悠悠的山歌声："今日碰着大傻瓜，财主跟班我骑马……"财主听声音好熟，跑出去一看，是关朝。财主长叹一声说："唉!又上当了!"

"招婿"上门

一天，关朝挑了两只猪仔到墟上卖，路上，突然肚子痛了起来。这时，来了一个骗子，假装同情地对关朝说："老兄，我们正好同路，让我来帮你挑猪仔吧!"关朝把猪仔交给了骗子。

骗子挑着猪仔在前头走，关朝因肚子痛跟不上，在后面叫："老弟，请等一等!"骗子不理他，越走越快。关朝知道碰上骗子了。

眼看骗子就要走掉，关朝灵机一动，在路旁拾块石头揣在怀里，叫道："老弟，帮人帮到底，我这还有一包银子，家里等着急用，我走不动了，烦你一起带给我女儿!"

骗子听了，贼眼一转，走了回来，见关朝腰间果真鼓起一个包，便在心里打起银子的主意来。关朝见骗子动心了，又认真地说："我住在小墟上，是做猪仔生意的，家里有一个女儿，今年十七岁。我倒想招你做入门婿，成了亲，就由你来接手做猪仔生意好了。”

骗子一听，馋得口水直流。心想就到他家里享受享受再说吧！于是“扑”的一声跪倒在关朝脚下：“蒙你见爱，我现在先拜谢泰山大人！”拜毕，一边挑着猪仔，一边扶着关朝向墟上走去。

关朝把骗子带到了小墟上一家财主的院门口，对骗子说：“这就是我的家。我那小女有个怪脾气，有生人到来，得先告诉她，才能带进门。你要委屈一下，在这等一会儿，我进去就来。”说完，走进门去。

原来，关朝早就知道，近日里，县官要新建县衙和城墙，强令各方出钱出工。小墟这一带的民工和钱都未出齐，两个差役正住在财主家里，催办此事。当下，关朝进门找着差役，对他们说：“我有一个儿子，终日不务正业，不听管教。我想把他交给你们带去做工，让官家管教管教。但是我那儿子非常粗野，他进门时，你们一定要把他绑起来，否则，他不会老实听话的。”说完，关朝丢掉怀中的石头，出来对骗子说：“请进吧。我女儿非常高兴，她正在屋里等你，这猪仔，我先挑去赶墟，回头再来陪你。”

关朝挑着猪仔向墟上走去。骗子笑咧着嘴一进门，就被两个差役绑起来了。

一坛银子

关朝在一个财主家里打工，这财主又贪又恶，人称“生仔母狗”。一次做工时，生仔母狗不顺心，抽了关朝一鞭子，关朝发誓要报这一鞭之仇。

一天黄昏，大家都收工回来了，单单没见到关朝。生仔母狗本不在意，却见几个打工的在一旁交头接耳，好像有事情瞒着他。生仔母狗顿起疑心，便走过去偷听。果然他们在偷偷议论关朝从地里挖出一坛银子的事。生仔母狗一听就起了坏心：怪不得他不回来呢！哼，这奴才也太大胆了，从我地里挖出一坛银子，准是偷偷地抱回家去了。我非叫他把银子吐出来不可！

生仔母狗气冲冲地赶到关朝家里要银子。关朝理直气壮地说：“银子确实挖到了，但不是在你的地里挖的。”

生仔母狗恶声恶气地追问：“那你在什么地方挖的?”“小溪边。”“胡说，你分明是在我地里挖出来的，还要死赖!”

关朝说：“宅主公，今晚我们村里演戏，我没功夫跟你磨牙。你要不相信，明天和你验坑去，我从小溪边挖出的银子，坑还在那里，你家里几个做工的兄弟都可做证。”关朝说完把门一关，上了锁和老婆看戏去了。

生仔母狗无可奈何地往回走，可他的心老系在那坛银子上。他想，明天验坑，要是银子真的是从小溪边挖出来的，就太便宜关朝了。干脆一不做二不休，趁他去看戏，把银子偷出来……

生仔母狗趁天黑悄悄摸回关朝家，撬门进屋，正要寻找那坛银子，偏偏关朝两口子又回来了。生仔母狗躲避不及，摸到墙边有一个草袋，底下不知道装着什么，上半截还空着，就慌忙钻了进去。

“哎呀，这门怎么开啦？是不是有贼子来偷银?”关朝说着，走进屋点亮了灯。两口子东翻西寻，生仔母狗早吓出了一身汗。

“没丢什么。”关朝老婆说，“那扇旧门常出毛病，可能是关门时门枢脱臼了。”

生仔母狗刚松一口气，关朝却又说：“要是真有贼子胆敢进门，让我碰着，那是找死!”说着一脚向草袋踢过去。这一脚，正踢在生仔母狗的肚子上，生仔母狗痛得直咧嘴，却不敢出声。

“袋里装的是什么?”关朝问老婆。老婆说：“是喂猪的番薯叶。”

关朝又一拳向草袋打过去，说：“看吧，要是贼子，我就这样给他一拳!”

就这样，关朝一边说，一边对着草袋拳打脚踢，把那生仔母狗打得鼻青脸肿，浑身发痛。关朝这才住了手，对老婆说：“肚子饿了，我们到灶间吃冷饭去吧!”

生仔母狗趁关朝夫妻一走开，连忙从袋里爬出来，也顾不得那坛银子了，跌跌撞撞地逃出门去。厨房里，关朝两口子偷偷地笑。其实关朝并没有挖到什么银子，这是他用计引生仔母狗上当，报那一鞭之仇的。

计平圣旨牌案

关朝的村子，出了一个烈女，县官上奏朝廷，为烈女立了一座“贞节牌坊”。牌坊上镶嵌着一块“圣旨石”，用许多小块石子缀成“圣旨”两个大字。“圣旨石”是万万动不得的，动一下就是“欺君犯上”，要满门抄斩的。

一天，村里一个小孩儿在牌坊附近放风筝，一不小心，绳子缠在“圣旨石”上。小孩子不懂得什么“犯上”不“犯上”，用力一拉，把“圣旨石”上的一块小石子拽了下来。

这件事被村中一个土豪知道了。他想，这是“报功请赏”的好机会，便将那块小石子捡了起来。土豪先是向小孩儿的父亲索取五百两银子，并威胁说，如果不交出银子，就要禀告县官。

小孩儿的父亲交不出五百两银子，只好等着满门抄斩。

关朝知道了这件事，决心要救这家人。

土豪刚要上县城告官，关朝找到他门上来了。一见面，关朝就连声恭喜说：“老爷这回邀功领赏，一定升官发财！”土豪正在得意，就和他客套了一番。接着关朝装作献媚的样子，压低声音悄悄说：“不过，这件事关系重大，老爷可千万要弄清真假才好去报官呀！万一官府下来查对，弄错了反会得个诬告之罪啊！”

土豪一听，心里也感到不实在。心想，万一自己捡的小石子不是“圣旨石”上掉下来的，岂不自讨苦吃！于是，连忙问关朝，“怎么样才能证实真假呢？”

关朝马上一本正经地回答：“这好办，拿这块小石子爬上牌坊，对一对，看对不对口，不就清楚了吗？”

土豪一听，觉得在理。马上扛着梯子，带上小石子，爬上了牌坊，就将小石子往缺口一按，正好对上。没错，正是从“圣旨石”上掉下来的，镶上去正好复原了。

当土豪正要把小石子取下的时候，关朝向着看热闹的人大声说道：“大家都看清楚了，圣旨石好端端的，一点儿也没损坏，谁人胆敢弄坏圣旨石，要满门抄斩的呀!”

这时围观的群众马上大喊起来:“谁敢弄坏圣旨石，把他抓去见官!”

土豪一听，知道自己上当了，又气又急，两眼发黑，从牌坊上栽下来，把腿都摔断了。

以上六则黄果心　韩令华记录

杜老幺的故事

（汉族）

杜老幺是汉族著名劳动者型机智人物形象。其原型为清代五峰县红鱼坪、白溢坪一带的人。生父家贫，将他过继给同宗的一个大户。因受歧视，他不满九岁便开始自谋生路，走南闯北，干过各种活计。他爱说公道话，打抱不平，机敏诙谐。后来参加当地农民起义军，下落不明。他的故事近百篇，流布于湖北五峰县及其附近各县。杜老幺故事的重要传承人刘德培、张隆超、柳合甫等，都是颇有造诣的民间故事讲述家。

两 个 字

早年，有个赵员外的大娘子，为人刻薄歹毒，天天都在盘算怎样才能多榨一点长工的血汗。长工们背地里都骂她“母蚂蟥”。

这天是腊月二十四，穷哥们去找母蚂蟥结算一年的工钱。母蚂蟥几声干笑：“难为你们又帮了我一年呢。嗯，工钱嘛，好说呢，嘿嘿。”

穷哥们说：“你给呀。”

杜老幺眨了眨眼睛，问：“这话当真?”

母蚂蟥说：“我什么时候赖过账呀?”

杜老幺看见几条狗在堂屋里追进赶出，闹个不停，就有主意了。他对母蚂蟥说："那我就想一会儿。"

母蚂蟥："快点想呀！我可没功夫看木脑壳！"

这时候，一条大黑狗叼块骨头，突然从门边窜了进来，差点把母蚂蟥撞倒了。母蚂蟥吓了一跳，骂道，"讨死呵？畜生！"

杜老幺却对着大黑狗，喊一声："爹！"

母蚂蟥听见一声"爹"，先是一愣，跟着就忍不住大笑起来："哈哈哈哈！你认这畜生爹呀？哈哈哈哈！"

杜老幺忍住火，又对母蚂蟥叫了一声："妈。"

母蚂蟥又一愣，跟着就醒悟过来，破口大骂："好大胆的杜老幺！你是编着法在骂我是母狗？呵？"

母蚂蟥说："着个什么急呀？老话说，来得好不如去得好呢。看着就要过年了，说几句笑话，图个吉利再走嘛。"

穷哥们说："谁有心思说笑话呀。"

母蚂蟥摇了摇头："这就说差了啰。在我家帮工，不光要手脚勤快，还要嘴巴子利索。你们呀，一个人只准说两个字：头一个字，要撩得我笑，后一个字，要撩得我骂。说得到的就开工钱；说不到的，嘿嘿，就莫怪我啰！"

穷哥们急了，这不是刁难人吗！

第一个穷哥们抓头挠耳想了半天，想不出来。母蚂蟥干笑着说："嘿嘿，你一边去吧。"

穷哥们一个一个地想，都是在头一个字上就犯了难，没法子，被母蚂蟥一连赶走了八个。

最后轮到杜老幺，母蚂蟥望着他得意地说："杜老幺！前后总共两个字哟！你要是说得到呢，嘿嘿，我把工钱开给你，要是说不到呢，哼！"

杜老幺心想：我说得到，才给我一个人的工钱，那八个弟兄还不是给你母蚂蟥白干了一年吗？不行！就说："若说得到呢，你得把九人的工钱都给开出来！"

母蚂蟥皱了皱眉头。她恼火呀！你杜老幺口气好大呀，还不是图嘴巴快活，卖乖讨人喜欢嘛，量你说不到。她干笑说："好嘛，都给开，——喏，银钱就在桌上放着。”

趁母蚂蟥乱骂的当口，杜老幺早拿了银子，与八个穷哥们分工钱去啦！

张隆超讲述　王作栋整理

顺藤牵宝

杜老幺这一年在柳员外家里帮工。

端午节那天下午歇晌的时候，杜老幺转到了母蚂蟥的地界。他一看，奇怪呀，怎么这里的哥们没有回家呀？都累得满头大汗，在苞谷地里薅草呢！

穷哥们说：“母蚂蟥刁得很啦！端午节她也不叫歇呀！”

杜老幺问：“歇了又怎么样呢？”

一个穷哥们为难地说：“母蚂蟥说了，谁要是回去了，再就不要来啦！”

杜老幺说：“有法子呢。大家一起回家，都不来了，母蚂蟥就着急啦！她满地庄稼活没法整治，上哪儿找工去？”

穷哥们都说：“对呀！就这样办吧。”

杜老幺望了望天上，说：“可是呢，这时候隔太阳落土不远啦！哥们回家去，不等筋骨舒散，明日早上又得来！”

穷哥们说：“可不是嘛！母蚂蟥还要克扣一天的工钱呢！”

杜老幺说：“编个法儿，叫母蚂蟥让哥们歇几天吧？”

穷哥们说：“好哇！你出个主意吧！”

杜老幺叫哥们想法，赶急去借一两一钱银子来……

太阳快落土的时候，母蚂蟥鬼头鬼脑到地里来了，为的是看帮工的是不是都在跟她拼命卖力呢。她两眼梭梭地一看，不对呀，薅草的人都到哪儿去啦？她生气了，一双小脚连拐直拐，走近一看，啊！东一个，西一个，都躺在树下睡觉呢！

母蚂蟥骂起来了：“好啊！睡起大觉来了！老娘实心实意待你们，你们竟敢给老娘这样的报应啊！起来！都起来！”

穷哥们说："谁在睡觉啊，有要紧的事嘛！你来听听，土地老爷在跟财神老爷对话呢！"

母蚂蟥更气了："想哄骗老娘啊，哼！土地老爷在土地庙，财神老爷在我屋里供着呢！他们会钻到地底下对话吗？"

穷哥们说："你来听嘛！"

母蚂蟥说："呸！你们听见说什么啦？"

穷哥们说："刚刚听见说话，就遭你骂起来了！除了杜老幺，谁听清楚啦？"

母蚂蟥一惊："杜老幺又来啦，他听清楚啦？这不是白日见鬼吗？他在哪里呀？"

穷哥们指着一块苞谷田："他在那儿。"

母蚂蟥一看，果然，杜老幺侧着身子躺在苞谷地里呢。她问："他听见什么啦？是说我的坏话吧？"

穷哥们说："哪里话呀！他听说地下有财喜呢！"

母蚂蟥眼珠子溜溜转着圈："什么？"

穷哥们说："杜老幺听见财神老爷告诉土地老爷，这地下有财喜呢！"

母蚂蟥急了："这是老娘的地嘛！地下有财喜，财喜是老娘的嘛！你们怎么不把杜老幺赶走啊？"

穷哥们说："他不让我们过去呀！"

母蚂蟥说："嗯？这还有王法没有啊！"

母蚂蟥掉头就走，一双小脚连拐直拐，拐到杜老幺身边："杜老幺！"

杜老幺耳朵贴着地面，用一只手朝母蚂蟥摆着："莫要做声，莫要做声啊！"

母蚂蟥越发急了，吼说："你跟老娘站起来！"

杜老幺他跳起身来叫一声："糟糕！你这一声吼，让两个老爷受惊啦！他们的话还才说了一半呢！哎呀！"

母蚂蟥将信将疑："你究竟听到些什么呀？"

杜老幺说："财神老爷告诉土地老爷，说哪块地底下有财喜啊！"

母蚂蟥："在哪块地底下呀？你要说个清楚呀！"

杜老幺："你不答应把财喜分一点给我，我才不得讲呢。"

母蚂蟥："撞到鬼哟！老娘的财喜分得你呀？"

杜老幺："那我就走了呢！"

母蚂蟥急得心都快要蹦出来了："哎哎，走不得呢！杜老幺！你只要跟我说明白了，我还不多少给你分一点啦？"

杜老幺这才站住："我晓得大娘子是个好人嘛！"

母蚂蟥满脸堆笑："你讲哎，你听见什么啦？"

杜老幺："财神老爷说：'土地呀！我把金库银库都搬到你这里来啦！'土地老爷说：'财神哪，只要你放得下心，就放在这儿嘛。'"

母蚂蟥喜出望外："这才是人要发财，财神土地都帮忙呢！金库银库都搬到我的地里来啦！哎，杜老幺哎，你往下讲啊！"

杜老幺："财神老爷说：'离地一寸深，我放一个铜钱。'"

母蚂蟥像从九霄云跌进万丈深坑："就一个铜钱啦？"

杜老幺说："唉，你别慌呀！财神老爷说：'离地一尺深，我放一钱银子。'"

母蚂蟥听出味来了："离地一丈深呢？"

杜老幺埋怨说："你怎么光打岔呀？财神老爷说：'离地一丈深，我放一两银子。离地十丈深，就十乘十，放一百两金子……'"

母蚂蟥眉开眼笑："一百两金子啊？"

杜老幺说："财神老爷说：'离地一百丈深，我就一百乘一百，放一万两金子……"

母蚂蟥双手合拢，朝天就作揖："我的天啦！你总算长了眼睛哟！哎，杜老幺，你再往下说呀！一千丈深呢？"

杜老幺说："财神老爷说：'离地一千丈深，我就放我的……'"他不说了。

母蚂蟥又急了："财神老爷说他放的啥呀？八成是放他的金库银库哟！哎呀，杜老幺！你怎么不说话啦？"

杜老幺说："我只听到这儿，就被你一声吼给打断啦！"

母蚂蟥眼睛里泪水直滚："天哪！我哪里晓得是这种好事哟！"

杜老幺叹了口气："唉，没法子啦，两个老爷都受了惊啦，再不会朝下讲啦！"

母蚂蟥一边揩眼泪，一边问："那，那，东西藏在哪块地府下，你该没有忘记吧？"

杜老幺说："我再糊涂嘛，地方总记得呀！"

母蚂蟥忙问道："在哪块地里呀？"

杜老幺说："就在我躺的地方呢。"

母蚂蟥眼睛笑眯了："就在这儿呀？哼！那两个老猴头不朝下讲老娘也不怕，老娘叫人就在这儿朝下挖！"

杜老幺摇摇头说："使不得呢！"

母蚂蟥不高兴："怎么又使不得呢？"

杜老幺说："土地老爷还有话呢！"

母蚂蟥："土地老爷说的啥呢？"

杜老幺说："土地老爷先不是说，'财神哪，只要你放得下心，就放这儿'吗？"

母蚂蟥说："是啊！"

"土地老爷又问：'财神哪，若是有贪财之人来偷这金银财宝，我可担当不起呀。'"

母蚂蟥一愣："嗯？"

"财神老爷说：'不要紧的。我们两个说的话，只有不贪财的才听得见，贪财之人是听不见的。不贪财的人来挖嘛，就不叫偷了，叫取。'"

母蚂蟥说："本来就叫取嘛，怎么能叫偷呢？"

"土地老爷这才说：'财神哪，你就挨寸、挨尺、挨丈地往下放吧，我都用藤子串起。哪个不贪财的，有运气听见我们说的话，他来取的时候，就叫他一个人得，免得外人插手，争争吵吵，吵得我睡不安神呀。这叫做顺藤牵宝。'"

母蚂蟥烦了："闹了半天，都归你呀？"

杜老幺说："哪儿话呢？这是你的地嘛，我敢挖吗？我只要你分一点就行了嘛。"

母蚂蟥说："这嘛，还差不多哟。你究竟要多少呢？"

杜老幺说："你也是个不贪财的人嘛，随你给呀。"

母蚂蟥咯咯咯咯笑出了声："你真是好人呢！这样吧，银子、铜钱都归你，我只要金子吧。"

杜老幺眉头一皱："我没听错吧？你只给我一两一钱银子、一个铜钱呀？那一万一百两金子，都归你？"

母蚂蟥眼睛一翻，鼓得有鸭蛋大："你愿要就要，不愿要就拉倒！老娘一个铜子也不给！"

杜老幺说："我只是问问呢。你的恩典，我还能嫌少吗？"

母蚂蟥说："别啰唆了！老娘看着你挖！哼，只准挖一丈深！多挖一寸，老娘就拉你见官去！"

杜老幺不做声了，走去找穷哥们借来一把锄头，就挖了起来。母蚂蟥鼓着眼睛守在旁边看着。只见杜老幺轻轻一铲地皮，"当！"下面清脆一声响，果然有一个铜钱。铜钱被埋在地下的一根藤子串着。杜老幺摘下铜钱，揣在怀里，又顺藤子往下挖，挖了一尺深，又挖出被藤子串着的一钱银子。母蚂蟥看呆了。杜老幺顺藤子挖到一丈深时，一两白花花的银子又被挖了出来，那藤子还是被土埋着，深不见底。杜老幺扬起锄头，还要朝下挖，母蚂蟥骂起来了："你还不知足呵？快点滚出来！"

杜老幺刚刚上到地面，远处的穷哥们就喊起来了："喂！真的有财喜吗？"

杜老幺把银子晃了两晃："真有呵！"

穷哥们像一满锅开水，到处滚泡泡："白花花的银子呵？""财神老爷的宝贝，见者有份哪！""多不多呵？"

母蚂蟥急了："不准照实说！"

杜老幺："哎呀，都是一班哥们嘛，叫我怎么说呢？"

母蚂蟥说："我替你说！"她朝远处喊道："就这么一点呢！他都挖出来啦！"

杜老幺埋怨母蚂蟥："你怎么能这么讲呢？"

母蚂蟥说："你懂个屁！你没见他们都想插手吗？"

远处的穷哥们朝母蚂蟥喊着："你说的我们不信！财神老爷只有这么一点银子啊？我们来帮忙挖吧！"

母蚂蟥一见帮工的都朝这儿奔来了，她吼了起来："去去去！这儿没你们的事！老娘说挖完了，就是挖完了！"

母蚂蟥肚里划算什么呀？她不光是贪呢，她还刁呀！她怕外人插手，人多手杂，一不留神把藤子挖断了，那还上哪儿牵宝去呢？再说，晓得的人一多，张扬出去，一传十，十传百，强盗抢犯都来这儿偷宝，那就麻烦了，她不能日日夜夜在这儿守着呀！

她一划算，叫儿子媳妇都来挖，先挖个十丈深吧，至少也得四五天，即便日夜不停，也得要三整天呢。干脆把那些穷鬼们支开再说！

母蚂蟥对远处喊着："老娘这几天有别的事，没功夫跟你们支派活路管茶管饭了。今天天也晚了，你们都回去，歇上三天再来吧！"

杜老幺和穷哥们一起走啦！

有人问母蚂蟥带着儿子媳妇挖了没有？挖了，当天夜里就动工啦！差点还把母蚂蟥一家子累死呢！挖着金库银库没有？真是天晓得！那能挖得着吗？那根藤子不断也得断呀！杜老幺从树上扯下来的藤子总共才一丈多长嘛！

现在，山里人一看见藤子，就讲"顺藤牵宝"的故事来啦！

一难"顺风旗"

杜老幺到柳员外家帮工来啦。长工们说："杜老幺，你治治顺风旗吧，那家伙太坑人了！"

原来，柳员外家财万贯，却蠢得像猪，里外都靠外号"顺风旗"的管家支撑。柳员外贪，一个铜子儿在手板心里捏成软粑粑了，也不肯往外拿；顺风旗更贪，把铜子儿捏成水了，一滴不漏，偷偷装进了自家的袖口。不想法治治这顺风旗，长工们咽不下这口气呀！

杜老幺说："我来试试吧。"

端午节那天，按规矩，东家应给长工们放一天假。柳员外不想放。那天早晨，他说："我的管家最会说话。不管谁说什么，他都能对得圆。你们今天来跟他对一对吧！只要有一个对得赢的，老爷就许你们白歇一天；对不赢，都照常下田！"

杜老幺站了出来："怎么对法？"

"你问他吧。"柳员外指着顺风旗说。

顺风旗没把杜老幺这穷小子放在眼里。他翘了翘山羊胡子，斜着眼睛瞟了瞟杜老幺，慢条斯理地说："你是新来不多天的杜老幺嘛，我当是什么人物呢。你没听说我的外号么？顺风旗！"

杜老幺眨了眨眼睛，说："你没听说我的外号么？溜溜转！"

顺风旗心里一怔："溜溜转"？怎么没听讲过呀？嗯，先别管这些，把他对下去再说！

顺风旗说："对法嘛，由我先起个头，一句一句朝下说，不管我说什么，你得顺着我的，接上扯圆，谁发了火就算输，谁说不上来也算输。"

杜老幺想了想，说："开始吧？"

顺风旗："今天几了？"

杜老幺："端午节呢。"

顺风旗："难怪热起来了哪。"

杜老幺："是开始热的时候哩。"

顺风旗："不对呀！怎么我身上着冷呢。"

杜老幺："就是嘛，外面起了风呢。"

顺风旗："这冷得钻心彻骨嘛！"

杜老幺："可得当心呢，当心五脏六腑都冻乌了呢。"

顺风旗听出"溜溜转"话里有刺，心想这小子还有点功夫哪，我还占不得大意呢！他不动声色，把话头转了个弯：“谢天谢地，暖和啦。”

杜老幺：“就是呢，端午节到了嘛。”

顺风旗：“我身上出汗啦！”

杜老幺：“出汗一身轻嘛。”

顺风旗：“端午节过去了吧？热得受不了啦。”

杜老幺：“正好歇歇呀。”

顺风旗：“只怕是三伏六月天啰，我热得喘不过气来啦！”

杜老幺：“千万别热出病来呀。”

顺风旗：“说着说着，我怎么发高烧呀？”

杜老幺：“是呀，在说胡话哩。”

顺风旗眼睛一瞪：“我哪里说错话啦？”

杜老幺：“错得不少啰，都闹不清天地日月啦。”

顺风旗大不高兴：“这是说我的吗？”

杜老幺：“不说你说谁呀。”

顺风旗失了面子，火气一冲，骂起来了：“混蛋！你好大的胆哪！你转弯抹角骂起老子来了！……”

杜老幺却不理他了，径直对柳员外说：“放假吧。那位顺风旗输啦！”

长工们笑了起来：“走啰！回家去啰！”

二难“顺风旗”

柳员外急了，一把将顺风旗扯到一边：“你是怎么搞的呀，嗯？输在这‘溜溜转’手里！你要害得我白放一天假么？”

顺风旗说：“请老爷息怒。我再跟他对一次，包管他们照样上工。”

柳员外笑了：“你能准定赢？”

顺风旗：“准定赢。刚才是我搞慌啦。”

柳员外又把顺风旗拉了出来：“大家听着！刚才对得有趣，我听入迷啦！这时再对一次。‘溜溜转’要再对赢了，我情愿让大家白歇两天，每人外加五十文铜钱！要是他这回对输了，哼，你们就一天也别想，都得跟我下田去！”

穷哥们正要回家去，一听这话都来气了：红嘴白牙，翻脸就不认账！杜老幺悄悄说：“都忍一下吧，我再去，乐得歇两天呢！”

杜老幺问顺风旗：“这回怎么对呀?”

顺风旗说：“你提头，我来圆。”咦，他怎么不提头啦? 原来顺风旗擅长的是顺风扯旗，平时顺柳员外说话，溜须拍马搞惯了，他想，不拿出看家本事，赢不了那“溜溜转”呢！

杜老幺笑了笑，又问：“规矩呢?”

顺风旗说：“老规矩。谁发了火算输，谁说不上来也算输。”他心想，老子刚才上了当，这回该我来顺你的葡萄架子牵藤，转弯抹角骂你“溜溜转”！他偏起脑壳，斜着眼睛，说：“开始呀！”

杜老幺眨了眨眼睛，叫一声：“顺风旗哎。”

顺风旗：“我在这儿呢。”

杜老幺：“听说你是个聪明人呢。”

顺风旗听了一愣：见鬼哟！这是点名道姓拿我做话把呢！还想骂我呀? 我还得顺着他“溜溜转”，一句跟一句地接茬呀? 待会儿我自己骂自己呀，嗯? 可不接不行呀，不接就输了！他硬着头皮说：“不算蠢呢。”

杜老幺心平气和地说：“还没蠢到家吧?”

穷哥们开心呵，都忍不住笑起来了。

顺风旗火来了，又不敢发作，他咬着牙，顺着话把往下接：“还远着呢。”

杜者幺说：“怪不得，到处都晓得你能说会道，会见风使舵哩。”

顺风旗苦笑着说：“一点小本事，小本事。”

杜老幺笑眯眯地说：“柳员外夸你会管家呢。”

顺风旗心里平和些了：“吃着老爷的饭嘛。”

杜老幺：“大事小事，都有条理。”

顺风旗：“这是应该的。”

杜者幺："小账大账，都还清楚。"

顺风旗："这是分内的呢。"

杜老幺："柳员外很看得起你呀！"

顺风旗："承老爷抬举。"

柳员外越听越喜欢，他傻乎乎地笑着，给顺风旗打气："对得好啊！这几句对得妙呵！"

杜老幺突然把话头一转："既然柳员外抬举你顺风旗，你顺风旗就不应该欺骗柳员外啰。"

顺风旗一愣："什么？"

杜老幺："顺我的话把往下接呀。我这里不是问你欺骗了柳员外没有，我是说，既然柳员外抬举你顺风旗，你顺风旗就不应该欺骗柳员外啰。"

顺风旗听明白了："那当然不应该啰。"

杜老幺："你就不应该背着柳员外，用自家的袖口吞黑钱啰。"

顺风旗又一愣："什么？"

杜老幺："顺我的话把往下接呀，不然离了话题扯不圆呢！我这里不是问你吞了黑钱没有，我是说，照人之常情，你不应该吞黑钱呢。"

顺风旗说："那当然不应该啰。"

杜老幺："就是一文钱，半文钱，你也不应该私吞。"

顺风旗："那当然嘛。"

杜老幺："三百、五百就更不用说了。"

顺风旗："那当……"

顺风旗还没说完，柳员外就恶狠狠地赶了拢来，"啪！啪！"照顺风旗劈头盖脸扇了两耳光，吼着："呸！贼奴才！你究竟私吞了好多呵？给我吐出来！"

顺风旗两手捂着脸直叫唤："老爷！老爷！你听错了！"

"我听错了？你他妈自己说的！你这黑心烂肝的贼骨头，快把私吞的全数吐出来呀！老爷不是好欺侮的！……"

顺风旗什么都顾不得了，他冲着杜老幺跳起来骂："溜溜转，你这混蛋！

你这遭天杀的！你帮老子说清楚呀！……”

杜老幺不慌不忙地说：“你怨谁呀？我是在讲道理嘛！你私吞了黑钱没有，私吞了好多，你去跟柳员外讲嘛，冲我发火做啥呢？”又转对柳员外说：“开钱吧？他又输啦！”

穷哥们都围拢来了：“开钱啰！有了钱歇两天啰！”

柳员外气得眼珠子都转不动啦！

三难“顺风旗”

柳员外气得黑风丧脸，骂顺风旗：“你又输了？你他妈是存心要老爷赔工又赔钱哪？嗯？”他一狠心，又对顺风旗下令：“听着！你再来一回！非要赢了那溜溜转不可！”

柳员外向长工们赔着笑脸，“各位，各位！算我输了两回！算我输了两回！我输了还会不开钱吗？可事情还没完嘛！我们再来第三回！这回呀，杜老幺要是对赢了，老爷情愿让你们白歇三天，每人再外加五十，一百文哪！要是对输了，哼！哼哼！”

杜老幺说：“把钱先拿出来摆着吧？”

柳员外舍不得呢，他问顺风旗：“摆得吗？”

顺风旗仗着气说：“摆得呢，老爷。他们瞪着眼干看着拿不走的！您看我这回非赢不可！”

柳员外说：“只要你赢就成！”

柳员外进屋摸了半天，拿出两吊钱来。他心疼肚疼，一文一文地捏了又捏，数了又数，才按二十个长工分成了二十堆。他吼道：“开始！”

杜老幺客客气气地：“顺风旗哎。”

顺风旗一听，嗯？又冲着我来啦？哼，这回呀，任你怎么编着法儿骂我，我都忍着！他客客气气地答：“在这儿呢。”

杜老幺笑了笑：“我们这回就慢慢对吧？”

顺风旗应声说：“好呢，想清楚了说。”

杜老幺："你和柳员外呀，真是聪明人会着仁义人呢。"

顺风旗一听，乐了，老子就跟他把话把转到老爷身上去，他溜溜转还敢当面侮骂老爷不成？他说："我呀，马马虎虎呢。老爷可真是个好仁义、好品行的好老爷呢。"

杜老幺："可今日过端午，柳员外不想放假。"

顺风旗一怔："嗯，是不想放假。"

杜老幺："我琢磨呀，这事恐怕有点糟蹋柳员外的名声。"

顺风旗为难了，只得又跟着磨子转："嗯，是有点那个。"

"哪个呀？"

"嗯？"

"问你呢。"

"有点那个……那个……不像话。"

"你说的？"

"我说的。"

"啪！"柳员外照顺风旗甩了一耳光："混账奴才！溜溜转没说，你倒说啊？嗯？"

穷哥们都哄地笑了。

杜老幺忍住笑，看了看倒霉却又不敢发火的顺风旗，继续说："你说差了嘛，难怪老爷要打呢。其实呀，柳员外是个大方人。"

顺风旗又接上去："可不是。怜穷抚弱，慷慨大方，远远近近都晓得呢。"

杜老幺："几个铜钱数了半天。"

顺风旗一怔："嗯？……老爷心细啊。"

"不会数错吧？"

"老爷不会数错的。"

"万一数多了呢？"

"你就放心吧，半个子儿也不会多的。"

"那我就拿走了呢。"

“拿走呵？”

“顺着我圆！那我就拿走了呢。”

“那……那你就拿吧。”

“啪!”柳员外照顺风旗又是重重一记耳光，大骂着：“老子都还没开口呢，你就敢叫他们拿!”

众长工又哄笑开了。顺风旗脸上红一块，白一块，青一块，紫一块，还是强忍着疼，不敢吭气。

杜老幺说：“看样子，柳员外不大高兴呢。”

顺风旗晦气地说：“可不是，老爷发脾气呢。”

“说出口的话泼出门的水，我们说话实实在在。老爷要再发火，我还是照实说是你叫拿的。”

“我呀？”

杜老幺寸步不让：“嗯？”

顺风旗一看又是输：“不错，是我说的。”

“啪！啪啪!”柳员外气急败坏，打得顺风旗几乎站不稳了。柳员外跳起来骂：“王八蛋！你要骑到老子头上来呀？嗯？”

杜老幺见柳员外还要打呢，顺手把顺风旗拉开，问：“这是谁打谁呀？”

顺风旗酸溜溜地说：“老爷打我哪。”

杜老幺说：“老爷该不该打你呀？”

顺风旗快哭出来了：“该打呢。”

“打了几下了？”

“没数……”

“怎么不数呢？”

“忘了……”

杜老幺眉头一皱：“忘了？我们两个今天算白对了！都打在哪儿啦？”

顺风旗说：“打在脸上。”

杜老幺说：“咦，我怎么没看见你的脸呀？”

顺风旗再也忍不住了：“你他妈的溜溜转哪！老子今天算活见鬼

哟！……”

杜老幺问柳员外：“你的顺风旗到底功夫差些呢！还对不对呀？”

柳员外嘶声哑闭，哭丧着说：“还对个屁！还要老子赔多少工、赔多少钱哪？”

穷哥们把钱一拿，回家去啦！

以上四则柳合甫讲述　王作栋整理

夜　饭　对

张少爷考中了秀才，家里张灯结彩忙着敬祖宗。张少爷得意得很，八字步儿轻飘飘的，转到帮工的面前站住了。

七个帮工的正蹲在地上吃夜饭。张少爷说：“你们哪个口才好，敢跟我应对么？”

六个哥们都望着杜老幺，六双眼睛都在说话：杜老幺，你治治他呀！

杜老幺站起身来，一边吃饭一边说：“我来试试吧。”

张少爷说：“听着，我的上联是‘四书五经有趣有味。’”

杜老幺接口就答：“下联嘛，一日三餐无油无盐。”

张少爷一惊，这杜老幺对得好快呀！他朝中堂看了看：“你们听着，我再来个长联：十根金龙柱，十颗小圆珠，十对宫灯十红十绿。”

杜老幺把手中碗筷晃了晃：“一只青花碗，一个大缺巴，一双筷子一白一乌。”

张少爷火了：他弯都不转，随口便答，不光是使我秀才的脸上过不去，这话里还藏针带刺哪！少爷发火，斯文也不顾了：“哼，吃老子的，喝老子的，还不知足么？”

杜老幺手里用筷子敲着碗沿，眼睛却望着中堂，说：“嘀，敬祖宗的，拜祖宗的，当然嫌少呀！”

柳合甫　徐坤科　张隆超　刘德培讲述　王作栋整理

剔　牙

长阳县渔峡口有个出名的老讼棍，叫覃南轩。他到长乐县亲戚家来玩，酒席上听到讲杜老幺，他慢条斯理地说："读书之人说话，何苦要拿杜老幺当人物嘛？被他牵起转圈的，尽是少才学缺涵养的人嘛。有才学有涵养的，哪里会睁起眼睛上当嘛？"

当着覃南轩的面，亲戚和陪客嘴巴上都转了话题，心里都咕咕叽叽：横直你还没有吃过他的亏，该你讲狠，可不该话里有话训人哪！都不服气。覃南轩精怪，看出来了：哼，我是没得功夫，要是我哪一天碰上了那个姓杜的，往后就该你们讲我啦！

酒席一散，覃南轩出门打转。没走几步，陪客告诉他："哟，杜老幺来啦。"

覃南轩正在剔牙齿，他叼着牙签看了看，杜老幺年纪轻轻，跟渔峡口的种田汉没有两样。他叫住杜老幺："杜老幺兄弟，幸会幸会。"

杜老幺说："我怎么面生呀？"

陪客说："这是渔峡口的覃南轩覃——"

话没说完，杜老幺着了一揖："哦，覃老爷。"

覃南轩慢慢地说："你在忙什么呀？"

杜老幺答："不敢称忙，有点小事。"

覃南轩说："既然不忙，我想请你去喝杯茶呢。"

杜老幺赔笑说："担当不起呢。"

覃南轩说："也没有别的事，我只想当面领教一下，百闻不如一见嘛。"

陪客说："覃老爷抬举你呢！"

杜老幺为难了："没想到覃老爷这样抬举我哪！覃老爷说个地方，我把小事交了差再来，行吗？"

覃南轩又剔起牙缝，冷腔冷板说："你有什么事嘛？"

杜老幺说："唉，我老板的几只狗子，为抢骨头搞得满屋不安哪！"

覃南轩说："狗子抢骨头嘛，这有什么不得了的?"

杜老幺说："昨天闹了一夜呀!"

覃南轩冷笑说："不简单呢，你还管狗官司!"

杜老幺话里头有话："它汪汪乱叫，扒到人缠，不管不好吧?"

覃南轩说："甩它几棍嘛。"

杜老幺说："看老爷说的！弄个水清明白了再打吵。今日天亮以后，我留心看了看那条乱汪的狗子，它舌条乱舔，前脚爪子不住在嘴边头乱抓。我想弄个究竟，老板催我搬梯子捡屋。刚才吃了中饭，我看那条狗子还在乱抓乱汪，猜想是它嘴里头有什么毛病，我捉过来，掰开它的嘴一看，唉——"

覃南轩问："你跟狗子叹个什么气呀？它究竟是什么毛病嘛?"

杜老幺说："唉，几根骨头沫子卡在它牙齿缝里啦！老板叫我快点寻根棍来，跟狗子剔牙齿去呢!"

陪客忍不住笑，躲到一边。覃南轩气呀，气得牙签子戳进腮帮儿里头去啦!

柳合甫讲述　王作栋整理

赔窑货

杜老幺赶路，看见路边一大堆乱瓷渣，一个挑窑货的老头哭得伤心死了："我头昏眼花，人栽倒了都不说，一担窑货都跌破哒，我哪有钱赔老板啰!"杜老幺劝他说："老人家，我来跟您还一担窑货钱行吗?"

老头说："你哪里来这么多钱哟?"

杜老幺说："您在这里不动，我去一下就来。"

杜老幺把瓷渣子都捡起来装好，挑起就走。走了一截路，看见迎面来了一班官家的骡队，押队的骑个骡子在后头荡。杜老幺等骡队走到跟前，飞快地将窑货担朝骡队面前一横，骡子一下惊炸了群，乱嘘乱窜，窑货担子被踢翻了。杜老幺扑在担子上直叫苦："天哪，这哪门开交哇！我一家人就这点指望，你这个赶骡子的瞎了眼，放起骡子不管，把我的窑货都撞破哒！走，我们见官去吧!”那个押队的赶了上来，看到满地瓷渣子，慌了手脚，连忙拉住杜老幺说：“打官司是何苦呢？我没有把牲口管好，赔你的窑货钱就是!”

杜老幺等骡队走远了，转手就把钱送给了那个挑窑货的老头。

黄新跃搜集整理

尽量不尽壶

杜老幺帮百长[①]赶骡子，满山满岭地跑了一年。百长说，“杜老幺呵，今日中午就在我这里喝酒吧，我请客。”

百长尖得要命，酒壶里只装了两小杯酒，一人一杯一斟，再就没得了。事前他还大咧咧地说：“我们喝好不醉，尽壶不尽量呵。”一杯过后，壶里空了。百长说：“杜老幺哎，这怪不得我，壶里没得啦!”

杜老幺笑笑说：“你今日黑哒[②]到我那里喝酒去，我们就尽量不尽壶。”

吃夜饭的时候，百长来了。杜老幺桌上只点了三寸长的一截油亮子[③]。两人头杯酒才喝了一口，亮就熄了。杜老幺叹口气说：“这算完啦！我们先说的尽‘亮’不尽壶，这没得亮了，搞不好了呢!”

百长气得话都应不上来了。

张隆超讲述　王作栋整理

写　挽　联

有年正月尾上，大雪封山，冰凌路滑，杜老幺一起二十几个背脚子背

---

① 百长：即百户长。清代地方上的小头目。

② 黑哒：晚上的意思。

③ 油亮子：油灯。

盐，一天摔死两个。这两个住家都在一处：一个是靠背脚养一家五口，一个更惨，留下老爹、老妈、堂客、伢子六个人。两家都穷得藏不住老鼠子，死了当家人都搬不回尸，屋里只有捶天扳地的哭声和哭得昏死的人。这班背脚子一个不漏，帮到搬尸，帮到安埋。

安埋以前，杜老幺为两个新亡人作了一副挽联，请个老秀才帮忙写的。没得人看见那副挽联不掉泪。上联是——

流一头汗，磨两脚茧，饿三餐饭，为四处难，养五口人，爬六县山，恨七沟八滩九道水，九九归一，小寒得一吊钱

下联是——

烧九棚炭，背八包盐，放七次排，遭六回险，算五个命，发四季烦，挂三儿两老一堂客，一一积九，大年喊九声天

中间四个大字："忘八不哭"。

挽联的落款是："亡子生前友好哭祭灵前"。

柳合甫讲述　王作栋整理

吴癞子的故事

（汉族）

吴癞子是一位船工型机智人物，实有其人。其故事大都与船工生活有关，不少是描述他揭露、播弄船老板的，流于四川嘉陵江、涪江沿岸。

打 鼎 锅

有一回，吴癞子帮一个老板。这老板很吝啬，难得给弄船的打回牙祭①。一天晚上，大家背后咕哢：老板吝啬得很，尽吃老梭边②，肠子都生锈了。大家晓得吴癞子很有些板眼，都说："吴大哥，想个办法嘛。"吴癞子想了一下说："好嘛，明天我请大家吃肉。但是，明天早晨我随便做啥子，你们都不要搭白③。"大家就说："要得，要得！"

第二天，吴癞子起来得很早。爬起来就念叨煮饭的诀："你买的啥子鼎锅嘛，烧恁个久，水都还没有烧开。那个龟儿子打鼎锅卖的也是，买个打得恁厚。"哪个都晓得鼎锅不是打的，是倒④的。船上的人最忌讳说倒、沉、翻

① 打牙祭：会餐。

② 老梭边：一种低劣的咸菜，多用青菜边、脚叶腌制，故名。

③ 搭白：搭话。

④ 倒：即铸。鼎锅是铸成的，而不是打成的。

这些不吉利的字眼。哪个说了，哪个就脱不到手，一船人都要找你还价钱[①]。吴癞子这早晨爬起来就在那里鬼念：打鼎锅、打鼎锅。船工们听了都不开腔。

遇到这个船老板，平常都爱睡点懒觉，有时船走了二三十里才起床。今天吴癞子一大早爬起来，就在那里大声武气地说“打鼎锅”，打扰了他的瞌睡，他心头鬼火冒。就推开尾舱的门说：“吴癞子，你龟儿吃多了吗，清早八晨地爬起来就吼，吼啥子嘛，哪个鼎锅是打的嘛？鼎锅明明是倒的吵。”

吴癞子一下跳起来说：“咄，老板！给你哥子道喜了，大清早你就说这种不吉利的话唢，唧个说？”船老板一听，糟了：自己犯了讳啦，舌头伸出来了半节缩不回去。

船工们一看，才明白了吴癞子昨里说的话。一个两个，七嘴八舌地咕咙起来了：“清早就有人说这些不吉利的话，今天哪个还敢弄船哟。”不割肉敬菩萨，你要开头，我们就上坡。”

船老板明知是钻了吴癞子的圈套，哑巴吃黄连，有苦又说不出。只好承认打酒割肉敬菩萨。其实，敬菩萨是假，敬船二哥这些活菩萨才是真的。

装 死 人

过去的船老板，吝啬的多，大方的少。有一年腊月三十，船老板给船工们团年。这是船上过年的规矩。但初一天船停了，老板不大方的只管小菜饭，这也是规矩。这天团年，回锅肉一端出来，吴癞子看到俏头[②]比肉多得多，就有点不安逸[③]了。但他憋住气，没说啥子。酒坛子一拿出来，吴癞子心头就热烘了。心想：恁大一坛酒，菜孬酒多还将就。哪晓得他揭开坛子一看，只有一点点酒，气就冲上来了，抓起一根桨脚“砰”一下就把酒坛子的上半截打脱了。船老板心痛慌了说：“吴癞子，你疯了嘛？”“我没疯。这酒

---

① 还价钱：答复。

② 俏头：这里指跟肉炒在一起的青蒜。

③ 安逸：舒服。

坛子上半截不装酒，拿来也占地方，不如敲脱还要轻巧些。”

老板明白，吴癞子是嫌酒少了，又奈何不了他。大年三十，怕他生出事来，只好叫人重新去打酒。想到明天是老大初一，万一吴癞子趁势说些不吉利的话出来就恼火了，便嘱咐了又嘱咐。吴癞子说：“我担保不说不吉利的话，我们两个打赌，哪个说了哪个请大家打牙祭。”老板一想：自己是从来不乱说话的，当下就跟吴癞子两个拍了掌说：“漂[①]就漂了。”吴癞子就欢欢喜喜地大碗大碗地喝起酒来。

三十晚上，老板让船工们守岁，他却先去睡了。睡得迷迷糊糊的，就听到船工们在说吴癞子醉得要死了。老板心想醉了也好，免得他明天开黄腔[②]，就放心大胆睡了。一睡睡到第二天大天亮，船老板爬起来一看，龙头枋[③]上硬翘翘地停着一个人，还穿了一双新布鞋，用麻把两只脚并在一起捆倒，脸上搭了一张草纸，脑壳底下垫了一摞草纸。船老板一看死了人，忙问：“那是哪一个？”有人说是吴癞子。老板着急慌了，因为船上有规矩，船工生疮害病各人付汤药钱。但人死在船上，老板至少要花费一床稿帘子。老板又想到，吴癞子不是一般的人，看来一副火匣子[④]是说不脱了。这下比昨夜晚打烂一个酒坛子的损失大多了。急忙跑到船头说：“吴癞子，你就应该少喝点嘛，这下醉死了安逸啦。”船上最忌讳说死。老板的话刚落音，吴癞子翻身就爬起来说：“老板，你说得好，今天既是大年初一，我们昨天又有言在先。给你道喜了。各人规规矩矩给大家打个牙祭！”老板哑口无言，只得认输了。

以上两则姜孝模讲述

姜孝德　王正平搜集整理

---

① 漂：打赌。

② 开黄腔：乱说话。

③ 船头上的一根横枋称“龙头枋”。此处泛指船头。

④ 火匣子：很薄的棺材，形若火柴匣子。

何三麻子的故事

（汉族）

何三麻子是一位劳动者型机智人物。其故事有不少是写故事主角与财主斗智的各种趣事，诙谐风趣，富有泥土气息。这些故事在湖北武汉、汉川、应城、安陆、云梦、孝感、应山一带广为流布，颇受群众喜爱。

“看　鱼”

一个姓章的财主对长工非常刻毒。他想了一个办法，有时给长工开饭，端出一盘全鱼摆在桌上，叫这道菜为“看鱼”，要是谁动了他的“看鱼”，就要罚他一年的工钱。

一个姓刘的长工不晓得这个规矩，上工不久就动了“看鱼”，到年底算账，财主要罚他一年的工钱。长工找到何三麻子，要求帮他想办法，何三麻子答应了。

第二天，何三麻子装成画师魏大仙，来到章财主的垮子里。章财主本来没有见过魏大仙，但是听说他画画用的是一支神笔，画的蛤蟆会跳，画的鸡子能叫，画的姑娘会烧火，画的月亮能发光。今天见魏大仙来了，就想请他帮忙画几个只做事不吃饭的长工，于是就把何三麻子请进了屋，盛情款待。酒席间，财主把要他帮忙画长工的事说了，何三麻子满口答应了，并帮财主筹划，说："要画就画几个力气大、会做事的长工，不过要找一个这样的人来作样子。"财主听了很高兴，连忙找来了姓刘的长工。

何三麻子将长工上下一打量，摇了摇头，说："这个人不能作样子，我看他一定心术不正，做过么对不住东家的事!"长工连忙分辩道："我没有做对不住东家的事啊？不信你问我们东家，我从不偷懒贪玩，起早摸黑，一个人顶几个人做，东家还总是说我好呢!"财主说："对，对！他力气又大，又会做事，我最喜欢他!"何三麻子还是摇了摇头，不肯动笔。长工把脑壳一摸，说道："哦，我想起来了！那天吃饭，我动了东家的'看鱼'，坏了东家的规矩。"何三麻子说："像么样？神仙都瞒不过我这双眼睛！这样吧东家，我还要跟县太爷画画，就照你的样子画几个人吧!"

财主一听急了，心想："我是个大肚子，矮腿子，走路都要别人抬，画出我这样的人来哪里能干活呢?"忙说："大仙，他没动我的'看鱼'，他刚才说的是假话!"

何三麻子问财主："他当真没动你的'看鱼'?"

"真的没有！如果我说的是假话，雷公菩萨不饶我!"

"没动你的'看鱼'，那你就算还他的工钱咧!"

何三麻子说完脱下穿戴，财主一看是他，只好把工钱交还给了长工。

汪新忠讲述　王家瑞整理

"我是关云长"

何三麻子到城里去，路过一个塆子，见一家门前围着一群人，不晓得做么事，他想去看个究竟。

他刚走拢去，一个卖窑货的生意人挑着一担窑货也赶来叫卖，人群中有人说："我们正在看神汉下神，要卖你就挑远一点去卖。"卖窑货的好奇，货也不卖了，也挤到人群中去看。突然，人群往两边一闪，吼道："菩萨出来了!"卖窑货的正准备挪一挪担子，哪晓得"菩萨"出门捉鬼冲急了，把他的一担窑货掀泼了，摔得粉碎，他哭笑不得。

何三麻子一见，就问看热闹的人："这是个么菩萨?"有人告诉他："这是周仓菩萨，灵得很!"只见何三麻子口中"嘟!嘟!嘟"地学起马脚来。旁边的人一看，大声嚷道："又来了一个菩萨!"原来的马脚一听，连忙折转身来问道："你家是哪路尊神?""我是关云长!"马脚一听，连忙说道："不知您家驾到，有失远迎!""好，周仓带路!""去到何方?""过河而去!""无有渡船，待我找来!""不用渡船，芦席过河!"马脚一想：芦席怎能当船呢?这不是明明要我去送死吗?赶忙说道："我这个菩萨是假的。"何三麻子说："你是假的，老子还假得狠些，快赔人家的窑货吧!"

马脚无法，只好赔人家的窑货了。

殷福喜讲述　王家瑞整理

就只长了一张猪嘴巴

有一年，何三麻子到岳父家去拜年，恰巧，五个姨夫碰到了一起。喝酒的时候，那几个在一起神吹五吹，比一比，看谁有板眼，谁说输了就按规定罚酒。

大姨夫抢先说："我们祖庙里有一面鼓，初一敲一下，十五还能听到响声。"

二姨夫接着说："我家里喂有一头大牯牛，站在江这边能吃江那边的青草。"

大姨夫有意戳他的拐说："世上哪有那么大的牛?"

二姨夫风趣地说："没有那么大的牛，哪有那么大的牛皮来蒙你家的大鼓呢?"大姨夫输了，跟每个人敬了一趟酒。

三姨夫接着说："我家有个黄桶，装上水把船放到里面划，要七天七夜才能到岸边。"

四姨夫说："我家后园里有根竹子长得戳破了天。"

三姨夫不服气地说：“世上哪有那么长的竹子？”

四姨夫神气十足地说：“没有那么长的竹子，你家的黄桶拿什么来做箍？”三姨夫无话可说，只得跟大家敬酒。

轮到何三说了，他不慌不忙地说：“我家用三百钱买了个猪娃，喂了三年零六个月，唉！不小心从阴沟里跑走了。”

四个姨夫听了一惊，一齐问道：“那不是一点也有长？”

何三说：“别的冇长，就只长了一张猪嘴巴。”

四个姨夫又一齐说：“长一张猪嘴巴有么用呢？”

何三接着说：“好吹牛皮嘛！”

李渭川讲述　李月生整理

有幸不需媒

有一天，何三麻子到岳父家去，请求择定婚期。老人存心考考自己的女婿，就把他领到屋外的荷塘边说：“何三，我给你出条上联，你对个下联吧！如果对上了，这婚期随你自己择定，如果对不上，那就休怪我老翁无情！”何三麻子笑着回答：“岳父大人，你家就请出吧！”

老人指着荷塘说：“因荷（何）而得藕（偶）！”

何三麻子回答道：“有杏（幸）不需梅（媒）！”

老人听完，连说：“好对！好对！何三，婚期就由你自己择定吧！”

刘大吉讲述　刘玲娅整理

拿杆秤来

何三麻子从来不晓得个愁，连碰上踢屋死人的事，他都要开个玩笑。远近大人小孩儿没有不欢喜他的，就是财主官绅见不得他。

他临死的那天，穷乡亲都来看望他，有个绰号“李豁子”的老财主也来了。这个“李豁子”平日被何三麻子捉弄得最苦，他特地赶在这个机会来讨何三麻子欠的三斗谷，想吐吐几十年受的窝囊气。

“李豁子”进门就拿腔拿势地喊：“三麻子，我让你耍笑了一辈子，今日登门拜访，想看你死到临头是个么笑法?”

何三麻子躺在床上，眼皮都没动，照样喘他的粗气。“李豁子”可沉不住气了，又说：“欠我的账也该还了吧，未必你还想赖到阎罗老子那里去不成?!”

这时，何三麻子才慢慢张开眼，说：“老东家，你快去拿杆秤来!”

“李豁子”感到奇怪，问：“你穷得叮当响，要秤称么事?”

“称好东西吵，你快些拿来。”

“李豁子”转念一想：兴许这穷鬼阴着积了点家当哩！忙叫人取来了秤，催何三麻子：“你有么事就快点称，莫误了时辰!”

何三麻子长出了一口气，答道：“我要伸脚①。”

满屋乡亲听了笑得一哄，“李豁子”脸都气皱了，刚要发作，只见何三麻子嘴一咧，腿一伸，咽了气。到死都是个笑模样!

张文贤讲述　杨晓青整理

---

① 伸脚：方言，“死”的隐语。

宋丑子的故事

（汉族）

宋丑子又叫宋丑则，是一个劳动者型机智人物。他生性刚直不阿，诙谐风趣，经常为人主持公道，以智斗闻名乡里。其故事在晋中、晋北、陕北等地流传较广。

舁[①] 轿

有一天，轿夫宋大哥对宋丑子说："邢家庄邢大东家过寿，雇弟兄们去南山舁他的亲家母，轿上缺个人，你能不能帮大哥上一次山？"宋丑子说："行喽。"

邢大东家的亲家母是南山一个土财主，一辈子骑驴没坐过轿，早就盼着坐坐花轿过过瘾。她一见花轿来接，也不给轿夫们喝水吃饭，便催着轿夫起身。等花轿回到邢家庄时，这个邢大东家的亲家母见她女儿便诉说道："妮子呀，妈可再也不坐轿啦，我只当是忽颤忽颤，赛如神仙，谁知道轿夫紧走妈紧走，轿夫慢行妈慢行，把妈的骨拐[②]也走大了。"

原来是宋丑子把轿子的底板抽了，这邢大东家的亲家母进轿后，像唱戏

① 舁（yú余）：共同抬东西。

② 骨拐：脚。

的坐轿一样，一路小跑跑来的。

李元林　曲润海　高文登　胡全福　铁草搜集整理

看　门

一天黄昏，东家把宋丑子叫到面前说："宋丑子，我们看戏去了，你要看好门子。"东家太太也在一旁怪声怪气地对大黄狗说："他看住门子，你看住户，回来给你啃骨头。"说完全家人坐着毛驴轿车看戏去了。

宋丑子坐在石沿上，想着东家太太那怪声怪气的话，看看拴在立柱上的大黄狗，心里憋了一肚子气："我白日受，黑夜受，睡觉没床铺，吃饭难饱肚，罢，谁叫咱是长工！今天不叫我去看戏，让我看门子也就是了。瞎，我还不如一条狗，这……这真是活欺人嘛!"他越想越气，突然站起身来，三扒两下把两扇门板卸了下来，拿条粗绳一捆，往背上一背，也往戏场看戏去了。

戏散了，东家一家人高高兴兴地回家来。走到门口一看，门没有了，连忙喊叫宋丑子，喊了半天也没有人应声。东家太太赶紧点灯一看，啊呀！箱也被打开了，柜子被打开了，金银财宝、绫罗绸缎全丢了，大黄狗也被毒死了。霎时，东家骂，太太哭，乱成一锅粥。正在这时，宋丑子背着两扇门板回来了。东家不由分说上去一把抓住衣领，骂道："你，你，叫你看门，你哪里去了?"宋丑子一见这阵势，知道出事了，他抹了抹脸不动声色地说："东家，你叫我看门子，门子不是好好的吗？刚才我看了一会儿戏，还背着门子没敢放呢。"东家越听越气，咚！给了宋丑子一拳说："准是你勾结强盗来偷我家东西，走，咱们见官去。"宋丑子一听也火了："你真是吃上烟煤黑了心，走，见官就见官。"说罢，你拉我，我扯你，向县城走去。

县官正在热被窝里做着五明头的好梦，猛然被一阵堂鼓声惊醒，以为是出了人命，急忙穿好了衣服，出来升堂。问原告何事击鼓，东家说："我让我的佣人宋丑子看门子，他勾结强盗盗了我的财宝，毒死我的黄狗，请老爷做主。”“瞎，闹了半天是一条狗命，白白惊了我的好梦。”县官便把一肚子火气记在原告的身上。他又问被告：“可有出入?”宋丑子上前一跪，说：“大老爷，小人实实冤枉。”“冤枉？冤枉你就说，老爷给你做主。”宋丑子说：“老爷容禀：我东家去看戏，叫我看门子，叫他的黄狗看户，回来还给狗啃骨头。我琢磨，等到半夜戏散，狗有骨头啃，我肚里饿吃啥呢？东家叫我看门子，我把门子看好就是了，就背上两块门板上戏场吃了两个馒头，又把门板好好地背了回来。东家丢了东西，他说我勾结强盗，大老爷，你说冤呀不冤?”县官一听对原告说：“对呀，你叫他看门子，他怕丢了，背着门扇去讨口饭吃，莫非你还叫他把你的家产都背上不成?”东家一听话音不对，急了，说：“老爷，我叫他看门子，不是只看门子，而是……”县官把惊堂木“啪”一拍，大声斥道：“呔！什么儿是、女是，分明是你的不是。我看你不是个安分守己的东西，诬告下人不说，还虚张声势，惊了老爷的美梦。来呀，拉下去重打四十！”

攀山搜集整理

房“哭”

宋丑子走西口回来时，一路上住了不少客店。一天，他又住进一个店家。这家客店的掌柜是个少有的尖滑鬼，他做的饭菜质量差，分量少，住店的旅客没有不骂他的。住进这一家客店以后，宋丑子安慰客人们说：“明天我让店掌柜请咱们吃一桌酒席!”大伙听了，都以为他在说笑话。

当天夜里，等住店的客人们都睡熟的时候，宋丑子把一盆凉水泼在顶棚上。凉水从顶棚上滴下来，把客人都惊醒了，起初以为是房子漏雨，一看院里月光明朗，不像下雨天气，非常奇怪。这时装着熟睡的宋丑子也爬了起来，他一看顶棚便惊奇地说：“这是房‘哭’，不久这店里就要出事。”这件事很快传到了店掌柜耳朵里，他跑来找宋丑子让给他破解一下。宋丑子满口应承，并让店掌柜杀一口猪，宰一头羊，准备些香火祭品。

第二天正午，店掌柜在当院摆了一张桌子，上面摆上猪羊祭品。宋丑子烧上香，跪在地上，口中念念有词。就这样，店主人为了酬谢宋丑子，特地设了一桌上等酒席招待宋丑子，宋丑子便叫上客人们一起痛痛快快地吃了一顿。

周春明搜集整理

只捣一次鬼

“人怕出名，猪怕壮”，宋丑子当小伙计被解雇，再找个字号就难了。不过，要说谁提起丑子也不敢再用？那不见得。因为丑子的勤快和吃苦那也是商行伙计中数一数二的。所以，有一个商号的掌柜惋惜地说：“丑子呀，你如果能少捣几个鬼那就好了。他们不敢用你，我用!”丑子马上说：“这样吧，你如果允许我一年只捣一次鬼，那我情肯给你干活。超过一次，全年工资我分文不要。”这位掌柜笑着说：“两次也不是大事，只是口说无凭，谁能拿你怎么办？”丑子说：“立约为证，写在纸上。”这掌柜觉得丑子真能这样，还是大有可用之处，就说：“好，一言为定，纸笔作证。”就这么，丑子又在这家字号里当了伙计。

快满一年了，宋丑子说一是一，说二是二，没捣过一次鬼，冬至过后，接连几日大雪纷飞。乡下来跑城的人很少。街道清冷，生意萧条，可这正是买卖字号掌柜们冬季游山观景的时候。几家字号的掌柜约定到城东南山崖石窟名胜古佛洞去赏雪。古佛洞离城不足二里之地，这些掌柜也非真有雅兴，其实是为了离家聚赌，吃喝玩乐一场。所以，为了方便，都选个硬把点的伙计跟随跑打，备办吃喝，随时呼唤。丑子的掌柜叫丑子随他去。丑子却说：“掌柜的，你另选一个去吧。”掌柜问：“为什么？”丑子说：“我这几天正打算要捣那一次鬼哩。你们上山取乐，我一捣鬼，岂不是给你们惹麻烦吗？”掌柜一听失笑地说：“怪事都出在你身上了。天下捣鬼的人，哪有先打招呼的。可以，你有本事明儿就当着众位掌柜的面，给咱露上一手。让他们都领教领教你宋丑子是怎么捣的鬼。”丑子又是正正经经地说：“那好，咱也一言为定，两不反悔！”

那天，一上山，丑子的掌柜就把这事说给众人听。众人都说：“咱们今儿谁也不要听他的话，看这宋丑子怎么捣鬼。”可宋丑子自上山来一言不发，只是干活。眼看午饭就绪，伙计们才发现醋瓶子丢在丑子的那个字号里。天寒地冻，冰天雪地，伙计们哪个也不愿行动，都说丢在丑子的字号，就应当叫丑子回去取。丑子说，要他回去取，他就要捣鬼。生意在南门口的那家字号掌柜却自作聪明地说：“就让丑子去，大不过他把一瓶醋捣成一瓶水，可绝不能听他的鬼话，让他少跑这趟腿！”

丑子一下山坡，就是一阵急跑，赶跑回南关街上，已是满头大汗，大口大口出气。这个问他跑什么？那个问他为甚急？他爬在这个耳朵上说几句，又在那个面前低声密语着。他愈是慌，愈是急，愈是吞吐不语，问他的人愈多，愈是有人要打烂砂锅问到底。没半个时辰，全南关的人几乎都听说古佛洞坡上把南门口字号那个掌柜的给跌死了！

丑子跑回他的字号，又和一个伙计碰了个满怀，那伙计没好气地骂他：“忙死吗？”他只说了个：“大事不好，是……”话没落地，丑子提了丢下的那个醋瓶，就又急急忙忙地跑了。

上山来，几个伙计在掌柜们的授意下，对瓶子里的醋进行了三番五次地检查，几个人亲口尝试，都说“货真价实”没鬼头。只有一个伙计问：“你跑了个满头大汗，为什么还用了这么长时间？再干什么去了没有？”丑子只是摇头不说话。他越这样，那个伙计越是要问个究竟。最后丑子表现得十分无奈，只好把他拉出洞外，偷偷地告诉他：“听说南门口有一家字号失火啦！你瞧……”那伙计随着丑子的指向一望南关，只见城门口确实一股又一股浓烟，冲天而起，映着一片房顶树头上的白雪，似乎烟火正在猛烈地燃烧着。不过丑子说，掌柜们正要在劲头上了，不要惊动他们了。打扰了他们，他们不高兴，还要责怪我们的。

岂知，这么一来，几个伙计彼此交头耳语，更加神秘起来。一个接着一个跑出去观望南关，议论着南城下升起的烟火，这怎能不惊动那些掌柜们呢？尤其是南门口字号的那位掌柜，一望，大惊失色，连饭也不吃了，马上就要回城！

丑子的掌柜问丑子："这到底是怎回事?"丑子表现得幸灾乐祸地说："我不能说，我一说话就捣鬼。"他这一说，众人反而认为是真的把那个南门口的字号给烧着了。

那个南门口字号的掌柜"天哪！老天!"喊叫了几声就向雪坡下边滚去，赶他滚跑到山底下已成雪人。跟着其他掌柜们也下山坡来，急忙劝解，动手来搀扶他。此时，只见从城里来的路上走来一群人，哭叫哀号之声十分凄惨。那南门口字号掌柜一听哭声，全是他家中的人；再看，跑在前面的正是他留在城里的伙计。于是身子向后一跌，就不省人事了。众人只顾救人，再也来不及多问。霎时，那个伙计和那群人全跑过来了。他们一看，躺在地上的正是他们当家的，一下子就扑过来，放声嚎叫起来。一阵混乱之后，那个掌柜的苏醒过来了。他一睁开眼就问："家中烧得到底怎么样了?"他的妻子说："我们哪顾上烧什么纸，一听说把你跌坏了，就赶来的。"大家才知道，这完全是一场虚惊。

原来，南门口一向是个铁匠炉集中的地方。今日初晴，各家铁匠师傅又都扫开积雪，烧起炉子打铁，所以一阵阵烟火冲天。本来平日里也是如此，只是谁还跑到这古佛洞上边来看这个烟火景象呢。

这件事，以后查来查去又查在宋丑子身上。南门口那个掌柜对丑子心中虽恨，可他有口难言。丑子的掌柜对丑子说："你这回鬼捣得也实在太大了。"丑子说："大与小反正只捣一回，这是咱俩有约在先的。"

杨文岩搜集整理

采录地点：陕西神木县

放蛇斗官府

一天，宋丑则上山砍柴，看到大大小小的花蛇成群结队地在山上爬行。他想蛇有毒，人人害怕。如果把他们弄进官府，吓一吓县官老爷，倒很有趣。

从此，宋丑则一边打柴，一边捉回蛇养起来。时过不久，他养了百十来条蛇，有大的，有小的，有花的，有绿的，长短不一，颜色各异。

这天鸡叫头遍，他就背了蛇箱，来到县衙，越墙跳在大堂的房上，从烟囱里放进五十多条蛇。

早饭后，县官升堂了。衙役正喝堂，猛然发现大堂梁上爬满了大大小小的蛇，有的伸头弄舌，有的盘成一团，非常吓人。衙役慌忙禀告县太爷。县官听了，慌成一团，他战战兢兢地走上大堂抬头一看，吓得跌倒在地上。因为他平时亏心事做得太多，这时一心想着是他亏了人，做了坏事，惹出殃祸来了。县官急忙下令设香案，祈祷神灵保佑。

不一会儿，大堂上香烟袅袅，祷告声，许愿声，混成一片，就在这时，有几个衙役发现府衙院中，纸条乱飞，一个衙役捡了一张忙送给县太爷。县官一看，上写："少作恶，多吉利，如不改，遭瘟疫！"

纸条看完，县官只是捣蒜般地磕头。

白玉花讲述

张润翙采录

采录地点：陕西神木县

张十伢的故事

（汉族）

张十伢，又叫张老十、张家十伢，是一个劳动者型机智人物。在作品里面，他常以长工身份出现，有时也以佃农、手艺人身份出现。其故事大都短小风趣，富有农民的幽默感，流传于湖北南部通城一带。

牵　牛

十伢到王老虎家做长工，故意取名叫牵牛。腊月二十四，一年工满，该是长工结账回家过年了。王老虎只字不提这事，十伢再三催讨。财主假惺惺地笑道，“牵牛呀！工钱不会少的啰！大君子财上要分明。”接着拿出算盘、账本，“原先订的三百吊，后来加了三百吊现钱，是不是?”“不错”。“不过，有几笔账还得算清哩!”“你算吧。”“你一年吃了我六百斤谷、十斤盐、两斤油，多烧了柴，折钱六十吊不多吧？过年过节只算三十吊肉钱，家具用的我的，损耗钱算八吊，剃头钱五吊，草鞋钱十吊，扯断了一个犁辕只算四吊，七月你害病，歇了三天工，只扣四吊五，还有……”“好了，好了，该我找你多少?”“那次你打烂了一只大花碗，就不算了。总共只二百九十六吊五分三厘钱，还是该我找你三吊四分七厘。”“这三吊四分七厘钱，不必找了，我送你大年三十押岁!”

“牵牛呀，今天是小年，算到下午，晚上你就不是我家的人了，看在一年的交情上，今夜不算你的住宿钱，明早你就起程吧。”

鸡叫二遍，王老虎叫老婆去看牵牛走了没？只见老十正牵着一条大水牛出了门。他老婆连忙跑来叫王老虎：“老爷，不好了，他，牵牛走了！”

王老虎从梦中惊醒过来：“走了好哕！我就怕他不走。”“快起来呀！老十牵牛走了！”“你这个婆娘真啰唆，管他老十、老九、牵牛、牵马，走了是个福，不走是个祸！”“快追呀，他，他牵牛走了！”“追个屁，你还舍不得他！”“老东西，牵牛把我家的大水牛牵走了呀！”

“啊！”王老虎一听牵走了大水牛，如死了爹娘，大叫：“天啦，刚好三百吊钱哇！”他慌慌张张赶出来，老十已赶着大水牛走得无影无踪了。

邓进良讲述　胡珊鹏　李士豪搜集整理

挖茶蔸

财主有一座茶山，每年收的茶叶能得到一大笔银子。一天，财主吩咐十伢去挖茶蔸，十伢肩着锄头往山上去了。

财主不放心，暗中跟着去瞄，见十伢挖得很起劲，竟把一山的茶蔸全都弄得蔸子朝天。财主气得直蹬脚说：“十伢，你是怎么搞的！”十伢忙赔着笑脸道：“员外，别生气，怕你是嫌我挖少了吧。那边山上的我也都挖起来了哩。”财主更生气了：“哎呀！你怎么把我的茶都挖起来了呀？”

十伢道：“不挖起来晒干点怎么好烧？”财主说：“这是长茶叶泡茶喝的，赚大钱呀，怎么是烧的呢？”十伢说：“喔！这叶子还能泡茶喝呀！怎么我在府上做工一年多，从来没有见过茶碗里泡有茶叶呢？”

张七扬讲述　张绳武搜集整理

看货把钱

马员外在离家十里的地方买了只大猪婆，要十伢邀人帮他抬回家。十伢俩人抬得浑身大汗，到了家，马员外却每人只给十文钱的工钱。十伢要他加钱，马员外却说："货虽笨重，是个不值钱的贱货，你们要看山取材，我是看货把钱。"十伢晓得员外克扣他们，也只好阴在心里忍着。

不久，马员外的娅婆（岳母）要到马家来住。马员外又请十伢去抬轿。十伢便邀了上次的老伙计去抬。

轿子到了员外家，十伢高声喊道："员外，员外，快来看货！"马员外出来一看，晓得十伢是在存心骂人，又不好马上发脾气，便扶起娅婆往里走。十伢追上去问："工钱呢？"

员外一吼："冇得钱把！"

十伢自言自语说："上次贱货不值钱；我以为这次抬了个活宝，哪晓得员外的娅婆比猪婆还贱，半文不值。"

员外的娅婆听了，气得要回家。员外见岳母娘生气，只得掏出二两银子打发他们。

十伢接过银子，连连笑着说："多谢员外，还是员外识货。娅婆比猪婆值钱多了！"

后来，张家十伢接娅婆——看货，就成了通城人做买卖时的一句歇后语。

麦青　搜集整理

十伢题诗

十伢帮一个小财主家打杂，讲的是三节付钱。到了端阳节，十伢讨工钱，财主扣这扣那，几乎扣光。十伢同他们讲理，财主说："工钱少了情义在，人到何处不相逢!”过了几天，财主吩咐十伢去烧茶、泼菜。十伢到楼上拿柴时，看见一张纺纱车，他就拿下来打烂，烧了开水，把开水挑去泼了瓜菜，回来又将孵的几十个鸡蛋一煮，放回原处。然后，在门上写了一首诗：“太阳一出瓜菜死，棉花出世寻车子，母鸡孵蛋一场空，人到何处不相逢。”就走了。把财主气得害了一场大病。

徐爱满　李士豪搜集整理

卖灵屋

十伢和幺妹都在何财主家做佣人，两人十分相好。何财主见幺妹生得好，也想调戏她，但有十伢在又不好下手。

一天，财主要十伢出去做生意。十伢问：“做么生意?”财主要他把财主娘子死时用的那个纸灵屋拿去卖了。十伢说这是死人用的，怎么好问上门去卖呢？员外说：“你就到死了人的人家去卖。”十伢问：“哪知道谁家死了人呢?”财主骂道：“你真是蠢猪，家里死了人的，就会哭吵!”十伢无奈，只得背着灵屋出门了。

十伢走了一段路，很不放心，担心幺妹子受财主的侮辱，便偷偷地转回来走到幺妹房门口打听。果真不出所料，幺妹在房里被财主逼得大声痛哭。十伢便在门口大声喊：“里面买灵屋么?”财主蹬脚骂道，“这里又没死人，买灵屋做什么?”十伢说：“不是死了人哭么事?”财主开门一看，是十伢，吓得屁滚尿流地跑了。

狗吃的

财主何吝才，一年到头到处吃喝，每吃一处，他都说：“腊月三十，一定请你到我家来，还还你的情。”因为他知道腊月三十家家都会在家过年，是不会来的。

长工张十伢，晓得财主这诡计，便到处请客，约定三十日到何财主家来大吃一顿。

到了三十这天，财主家坐满了客人等饭吃。何吝才着急万分，走到堂屋里一看，故意地说：“哎呀，该来的没来，不该来的又来了。”客人一听，有的溜走了。何财主见有人还没走。又说：“该走的没走，不该走的又走了。”留下的人自知没趣，都准备走。这时十伢来了连忙跑到外面，大喊：“怎么不该走的都走了呢？快转来哟!”走的客人一下又都转来了。

何财主没法，只好请十伢出主意马虎应付一下。十伢说：“这好办，把些肉莫煮熟，生的他们不得吃，不就节省了么?”财主以为这办法是好，就怕客人问起怎么给他们生肉吃，不好回答。十伢说：“这个有我，你放心。”

开席了，第一盘就是生肉。客人说：“老爷，这肉少烧了一把火，怎么就端来让我们吃?”财主便假意向十伢发脾气。十伢忙赔不是道：“都怪我大意了，这些生肉是给狗吃的，待客的肉都在后锅里。”大家一听，火了，将生肉一块一块地往桌底下丢去，真的给狗吃了。何财主只好又把后锅里的熟肉端出来待客。

以上二则钟述曾讲述　张绳武整理

堂上作证

李员外的婆婆对媳妇百般刻薄。有一天，媳妇顶了婆婆几句，当即遭到两口子一顿毒打，脚被打断。李员外还给媳妇加上了“逆父逆母，好吃懒做”的罪名，上告到县里。过堂时，十伢闯进了衙门。县老爷问他做什么?十伢说：“作证。”员外夫妇一听，慌了手脚。县老爷又问：“替谁作证?”“为员外作证。”员外夫妇高兴地说：“他是我家的长工，随什么都知道，又爱说直话。老爷就请他作证!”县老爷问，“这女子是逆父逆母吗?”十伢说：“老爷是!”“她好吃懒做吗?”“一点也不假。”李员外说：“是嘛，是嘛，十伢说得对。”十伢又说：“这女子不仅懒，还特别好吃。一次我从田里收工回来，见她在偷猪食吃呢?”员外的老婆插话：“连猪食都偷了吃，还说别的好东西吗?”县老爷说：“你这糊涂虫，这只能说明你们虐待她嘛！老东西该打。”

龙光早　李士豪搜集整理

一计镇三邪

张十伢的哥哥叫张五伢，为人老实憨厚。有天拿了两个官宝到当铺去当现钱做生意，走到半路，见一瞎子正过一座长石桥，五伢发善心，用自己的一把雨伞牵他过桥。谁知这瞎子起歹心，一边走，一边摸着数伞骨子，过于桥，瞎子死握着伞不放，说是他的，五伢不肯，二人争吵。正好来了个中年人，说：“你们谁能说出这把伞有多少根伞骨子，就是谁的。”五伢未留心，答不上。结果被瞎子将伞弄走了。

中午，五伢到一家汤圆铺吃汤圆，他想免得又上当，吃一个就把一个铜钱。当他吃完要走时，汤圆老板向他要钱。他说：“我吃一个给一个，钱都给了。”老板说：“那你一共吃了多少个？说得上来就算你给了钱。”五伢没记总数，又说不上来，没法，只好又出了一道钱。

五伢忍气吞声来到当铺，把两个官宝交给当铺老板，老板一见是个官宝，便起歹心，假装没有拿稳，将两个官宝落到柜内的地上，接着从柜台脚下换上两个银宝，按银宝价格向五伢付了钱。五伢不依，与老板争吵一场。

五伢回到家中，将一连三次被诈上当的事说与十伢听，第二天，十伢上街正碰上那个瞎子从个水挡子旁边摸着走过来。十伢上前故意一撞，将瞎子撞下了水挡，弄得满身泥水。接着又把瞎子拖到岸上。瞎子感激不已！问道：“是哪个把我撞下去的?”十伢说：“是中街那个卖汤圆的老板，挑着担子换肩撞的。”瞎子又问：“有哪个人作证?”十伢答道：“我作证。”“你是哪个?”十伢说：“我是下街头当铺老板。”

瞎子火冒三丈，摸到汤圆铺，一顿乱棍，将铺里的锅碗打个稀烂。汤圆老板不服，质问瞎子，是谁看见他将瞎子撞下水的。瞎子说，有当铺老板作证。汤圆老板操起扁担，一气之下，将当铺的东西打得粉碎。十伢跟着看了几场热闹，高兴而回。

汤落育讲述

葛先登搜集整理

张代刀的故事

（汉族）

张代刀一位劳动者型机智人物，出自艺术虚构。在故事中，其人通常以剃头匠身份出现。其故事大都描写他利用剃头的机会嘲讽、戏弄吸血鬼及其帮凶，替穷人抱打不平，短小活泼，幽默风趣，流传于湖北松滋一带。

吃“瘟神”

有年过年，钱家庄很多穷苦人家没得团年米，便去找钱万刁借，鸡子嘴说成鸭子嘴，钱万刁嘴里哼了哼，就是不借。穷苦人家只得去讨米。张代刀却不让他们出门，要大家安心等待。张代刀按想好的计策，和钱万刁斗起法来，他把剃头箱子的底、盖分了家，又把刀剪分了家。懂窍的人知道：张代刀把箱子分两半，等钱万刁出来送年饭；腊月二十六，张代刀悄悄用细土在钱家堂屋中间撒了磙板大两个脚印；第二天，给钱万刁去剃头，把剃头箱和家什故意掉在地上，摔得稀烂。

腊月二十七，钱万刁想到昨天屋里的脚印，看今天屋里的烂东西，吓得大喊：“天啦，到底是瘟神进了门，钱家要遭殃哟——”

少奶奶忙出来说：“张代刀，这瘟神进来了，你说怎么搞啊?”

张代刀说：“这瘟神进了您的屋，是您的财喜；瘟神夺我的剃头箱，是要剃头。”

少奶奶问：“你说得对，瘟神的脚板比磙板还大，又夺你的箱子，还有治法没有?”

张代刀说：“自古常言：财神爷要接，瘟神爷要送喳!”

钱万刁问：“怎么个送法?”

张代刀说：“自古常言：接来财神一张纸，送走瘟神一仓谷喳!”

少奶奶说：“只要瘟神送得走，就是两仓子谷，我也舍得哟!”钱万刁说：“是啊，蚀财免灾喳!”

钱万刁按张代刀说的，拿出了十袋黏米、十袋糯米、十袋大麦、十袋豌豆、十袋白面、十匹白布、十匹洋布、十只鸡、十只鸭子，整猪整羊。另外，还给张代刀送了个剃头箱子，张代刀把这些吃的东西堆成了一个“瘟神”，用白布裹得紧紧的，上面写着“瘟神”二字，让十六个人抬着，吹吹打打送出了门。

抬了一截，钱万刁问：“往哪送呀? 它该不得又回来吧?”

张代刀说：“老爷，瘟神多半是讨米佬叫花子带来的，还是归他们‘遭殃’!”

这样，无团年米的穷苦人家，吃着‘瘟神’，笑着说：“今年多谢‘瘟神’过了个发财年!”张代刀说：“多谢‘瘟神’送了个剃头箱!”

覃兆贵讲述

难上加难

张代刀剃头有个规矩，每逢八月十五夜晚，要在钱万刁家里赏月，吃月饼。钱万刁滴水不漏，每年让张代刀白吃月饼，心里又有些疼。有年八月十五，为了不让张代刀晓得地方，钱万刁和狗腿子想了个计较：用一只船，驾到山背后湖里去赏月。

张代刀晓得后，非要吃到月饼不可！就在家里背了一口装衣服的大木箱子，放到湖的上风头，自己睡在里面，关好盖子，箱子飘走了。

钱万刁和狗腿子正准备吃月饼，突然看见湖里飘来了一口箱子，一时欢喜得直流涎水。捞起来一看，关得严严实实，心想，一定有财喜，狗腿子说："我们吃了月饼，消消亭亭开箱子。"钱万刁说："老子等不得，先开箱子看了再吃月饼！"

钱万刁打开箱子，张代刀就说："老爷，我们吃月饼吵！"

钱万刁说："月饼是有，不过吃便宜的不行，你若将'糊糊涂涂、明明白白、容容易易、难上加难'联成句，才能让你吃！"

张代刀站起来说："我关在箱子里是糊糊涂涂，您坐在船上是明明白白，我吃月饼是容容易易，您想脱掉是难上加难！"

扬永泰讲述

又打又罚

一个猪贩子的三头小猪被钱万刁骗去了，第二天，这个猪贩子气不过，把那三头小猪伢抱走了。不料，被钱万刁发觉了，把他吊在桑树上，正准备来打。张代刀看见了连忙说："老爷！快莫打，堂堂老爷，亲自动手打一个区区小贼，别人看了会笑话。"钱万刁说："那我就这么算哒？"张代刀说："我告诉你一个办法，来个又打又罚。"钱万刁问："你说怎么打，又怎么罚？"

张代刀说："他偷了您的猪，您不能罚他偷一头牛来吗？要是别人没看见，就该您得牛，别人看见了，归他挨打。这不是又打又罚吗？"

钱万刁嘻嘻一笑，说："张代刀呀张代刀，你也乖过了头咧，这不是明明叫我放团鱼喝水吗？我还上你的当？"

张代刀说："您不放心的话，我们试一回，他若跑了，打我！"

钱万刁说："你和我一起去，他若把牛牵跑了，你就喊赶强盗。"

晚上，钱万刁和张代刀躲在一旁，见猪贩子真的偷了一条牛。钱万刁生怕小偷牵跑了，连忙把牛绳接过来，牵起就走。张代刀和猪贩子在后面赶。张代刀叫猪贩子悄悄喊来了牛的主人，揪住钱万刁就打。

张代刀从一边跑来了，连忙解交说："这是钱老爷，快莫打！"丢牛的主人听说是钱万刁，就越发打得狠了，边打边说："你少在旁边瞎说，钱老爷还会偷牛吗，冒充钱老爷，更应该朝死里打。"

李士元讲述

以上三则覃章俊搜集整理

陆游人的故事

（汉族）

陆游人是一个劳动者型机智人物，出自艺术虚构。在故事里面，他常以长工、短工的身份出现。他五大三粗，颇有力气，而且才智过人。乐于扶助穷弟兄，常与奸刁的财主作对。其故事至今仍在安徽巢湖一带流布。

不破规矩

有个姓朱的财主，出大价钱雇长工。但有个条件，要遵朱家规矩：猪，要说成“本家”；吃饭，要说成“用膳”；睡觉，要说成“正寝”；宰羊杀鸡，要说“正法”；死，要说成“仙游”。否则的话，就扣掉全年工钱。

头年张三去朱家当长工，年尾讲了句“杀鸡”，被扣掉全年工钱。

二年李四去朱家当长工，冬深讲了句“有个姓朱的客人来访”，被扣掉全年工钱。

第三年，朱家出了三倍工钱，也无人愿意去。陆游人去了，还按老规矩办事。

一直到下工这一天，陆游人都未破规矩。朱财主急得如热锅上的蚂蚁。刚好这时，东家老太太生病卧床不起，养的猪也不吃食，朱财主就叫陆游人去看看来报。陆游人听了，心里有数，转了一圈子，回来向朱财主说：“东家本家不用膳，整天正寝搁扁头；如若不把它正法，今天明天就仙游！”

刚好，朱财主出嫁的妹妹来探母病，进门就听到“仙游”二字，以为母亲死了，哭着奔向母亲房里，伏到母亲身上就叫，一下就把久病在床的老母吓死了。

朱财主抓不到陆游人一点破绽，只好付了三年工钱。陆游人接了钱，拿了一年工钱给张三，拿了一年工钱给李四，快快乐乐地过年。

朱财主家过年却在料理丧事。

踩了土坯

朱善人找到陆游人，和气地说：“陆大哥，我要修仓，等着土坯，请你带几个兄弟给我忙活一天。”

“好说!”

“我不会亏待大伙儿的。但是丑话还是讲先，免得人不合一。”

陆游人晓得朱善人爱财如命，一个钱夹胳肢窝，三个火铳也冲不出来，就说：“你看呢?”

朱善人说：“大伙儿歇也白歇了。就一饱饭一天，不付工钱，你看如何呢?”

陆游人脆崩地说：“老乡老邻，就依你说。”

第二天，陆游人领了头十个汉子来到朱家门口的场地上，开始动工了。早饭说得过去，一个人三碗干饭，两碗稀饭，还有老咸菜就着。

日头中午，陆游人和短工们肚子已饿了，正准备收工吃饭。朱善人来了，看到土坯已脱了大半个场地，他毛数了一下，有四五千块，只差个千把块了。心想就此打发他们滚蛋，也甭给饭吃，这不正是“一饱饭一天”吗?于是，他笑嘻嘻地双拳一捧，向大家作了个半揖说：“劳累各位了。请各位再劳累一会儿，脱满一场土坯，再收工吃饭，下午就不干了。”

陆游人和短工们虽然又饿又累，听朱善人这么一说，也只得攒攒劲儿，干起来。一会儿，就脱满了一场地。

朱善人回到家里，忙叫老婆熬了一锅绿豆汤。对老婆耳语了几句，自己便去饮酒吃饭了。

短工们回到屋里，揭开锅一看，一锅汤，浪打浪。勺子一搅，几颗陈绿豆漂上来，一股霉烂气。过一会儿朱善人的老婆笑嘻嘻地捧了碗上来，说：“劳累大家了。当初讲明‘一饱饭一天’，其实我家活只干半天，已让你们吃了一饱。咱家善人看你们活计做得好，我们也是为善门第，就再添这锅绿豆汤。嘿嘿，大家请用。”

大家愤怒难按，纷纷要找朱善人评理。这时，陆游人站出来，止住大家，说，难为东家想得周到，绿豆汤可解渴啦！来一碗！”

众人说：“好！来一碗！”

说着大家争碗、抢铁勺，推推搡搡地从锅里抢着盛。有个短工没有抢到勺子，就骂起来。陆游人给他一拳。那短工说：“好小子，你打人。”扬手把碗砸了过来。陆游人头一偏，碗砸到墙上，摔得粉碎。这一下，可好了，两人扭在一起撕扯起来。众人有拦的，有帮的，乱成一团。朱善人已站在场地上，用细竹篾剔牙齿，眯着眼睛瞟着那一排排土坯，盘算着如何盖仓。忽听吵嚷，奔回屋里。一见这情景，吓了一身冷汗，大叫道：“不能打架，要打出去打啊！”

大伙儿一听，正合心意。于是，连拽带拉地闹到了场地上，地上的土坯还没有晒干，一会儿功夫，满场的土坯被踩得稀巴烂。陆游人和大伙满意地互相挤挤眼，一哄而散。

朱善人的两餐饭虽省下，可是锅、勺、碗、盏打破了许多，土坯也一块未得到。

“不像你们爹多”

小伙计的爹不幸死了，他去料理了丧事，回来后还难过得痛哭流涕。章东家的媳妇、闺女，不当一回事，嘻嘻哈哈，幸灾乐祸。有一次还假惺惺地对小伙计说：“人死如灯灭，是话都不说。若要还魂转，水底捞明月。嘻嘻！

何必这样悲伤!”

说得小伙计抽抽泣泣，没鼻没眼地哭，两个无赖女人却挤眉弄眼地笑着说：“这又何必，这又何必!”

陆游人站出来，忍无可忍地对她们说：“小伙计不像你们爹多，死了一个就没有了，咋能不难过呢?”

说得她俩无言以对，一溜烟跑了。

张金宝讲述

整治拳客

陆游人得罪了一个外号叫钱百万的财主，晓得钱家不会善罢甘休的，琢磨着还是躲一阵子为妙，就跑到巢湖船上当水手。

果然，钱百万的儿子买了一个拳客，让他去悄悄打死陆游人。

这天，拳客下来了，走到巢湖边上。这拳客认不得陆游人。一看湖边有条大船，船上只有一个汉子在洗刷船板。他想，不妨去打听打听，就迈步上了船。陆游人迎上前：“客官请坐。我来沏茶。”

那人也不客气，一屁股坐到船板上。陆游人拿壶从湖里盛了水，就来起火，找不到柴。刚好，船头放了一个树根桩子。陆游人顺手就拿过来了。那人有点不耐烦，说：“没有斧子劈也是枉然。”

陆游人说：“快。我劈柴不用斧子，你看。”

说罢，两手抱起树桩用力搓，搓几下，树桩就成木柴条条啦。拳客看了，两眼瞪得像铜铃，舌头伸出来缩不进去，心想，这船工好大的力气啊!

水烧开了，茶沏上了。拳客呷了一口，说：“大师傅，我向你打听个人。”

“说吧!”

“陆游人，你可认得。”

“认得，认得。他是我的师父。不知客官找他何事?”

“嗯……嗯……”

拳客慌了，一时说不出话来。

陆游人伸过头来，悄悄地说：“客官，我说句不知进退的话，我那师父脾气躁，找他学本领可以，找他较量，可是头秃眼瞎了。”

“啊……啊……”

拳客吓慌了，心想，徒弟都这么来得，师父还得了吗？再也不敢为钱百万卖命啦。他搭讪了几句，就脚底揩油——溜了。

原来，陆游人事先把树桩劈成一条条，然后用面浆子把它粘在一起，就像整的一样，一搓，当然就成树条条了。

以上四则黎邦农搜集整理

烂泥里捏刺

有天，陆游人进庐州城，看到街铺家家门口前放了一盆清水，门头挂面镜子，这可搞得陆游人“丈二金刚，摸不着头脑”啦！

走了一段街，还是如此。陆游人忍不住，就踅进一家，手指盆水、镜子问道：“家家门口摆盆水，这是何时兴起的规矩？”

店主是个四十多岁的汉子，四顾无人，悄悄地说：“嗨，‘癞秃头插花——硬装扮，是知府大人给自己的脸上贴金啊！”于是，他就把怎来怎去，一五一十说了。

原来，新近庐州城来了个知府，一上任就大肆搜刮民财，是个刮地皮的老手，可是他每次出来，都强令市民每家门头挂面镜子，门口放盆清水，以示他“明镜高悬”、“官清如水”。

陆游人听了，心里明白，知府是“戴笆斗进祠堂——黑充大头鬼”，非常气愤。正在这时，锣响了，知府轿子出来了，行人两边闪开。陆游人瞥眼看到街头有个烂水凼，就紧走几步，脱了鞋，卷起裤筒，捋起袖子，身俯弯腰，用双手在烂泥里摸来摸去，跟着围了一群人观瞧。

一会儿，知府轿子来了，却叫围观的人群堵住了路，只得把轿子停下。知府掀帘一看，见一个粗壮大汉在污泥水中摸来摸去，感到奇怪，就怒斥道：“喂！你在摸啥！见本官轿来，为何还不让道？”

陆游人听了，直起腰，望着知府说：“大人有所不知，我庐州城新近来了个刁客，在这污泥中藏了一根刺儿，要暗刺老百姓的皮肉，我要把它摸出来，画张纸墨棺材烧掉，为民除害啊！”

知府听了陆游人的带刺的话，正欲发作。一个认识陆游人的书丞，把嘴凑到知府耳边，说：“老爷，他就是庐州府有名的天不怕、地不怕的陆游人。专找官家的短，画纸墨棺材，前几任老爷就栽在他手里。老爷，你可要忍，忍一忍啊！”

知府听了，只得把火压到肚里；因为他也一屁股屎，怕在大庭广众前跌相。就说：“你，你为民除害，那好，那好！”

说罢，缩回轿子，转头抬走。

陆游人赶忙走到一家门口，端起盆水就往泥脚上泼，边泼边大声说：“这是真脏，借老百姓的清水也洗不掉。”接着，他又摘下镜子照一照了，并且大声说：“哎呀，我怎么脏成妖怪啦，老百姓的镜子都是照妖镜。哈哈！”

众人也跟着哈哈大笑。陆游人的话，知府听得一清二楚，但是敢怒不敢言，火葬乌龟肚里痛，忙令衙役：“快走，快走！”

从此，知府再也不敢叫老百姓挂镜子，摆清水了。

牛光昭讲述　刘应芬搜集整理

阿生的故事

（汉族）

阿生是一个劳动者型的机智人物，在故事里大多以长工身份出现。他的故事大部分是捉弄、鞭挞狠心财主的作品，流传于广东信宜一带。

财主迎亲

有个农民，家境贫困，每天给财主打柴换米。

有一天，农民家里来了客人，他叫妻子也送一担柴，以便多换些米招待客人。农民的妻子长得很漂亮，她挑柴进财主家时，被老财看见了，老财顿时色迷心窍，于是便同账房商量，暗中抛出一条毒计来。

第二天，当这位农民挑柴到财主家时，账房偷偷把一只死猫压在柴担下，然后财主故作惊讶说："哎呀呀，不好了，我家的宝猫被柴压死了。"农民挑起柴担看时，果然发现地上有一只死猫，便说："既然是我把猫压死了，我赔一个给你吧。"

"你能赔得起吗？我这只猫不是普通的猫，村头叫一叫，老鼠全跑掉；村中走一走，老鼠见着抖；村尾喊三声，老鼠死干净。就算你赔千金，我也是要活猫。"

"老爷，可怜可怜我们穷人吧，莫说千金，就是百钱我也拿不出来呀。"

农民再三苦苦哀求着。

财主向账房使了个眼色，账房便慢悠悠地说，“我看老爷素来宽宏大量，也知道你不是故意压死的，如果你肯让出妻子给老爷，不用说不用赔猫，你们全家吃穿都不用愁了。”

农民听到要让妻子，肺都快气炸了，但又不好发作，唯有暂时忍气吞声，答应回去先同妻子商量，然后再来回话。

这件事被阿生知道了，他就替这位农民想出了一个对策，叫这个农民先答应让出妻子。

财主见农民肯让妻子，乐得眉开眼笑，催促账房赶快备办彩金、礼物，自己还亲自去迎接新娘。这天，农民家里请来左邻右舍，炸鱼烧肉，像办喜事一样。阿生还特意煮好一盘糯米饭，专用鸭脚木制作一只饭匙，等候财主到来。这天，阿生和农民热情款待财主。当账房盛糯米饭时，糯米又黏又软，饭匙木柄又尖又细，他挖呀挖，铲呀铲，都盛不满一小碗饭，他正要用力装饭时，只听见“啪”的一声，木匙柄断了，阿生马上惊呼起来，“哎呀，不好了，你把我这只金林木饭匙弄断了。”财主见账房弄断一只木饭匙，便赔着笑说：“没关系，没关系，明天我叫人送一个银勺给你们使用。”

“老爷有所不知，我这个饭匙与普通的不同。金林木，金林木，朝铲鱼，晚铲肉，中午铲五谷，晚间铲得珠宝堆满屋。就算赔万金，我也是要回我的金林木饭匙。”阿生说。

左邻右舍也帮着说：“如果今天不是使用这个饭匙，哪会有这么多的好酒菜招待你们?”

这下财主着急了。阿生拍拍胸脯说：“如果是别人弄断，我是不肯放的，我也知道他无意压死你一只宝猫，今天你也无意弄断我的金林木饭匙，让乡亲们作个证人，那就两相对销吧。但是你们送来的财物，要收下招待证人。”

财主无计可施，只好同意了，像只丧家狗一样溜走了。

更换对联

有两户财主，商量合伙办一间中药店，铺的名号叫“全生堂”。

开张那天，财主请来有名望的绅士助兴，述专为这间铺子写了一副对联。上联是“全望四乡无疾病”，下联是“生来一路都平安”。对联贴出后，主人满意，绅士也大赞这对联既讲平仄，又合铺号，不愧出自高才之手。恰在这个时候，有位农民打扮的年轻人经过这里，看见大家围观一副对联，他也上前恭维一番，然后幽默地说：“这对联写得好是好，可惜还少几个字，如果每句再添上四个字就十足了。”大家忙问有何高见，那人不紧不慢地说：“‘全望四乡无疾病’，应该加上‘立即散伙’，下联‘生来一路都平安’，后面再加上‘马上收水’。”老财和绅士们听了大为恼火，纷纷斥责不该讲这不吉利的话。写对子的还扬起手中的烟斗，要打这位过路的农民。只见那人满脸笑容地说：“众位请息怒。你们试想想，按照这副对联所说，如果大家一生下来都平安没事，无疾病，顺顺利利地过日子，能符合现实吗？就算能实现这个愿望，那么医生大夫没人请了，药材也不需要了，你们还开这间药店有什么用呢，不是坐着喝西北风吗？”大家觉得这人说话句句在理，老财心服了，主张马上要更换门口的对联。唯有那位写对子的绅士气得像蟾蜍，气咕咕地站到一旁。

事后了解，大家才知道这位农民打扮的过路人，就是巧计斗财主出了名的阿生。

以上二则祁生搜集整理

明聪的故事

（汉族）

明聪是一个劳动者型机智人物。他在故事里面常以帮工的身份出现，以捉弄凶狠盘剥穷人的财主为快事。他的故事质朴诙谐，流传于湖北应山一带。

买 辈 分

据说在明聪的族里，有一个大财主，财主家里金子装满了坛，银子装满了罐，吃的是人参燕窝，盖的是龙锦绸缎，日子过得十分富有。可就是有一件事，不如财主的意。原来，论起钱财田亩，他家在全湾称得上是人上人，可论起辈分来，他家在全湾只能算是人下人。只要一出门坎，不管大人小伢，抬头就是他的长辈。

老财主总在发愁："这最低的辈分跟我这最有钱的大户人家太不相称了。"他想了七七四十九个年头，总算想出了个点子：用钱买辈分。

老财主把这股风一放，族长和族里的老人们可急坏了，他们私下里合计了好几个日夜，都冇想到法子。不卖吧，老财主是方圆百里的大户人家，有钱有势，连县太爷都得让他三分，惹不起；卖吧，又从来没听说有这么个规矩，怕乱了族规，遭后人们指责，左右为难。

后来他们想到了明聪，就来找他想法子。明聪一听完族长和老人们的话，拍了拍胸口，对他们说道："这事好办，包在我身上。到那天你们都不答话，我来和他说。叫他花了钱又办不成事，还怪罪不了大伙。"族长和老人们都晓得明聪板眼多，不会坏事，满意地走了。

过了几天，财主家割肉买鱼，办了几大桌酒席，请了族长和老人，还见人送了一两银子。

酒圆三遍，老财主乘着大伙高兴，当着大伙的面，提出了买辈分的事。这时，明聪站了出来，说："老侄娃，这事好办，你只消说一声就是，何必破费这许多钱财。"

老财主一听明聪这话，喜得脸上的皱纹都扯平了。按辈分，明聪是他的叔叔。于是，他叫了明聪一声"小叔叔"，说："何必见外，都是族里人嘛。我晚辈只不过是表示一点小意思，要长辈们抬举，这辈分的事……"

明聪接口问道："请问你老侄娃想要买几辈？是买你爷爷的辈分呢，还是买你爹爹的？"

老财主一听明聪的话，就晓得了明聪是在戏弄他，可他又找不出岔子来发作，只得像火烧的乌龟一样——把气闷在心里，辈分也冇买成。

吴世华讲述　赖静整理

痛 快 年

明聪做伢时就死了爹妈，无家可归，靠给湾里的财主家帮工过活。财主是个吝啬鬼，对长工们十分刻薄，一日三顿，顿顿是粗糠馒头黄菜叶汤，逢年过节也吃不上一顿像样的饭。

这一年的年关又近了，财主又逼明聪起早摸黑地给他备年货。一天黑夜，明聪给财主家磨汤圆粉。磨着磨着，他心里就冒出了个板眼：今年过年要治一治财主，让穷长工们过一个痛快年。明聪把法子给大伙悄悄说了，大伙都说好。

正月初一早上，财主家的堂屋里热闹极啦，来拜年的客人们正围着大方桌说吉利话，东家满面堆笑给他们一一斟酒。忽然间，细细的一线水丝从屋顶滴了下来，不偏不歪恰好滴在那碗珍贵的银耳汤里。客人们都被这稀奇事惊呆了：“天气好端端的，么样漏起了雨?”看看屋顶，一只花猫口叼着又肥又大的老鼠从屋顶往下一蹦，不见了。

大伙猜是么样回事?原来是明聪在瓦缝里安了个小竹筒，竹筒是漏水的，塞了塞子，塞子上又拴了根麻线，绑了个死老鼠。屋里酒席开始后，明聪把早已准备好的母花猫放上屋顶，花猫瞄见老鼠，咬住就扯，拉开了竹筒塞子，筒子里的水就滴了下来。

满桌的客人都把这水丝当成了猫尿，直埋怨说：“晦气，晦气，大年初一碰到了这等晦气，真不吉利。”一个接一个地拍拍屁股走了。东家看着满桌丰盛的鱼、肉冇得人吃，满盅的香酒冇得人喝，杀了鸡子得罪了客，气得直打转转，一声接一声地骂着，要佣人们把东西倒掉。

大伙暗中好笑，七手八脚地把桌上的东西拿到了长工棚里，长工们围坐在一起，过了个“痛快年”。

曹虹讲述　赖静整理

买　缸

杨家岗一带，有个大财主，谁也惹不起他。他有两个狗腿子也狗仗人势，总跑到集上硬拿恶要，百姓都怕他三分。有一天，他俩又来到集上，做小买卖的人一见他们，都提着东西逃跑了，只有卖大缸的跑不脱。他俩看捞不到油水，连一口大缸也不放过，抬着就往回走。明聪看到眼里，气在心上。

两个家伙抬着大缸累得黑汗直流，偏偏天又下起雨来，他们只有放下歇息。这时明聪上前把缸一拍说：“这缸卖不卖?”他俩巴不得把缸变成钱，忙说：“卖！只要十串钱。”明聪说：“哎哟！好便宜！我们那里卖缸，至少是一串钱一斤。”他俩一听，喜得不得了，忙问：“真的?”明聪说：“哪个骗你！说不卖就算了。”他们一把拉住明聪：“卖，卖！”明聪说：“那好，我的脚痛，请你们把缸送到屋，这生意才做得成。”他俩想钱，就抬起缸往明聪家里送。走了一会儿，明聪掉在后面老远，他俩只有等着。明聪慢慢赶上来说：“我的脚痛得很，实在走不动，你们想早点拿钱，就把我抬着。”两个家伙想早点拿钱，就让明聪坐到缸里。这时雨越下越大，明聪说：“雨把我淋病了，生意还是做不成。”他俩又把草帽、雨具拿下来盖住缸口。走了一截，两个家伙有些不放心，又揭开草帽问明聪，明聪说：“我包买，你们要包卖呐！”两个家伙连说：“包卖，包卖！”明聪坐着“缸轿子”，两个家伙把他往家里抬。

好不容易把明聪抬到家门口，两个家伙累得直喘气，浑身像个落汤鸡。明聪从缸里出来，身上干干爽爽，他到屋里拿出小盘秤和小铁锤，说：“我只买半斤。”他俩说：“你不是包买吗?”明聪说：“我买半斤还不是包买?”两个家伙气的傻了眼！明聪又说：“你们快敲呀！我好称。”说着他举起锤子就要敲缸，两个家伙一下慌了神，抬起缸就跑了。明聪冷笑一声，骂道：“说话不算话，死了变哑巴！”

胡少成搜集整理

赶　集

有天明聪上街赶集，走了半天，肚子饿得咕咕叫。正走呢，碰到张老财的老婆，她提了个花眼竹篮，里头装的是炸糍粑、洋砂糖。这个女人平时对长工不晓得有多奸狡，她不认得明聪，明聪可认得她。

明聪赶了几步，上去对她说：“哟，篮子这重，我帮你提。”张老财的老婆正累得不得了，忙把篮子递给明聪，还说：“我屋里的长工，要有你这勤快多好哇。你叫么名字?”明聪说：“我小名叫‘七’，大名‘洋糖蘸’。”张老财的老婆是个小脚，走路快不了，明聪提着竹篮，大步大步往前赶，一会儿就把她丢在后头老远。张老财的老婆怕明聪跑了，在后头扯起喉咙喊，

“七——七——”（当地方言，“七”和“吃”同音。）明聪一听，抓起炸糍粑就往口里塞。张老财的老婆急了，又大声喊：“洋糖蘸——洋糖蘸——”明聪一听，边吃糍粑，边蘸洋砂糖。等张老财的老婆赶上来，明聪把东西都吃得差不多了。张老财的老婆心疼得像哪个割了她的肉，硬拖着明聪去打官司。

县官听张老财的老婆一讲，把惊堂木一拍：“大胆刁民！给我拖下去打四十大板！”明聪说：“吔——做了好事还挨打，今后好事没得人做了。”县官说：“你还狡辩！”明聪说：“我帮她提篮子，走得好好的，她在后头连声叫我吃。我肚子饿了，放到的炸糍粑，人家叫我吃，我未必不吃？她怕我吃得冇得味，又叫我洋糖蘸，我才又吃糍粑又蘸糖。”张老财的老婆说：“那是我喊你的名字，叫你停下来。”明聪说：“我的名字叫明聪，你咋瞎喊呢？”张老财的老婆一听傻了眼。

小沫搜集整理

一字笑的“智壶”

贪婪的知县老爷听说明聪有一个取名“一字笑”的“智壶”，很是眼红。传说这个“智壶”里装满了聪明和智慧。

这一天，知县派人把明聪叫来，威吓地说：“明聪，有人告发你常常摆弄‘智壶’，不走正路专行邪道，本县要把‘智壶’没收归公。”

“县太爷，小人不敢违命，只是有个小小的请求。”

知县以为明聪在讲价钱，不耐烦地说：“我赏你银子十两，行了吧？”

明聪摇了摇头。

“金子十两？”

明聪又摇了摇头。

“提拔你到县衙来当差？”

明聪还是摇了摇头，回答：“我什么都不要，只是一条，这‘智壶’的名字叫‘一字笑’，不是凡物，非得县太爷亲手去拿才成。不能有笑声，一笑就要跑。”

“好啦，我照你的办。”知县想不到事情居然这么顺心。

明聪把知县引到一条狭窄的深巷子里，说：“智壶能显神，肉眼不能看它。”找了块破布片，把知县双眼蒙住了。明聪在附近捡了几块西瓜皮，放在巷道上，然后示意知县往前走，去取“智壶”。知县两眼被蒙着，深一脚浅一脚地往巷子深处走去。忽然明聪在背后一声猛呼：“跳!”他以为遇着了坎子，慌忙两脚一并往前蹦去，“吃”的一声，不偏不歪踩在西瓜皮上，仰面朝天摔倒在地上。看热闹的人哄堂大笑起来。

知县被摔得头昏脑涨，好半天才从地上爬起来，他一把扯掉了蒙眼的破布片。

“县太爷，完啦，‘智壶’跑了。都怪你，你这一跳，没跳好，把大伙逗笑啦，把‘智壶’吓跑啦!”明聪说完，钻进了人堆里。

叶鸣讲述　赖静搜集整理

杀　贼

有一年，明聪村子附近的山林里，来了三个强盗。这三个家伙，明抢暗窃，无恶不作，老百姓恨死他们了。明聪决定为民除害，他借了十两银子，拿了几个又大又结实的袋子，就独自上山了。

这天，三个强盗正要下山打劫，不想在半山腰遇到个小伙子。几个家伙把他一捆，在身上一搜，没有钱，就要剥他的衣裳。小伙子苦苦哀求：“大王，你脱了我的衣裳，叫我么样回去呢？大王要的是银子，我给你们弄就是了。”强盗一听有银子，就逼着他要。小伙子说：“你们用袋子把我装进去，把口袋扎紧，我算算哪儿有银子。”三个强盗半信半疑，把小伙装进去了。不一会儿，小伙子钻出来，领着他们到一个青石板旁边说：“这石板下有白银四两。”他们搬开一看，果然有四两银子。贼心难满，他们又逼着小伙子再算算，小伙子没奈何，只得照办。他在袋子里待了一会儿，又领三个强盗在山顶的大松树上的鸟窝里，找到了三两银子。三个强盗不要小伙子找了，他们把刀一抽，要小伙子把这找银子的法子教给他们。小伙子只有照办。他说："要学就得进袋子，进袋子不能带东西。"三个强盗把身上的东西都搜出来丢在地上，一个人钻进一个袋子。小伙子把口袋扎紧，又把他们一个个背到悬崖边，对他们说："我算定阎王老子那儿有银子，请你们去领。"三个强盗晓得上当也晚了，小伙子一脚一个，把他们踢下悬崖。然后拾起强盗丢下的东西下山去了。

我不说，你们也晓得这个小伙子是谁。

裴家锋搜集整理

罗兰娇的故事

（汉族）

罗兰娇是一位女性劳动者型机智人物。她聪明伶俐，泼辣大方，蛮有才情。其故事流传于湖北建始一带，至今为人们喜闻乐道。

出嫁路上

兰娇十八岁那年，嫁给了一个勤快厚道的农民。过门这天，娶亲的队伍走到半路上突然被拦住了，原来前面刚刚修起一座桥，正等着县大老爷来“踩桥”，只有等他踩过之后，一般人才准予通行，路都管去办了几次交涉，石匠师傅十分为难。要是在县大老爷未踩桥之前把罗兰娇一行人放过去了，那是吃罪不起的。罗兰娇想：“只要把石匠的心说活了，他们也会去担点风险的，让我来封赠他们几句。”于是兰娇打开轿帘，对路都管说：“请转告石匠师傅，我来封赠他们几句如何？”那班石匠早就听说罗兰娇是个美丽大方、心才口才都好的女子，一直没有见识过。今天机会好：要是她封赠得好，在县官那里吃点亏也值得，于是便答应了。

罗兰娇一步登上桥，封赠道：“新人踩新桥，新桥万年牢。月儿沉水底，长虹缠河腰。身托泰山过，石桥胜铁桥！”石匠师傅听了，一个个笑眯眯，连忙请兰娇过去了。

后来，老百姓中间有句口头语："姑娘回娘家，踩不烂的铁板桥。"听说就是罗兰娇那封赠话的后头两句变过来的。

话把把儿和银根根儿

兰娇家隔壁住着一位精明老汉。一天，老汉正在跟别人摆古，兰娇的丈夫去借东西，老汉笑着答应了。兰娇的丈夫拿着东西正要走，老汉把脸一沉，对他说，"我刚才正谈着话哩，你这一来，把我的话把把儿打丢了，快去给我找回来吧！等会儿我到你家去拿！"兰娇的丈夫蛮老实，心想这下可闯了大祸，回家后愁得不得了。兰娇问清情况后安慰丈夫说："你放心好了，他来了我给他找就是。"

过了一会儿，老汉果然来了。他问兰娇："你男的呢？他把我的东西搞丢了，不晓得找到没有？我是专门来取的。"兰娇说："您老稍等一下，他就回来的。"老汉问："他做么事去了？"兰娇说，"他到山上去挖银根根儿去了。"老汉不相信，忙问："银哪里有么事根根儿！"兰娇笑着答道："看大伯说的，话都有把把儿，银就不能有个根根儿？"老汉语塞，然后一个淡哈哈，走了。

儿不嫌母丑

一天，罗兰娇在河里洗衣服，几个花花公子见她衣着褴褛，嘀咕了一阵后，想用干支来挖苦她一番。他们中一个说："甲子乙丑！"二个说："丙子丁丑！"三个说："戊子己丑！"四个说："庚子辛丑！"然后一齐说："壬子癸——丑！"把个丑字拖得老长，然后一阵哈哈。兰娇想都没想，开口就答："少爷们还忘了一丑！"公子哥儿们一惊，忙问："怎么忘了一丑？"罗兰娇答道："儿不嫌母丑！"

智斗县太爷

兰娇的名气越来越大，后来有人说，罗兰娇的大门上挂有一块“万事不求人”的大匾。县官听说后，来到罗兰娇的家里。县官说：“听说你万事不求人，本县特来借四样东西：一是高过天的，二是深过海的，三是硬似铁的，四是软如绵的。限你三天之内送来。”兰娇说：“老爷今天可以带走：高过天的是人心，深过海的是衙门，硬似铁的是痴汉，软如绵的是关圣人。前三样我家里没有，关帝像倒有一张，不知大老爷什么时间要?”

县官又说：“本县还要问你，什么人行时早？什么人行时迟？什么人行时正当时？什么人一生背秋时?”兰娇开口便答：“回大老爷：甘罗行时早，太公行时迟，大老爷行时正当时。这背秋时的，小人不敢说。”县官说：“但说无妨，本县赦你无罪。”兰娇连忙上前道了个万福，说：“普天下老百姓最背时!”

以上四则史幺姐讲述　姜化炳　张子嘉　全明村整理

罗竹林的故事

（汉族）

罗竹林是一个劳动者型机智人物。据说他是河北临西县仓上镇人。当地民谣道：“贫不贫，比比仓上罗竹林。要快活，罗竹林前坐一坐。”其故事幽默风趣，为群众津津乐道，在河北临西、丘县，山东临清、夏津等地广为流传。

还是“道光”好

财主谷大肚是方圆十村八庄出名的吝啬鬼。他为了使长工少吃饭菜，每顿吃饭时总要同长工们叙叙闲话。大伙很讨厌他，就想找个茬口治治谷大肚。这一天吃饭时，谷大肚“叙”起了光绪与道光两个皇帝。罗竹林一听，忙说：“光绪的老爷爷是道光，依我看，光叙（绪）不行，还是倒（道）光好!”说完，把桌子上的几碟菜全倒进了几个长工的饭碗里。谷大肚用眼白愣了他一下，却也说不出话来。

赵景江讲述　光之搜集整理

“食儿”最差劲

收秋了，谷大肚要罗竹林等几个长工把村西地的几块高粱、棒子三天内撂倒。长工们干了一天，累得腰酸腿疼，可吃的却是窝窝头，老咸菜，而谷大肚还骂三咧四，说他们干活不肯出力。为此，大伙肚子里窝满了气，一个个无精打采。罗竹林说：“伙计们，来，听我讲个故事，提提神。”长工们就坐在他旁边听了起来。

“从前，有一个老头儿，家里有三个儿子：老大叫‘活儿’，老二叫‘话儿’，老三叫‘食儿’。长大后，老头儿叫他们到外面学武艺。一天，哥仨师满归来，老头儿想看一看他们谁的武艺学得好，就叫他们都露一手。哥仨听了，都拿出自己平生的本事。老大一个箭步，‘嗖’地窜到了房顶，老二一个并马，却只有半房高，老三鼓弄了半天，啥名堂也没有。老头儿一看，说道：‘今儿个看来，活儿最中（重），话儿疵毛（方言，差劲的意思），食儿嘛，你他妈是南墙上挂狗皮——真不像话（画）！’”

大伙儿听着听着，都哈哈地笑了起来。谷大肚也在旁边听了，心里觉着不是滋味，可也没有别的办法，他怕误了地里活儿，只好重新做饭，也不敢骂骂咧咧了。

李成贵讲述　小草搜集整理

漆变金

财主谷大肚诡计多端，村里的穷人被他坑遍了，尽管大家恨透了他，可谁也拿他没办法。为了惩治谷大肚，有一天大家来找罗竹林出主意。罗竹林爽快地答应了。第二天，他从镇上杂货店里买来三两漆，寄放在谷大肚家里，然后，便穿上一身整齐的衣服去县衙告状，说谷大肚昧了他四两金子。县官传来谷大肚，与罗竹林当堂对案。谷大肚感到莫名其妙，麻瞪着眼说：

“大老爷，我没有昧过谁的金子呀!”县官把惊堂木一拍，厉颜厉色地说：“看来你是不打不招，来人!”立刻命令衙役重打了谷大肚二十大板。罗竹林在一旁说：“你昧了我四两金子，怎么说没有？招了不就得了!”谷大肚这才恍然大悟，对县官解释说：“大老爷，不是四两金子，是三两漆!”罗竹林一本正经地说：“明明是四两，你为啥说是三两七!”谷大肚争辩说：“实告青天大老爷，确确实实是三两漆。”说罢叩头如捣蒜。县官一听，把袖子一扬，说：“也罢，你说三两七就三两七。”回头对左右的衙役说：“那就去他家取三两七金子给罗竹林。退堂!”谷大肚只得哭丧着脸离开县衙，罗竹林却“噗儿”的一声笑了。

吴文汉等讲述

戏县官

有一天，罗竹林为报复财主谷大肚．就偷了他一匹马。以前谷大肚在县官面前曾吃过罗竹林的亏，恨罗竹林恨得牙根疼，便想趁机会惩治他一下。于是，谷大肚送给县官五十两银子。县官收到银子，就发下一道火签，要捉拿罗竹林归案问罪。

罗竹林得到县官要捉拿他的消息之后，不等捉拿他的衙役到来，就抄小路奔到县衙假装自首。只见他恭恭敬敬地跪在堂下对县官说道：“贱民自知偷马有罪，本想早来投案，只因得了三千两银子要安排，所以这时才来，望青天大老爷恕罪。”

这县官本是个见钱眼开的赃官，一听说罗竹林有这么一大堆银子，早把谷大肚送的那五十两忘在一边了，他急忙问道：“你是有名的单门独户穷光蛋，无亲无故，这银子从何而来?”罗竹林笑模悠地说：“嘿嘿，人走时运马走缰，也是该我发财，昨天挖地窨时挖出来的。”县官一听，眨了眨眼，伸长脖子问道：“嘻嘻，这么多银子，你打算怎么处置?”罗竹林装出一本正经的样子说，“我想用二千两买地造房，三百两添置家具，二百两买丫鬟仆人，剩下的五百两……”这时，只见他装出想说又不说的样子，抬起头用眼睛朝大堂四下一扫。这一扫使县官马上会意，立即喝退两班衙役，客气地让罗竹林站起身来。罗竹林走近县官，附耳说道：“托老爷的洪福，我才挖出这笔银子，剩下的五百两嘛，自然敬奉老爷您罗！”县官听到这里，两眼眯成一条缝，当即对罗竹林说道：“想那谷大肚，鱼肉百姓，横行乡里，别说牵了他的马，就是拿了他的金银财宝也是理所当然。”接着又急不可耐地问道：“你匆匆来到这里，那笔银子可曾收拾妥当？”罗竹林不慌不忙地说：“嘿，别提啦，小人我刚把银子分配妥当，不料被谷大肚的吆喝声吵醒了。我睁眼一看，银子无影无踪了。”

“啊？原来你是做梦！”，

“我说的本来就是梦嘛！”

县官听罢，自知上当，但又不便发作，只得强装笑脸道：“承情，承情，难得你在梦中还惦记着本官。”

赵景江讲述

走到哪里随哪里

一天吃早饭的时候，罗竹林来到一个村里，这时感到肚子饿了。走到村西头一座油漆大门前，发现一个地主小少爷正在路边端着碗吃饭，大口大口地啃着馍馍就着菜，那香劲儿就甭提了。罗竹林停下脚来，大声笑着说道：“嘿，稀罕稀罕！”他反复说了好几遍，那少爷好生奇怪，问道：“你稀罕什么！”罗竹林说：“你们这里吃饭，下嘴巴子一哆一哆地动，真稀罕！”那少爷道：“这有什么稀罕的！你们那里呢？”罗竹林一本正经地说：“俺们那里可不一样。俺们那里吃饭下嘴巴不动。”那少爷说：“我不信，你试试。”罗竹林说：“试试就试试。”说着就拿起那少爷的馍馍菜吃起来。他一吃，下嘴巴也动弹。那少爷问道：“你怎么也动弹呀？”罗竹林说：“别急，你看着，慢慢来。”饭菜快光了，罗竹林也吃饱了，那少爷说：“我看见你的下嘴巴一直在动弹。”罗竹林笑了笑说：“可说呢，这叫‘百里不通风俗，走到哪里随哪里’，到你们这儿，下嘴巴不动不行啊!”地主少爷哭笑不得。

吴文汉讲述

扫帚把儿

有一年冬天，罗竹林出外做小买卖。这一天，他住在一家客店里。夜间很冷，屋里没有生炉子，可店费却很贵。罗竹林怪生气，心里说：得教训一下这个店家。他头天晚上见后院放着一盘耙，旁边靠一个竹扫帚，就在这两件东西上打起了主意。半夜里，罗竹林爬起来，叫上同屋的两个人，一起来到前院店主人的窗前，说：“掌柜的，天实在太冷，您有点柴草吗？叫俺们点着烤烤!”店主人睡得正香，哪里肯动弹？只听他生气地说：“你们不会自己找找?”罗竹林回答说：“俺找了，找到了扫帚、耙，怕您舍不得。”店主人不耐烦地说：“咳！扫帚把儿，小意思!”罗竹林一听，心里得意了，忙说：“这可是您亲口答应的，俺们可去点火了。”“去吧，去吧!”店家怕耽误他的睡觉。于是，罗竹林喊哩咔嚓，拆了扫帚，劈了耙，几个人围着火烤了大半宿，浑身暖腾腾的。天明了，店主人起来一看，不光扫帚没了，耙也找不见了，忙问是怎么回事。罗竹林不慌不忙地说：“俺们用扫帚、耙烤火，是您同意的呀!”在场的人也连忙帮腔说：“对呀，俺几个都听见了，你满口答应了。”店主人把“扫帚、耙”听成了“扫帚把儿”，这时，明知吃亏上当，可心里有苦难言。

随振江讲述

还　　愿

有一年闹大旱，土生火，石冒烟，大田干成了王八盖，村里三天两头有人出来烧香求雨，始终不见灵验。这一天罗竹林对人们说：“现如今咱凡间越来越贫困，玉皇爷爷嘴馋身子懒，嫌咱送的东西少。”有人问：“那该怎么办呢?”罗竹林说：“咱就多许他点东西呗!”这时只见他“扑通”一声双膝跪地，仰面朝天，嘴里朗朗有词：“玉皇爷爷容禀：您是上中下三界总官，眼下俺凡间黎民百姓大难临头，您若施恩德赐雨人间，小民我必以馍馍一百、酒一坛、人头大供一桌、戏一台相报。”也是无巧不成书呀，没过三天，果然下了一场大雨，人们的高兴劲儿就别提了，大伙仨一群、俩一伙地来看罗竹林还愿，有的还说，看你个穷光蛋拿什么来还愿。只见他从屋里搬出一张当中有破窟窿的桌子，上面放着一个馍馍，一只三钱小酒盅。摆设停当后，罗竹林笑眯眯地对大伙说：“开弓没有回头箭，我老罗一向说了算!”而后，就在桌前三拜九叩，嘴里大声地念道：“玉皇大帝听明白，小民今日还愿来，您老显灵降神雨，千家万户笑颜开!”言罢，便拿起桌上的那个馍馍一掰两半，又伸出食指将酒盅轻轻一弹，接着“哈哈哈”连笑数声，说道：“这便是馍馍一百（掰）、酒一坛（弹）!”随后又钻进桌底，把头从桌子正中的破窟窿里伸出来：“嘿嘿，这便是人头大供一桌!”接着人们又见他扭搭起来，边扭边唱：“您是上天一尊神，俺是地下罗竹林，只说许你一台戏，没说戏里几个人。齐不龙咚锵咚锵!”在场的人们一个个笑得前仰后合。

以上五则孙风荣讲述　光之搜集整理

念四胡子的故事

（汉族）

念四胡子是一个劳动者型机智人物。其原型叶念仕系浙江淳安县汾口叶村人。生于清道光年间，殁于民国初年。他家道小康，幼时念过几年书。后中落，当学徒，打短工，跑码头，以出卖劳力谋生，并曾参加过太平军。他为人诙谐，机智大胆，好打抱不平，与官家、财主作对，是民间口碑的机智人物。其故事有一百数十则之多，至今仍在淳安城乡流播。

捉弄管账先生

有一年，念四胡子在港口镇泰源店里当学徒。店里有个管账先生，五十多岁了，因他是本店学徒出身，老板很信任他。他也很替老板卖力，经常在老板面前多嘴，说这个伙计不诚心为店里出力，讲那个学徒偷懒无能，以此来提高自己的身价。店里的人都很恨他。

泰源店是港口街上第一爿大店，店屋前街通后街，铺面、栈房、作坊多得无数。一天，这个管账先生又在吹嘘自己是本店学徒出身，做了四十年，店里的一砖一瓦、一弄一角他都了如指掌，不但白天一说便知，就是夜间也一摸就着。有的伙计听了很不服气，便说：“真的吗？我们白天都要走错，你夜里不点灯能摸到？我们不相信！”管账先生说：“不信，我跟你们打赌。

你们将我的床铺搬到后街楼上去，我在一个月内不点灯摸上去睡。如果这一个月点了灯去，算我输，我在地上装狗爬三个圈给你们看。”大家说：“好的，好的。”

从第二天夜里起，一连四五天，这个管账先生真的不点油灯从前街摸到后楼上去睡了。可是，到第七天夜里，当他漆黑摸到后街楼上床上去睡时，用手将帐子一撩，咦？没有门？他以为摸错了方向，又摸向两边，也没有。左摸过来，右摸过去，都没摸到帐门：“奇怪，今夜碰着鬼啦？”心里一惊，汗毛也跟着竖了起来，吓得连摸带滚，边摸边叫：“来人啊，有鬼……有鬼……”

原来，是念四胡子弄算他。那天念四胡子听不惯他吹牛皮，不服气，故意将他的帐子调了一个面，将有门的一面挂到靠墙壁一面去了，所以管账先生摸来摸去摸不着帐门。这时，念四胡子趁管账先生到前街店堂去拿灯时，又赶快将帐子依旧调过来。

等到管账先生点着灯火回来一看，帐子好端端的，用手一撩，帐门开了。这时，那些伙计也都赶来了，七嘴八舌：“喂！管账先生你见鬼啦！”“管账先生你不是说一个月不点灯，怎么又点灯了？”“管账先生你输了，该罚！”大家一定要他在地下爬三个圈，管账先生没法，只得红着脸扑在地上装狗爬了三个圈了事。打那时起，管账先生再也不敢乱吹牛皮了。

邵野搜集整理

不义之财多敲点才煞客

仙居二郎财主家的老财主死了，请来个风水先生踏地。看过来，踏过去，看上了念四胡子的一块山地，说是“美女照镜”形，尸骨葬下去要大富大贵。二郎财主怕念四胡子不肯，便请叶村族长转言，劝念四胡子卖给他。念四胡子说：“你是长辈，懂得族规，家传祖业，我念四胡子不是败家之子，卖是不卖。不过，要借，就借给他。我眼下出门做生意，要他借三百块白洋给我，一年归还，月息加二。”二郎财主答应了，双方都出了字据。这边，念四胡子出门做生意，那边，财主家雇人动土造坟。

一月、二月……一年过去了，二郎财主不见念四胡子拿钱归还，便要叶村族长去催讨。念四胡子说：“不慌，再借一年，反正有利钱给他的。”二郎财主不知是计，答应再借一年。

一年二年三年，一连拖了三年，还不见念四胡子归还，二郎财主又着叶村族长去催。念四胡子还是说：“不慌，再借一年。”族长回复，二郎财主一想：“不好，念四胡子想赖账。”便急急忙忙赶到叶村，亲自找念四胡子催讨。

念四胡子说：“我念四胡子铜钱银子有的是。”说罢，从袋里掏出几块银洋，满不在乎地“叮叮叮”敲打着玩。

二郎财主等急了：“少噜苏了，你有铜钱我晓得，快把三百块白洋还我。”

念四胡子说：“还你容易。你先把坟迁出去，把地还我。”

二郎财主从袋里捞出借据，说：“你不讲信用，说一年归还，现在三年了，还不归还。”

念四胡子说，“你迁坟去，我三百块白洋现笃，利钱分文不少！坟葬在我地里一天，我就一天不还。”

二郎财主又转口说：“那也好，利钱先给我！”

念四胡子说，“没那么容易！我那块是美女照镜，你风水葬在龙脉上，财气都被你吸去了，我没向你算账，你还敢向我讨利钱。我先挖掉你的坟，再还钱。”说罢。就要拿起锄头去挖。

二郎财主没法。急忙拉着念四胡子，说：“那再借一年吧！”空手而去，以后也不敢再讨了。

事后，大家都称赞念四胡子这一竹杠敲得准，敲得好。只有叶村族长讲念四胡子太狠，一块风水地要敲人家三百块白洋。念四胡子听了，笑笑说：“不义之财，多敲点才煞客（够味）呀！”

召里搜集整理

医针屁股

从前，塔下村有个财主婆，家产巨万，奴婢成群，为人却很小气刻薄。长工们挖坏一根锄头柄要赔钱，丫鬟们缝断一根针要饿饭。

一天，念四胡子从屯溪做生意回来，听说这些情况，想戏弄她一下。路上他边走边想，一到塔下村就喊着："医针屁股来，医针屁股来……"喊了数声。财主婆在屋里听见会医针屁股的人来了，连忙赶出门来问："医针屁股多少钱一根?"念四胡子说："不贵，不贵，只换吃不收钱。一根针屁股一碗饭，两根针屁股一碗菜，你要医吗?"财主婆心里盘算："丫鬟弄断了我一根针要罚一餐饭，他一碗饭可医三根针，还是合算的。"就进屋拿了十来根断了屁股的针出来。要念四胡子医。念四胡子说："老板娘，现在已是中午，我饭还没吃，好吧！便宜你些，这十来根医好换一餐饭算了，你快拿饭出来吃了再医。"说着接过断屁股针，这根看看，那根摸摸。财主婆认为这笔生意有得赚，连忙叫了丫鬟捧出一大碗饭和一碗菜。念四胡子嘻哩索落三嘴两筷吃下了肚，才说："老板娘，你的针屁股都拿来吧，我好动手了。"财主婆一听，道："针屁股都丢了去了，哪里来的针屁股呀。"念四胡子道，"没有针屁股我怎么医?"财主婆这才急了，央求道："客人，饭已经给你吃了，快把针钻个屁股就行了吧!"念四胡子正儿八经地说："我是医针屁股的，不是钻针屁股的，你没有针屁股拿来，生意做不成，快把针拿回去吧!"说罢把断屁股的针朝财主婆手上一放，站起来要走。

财主婆气急败坏地骂道："你这个人是来骗饭吃的，不要脸!"念四胡子哈哈笑道："我怎么骗饭吃呀？你把针屁股拿来，我保证给你医好，你拿不出来，我哪有功夫在这里老等着。"说完，拍拍屁股走了。财主婆偷鸡不成，反蚀了一把米，气得两眼翻了白。

周玉涛搜集整理

“我死了”

叶村有个财主，五十岁时，大年初一得了一个独养儿子。一根苗苗，那财主宠如掌上明珠，长期娇生惯养，使儿子变得十分逞强任性，甚至敢爬到老子头上去撒尿拉屎。

这年大年初一，宝贝儿子刚满十岁，财主也到了花甲之年，真是三喜临门，儿爹双寿。老财主为了这一日利利市市，清清吉吉，早几天就吩咐家人分头通知全村，要大家初一朝不要在他们家门前讲不吉利的话，要闭口无言。否则，他家出了事要全村负责。

蛮好的一个大年初一，被这狗财主搅得大人不做声，小孩不吭气。念四胡子见了，心里十分恼火。他不声不响地跑回家，用一张毛草纸写了“我死了”三个大字，朝背后长衫上一贴，装做醉意朦胧的样子在财主门前踱来过去，过去又踱来。

这时，财主的儿子正拿着花炮在门口放，一见这个人摇来晃去，背后贴着一张毛草纸，觉得稀奇。他赶过去一看，大笑大叫起来：“大家快来看啊！我死了！哈哈哈……快来看啊！我死了！哈哈哈……”

老财主正在招待客人，一听宝贝儿子不吉利的喊声，吓得连跑带跳地赶出门，他见儿子正在那里指手画脚又笑又叫：“大家快来看啊！我死了！我死了！”老财主一时又气又疼，“噼啪，噼啪！”打了儿子两个巴掌：“放屁！哪个讲你死了？”儿子一时摸不着头脑！也撒起娇来：“你放屁！不是我死了还是你死了？嗯嗯嗯……”哇啦哇啦边哭边在地上打滚。老财主被弄得没办法，又拉又扯，“我的小祖宗，你到底着了什么……”“魔”字还没吐出来，又收了回去，连忙改口道：“我的小宝贝，你不是还在讲话吗？哪里死了呢？”儿子指了指站在旁边的念四胡子，说：“是他说，我死了。”

老财主一听，火冒三丈，一把扯住念四胡子：“你怎么讲我儿子死了？”念四胡子故意装着莫名其妙：“唉！老财主，你问问大家看，我今天半句话也没有讲出口，不要冤枉好人啊！”这时财主的儿子指了指念四胡子背后，老财主一看，“你没说，可你背后做得好事，你摸摸看!”“我背后怎么啦?”念四胡子故意用手一摸，扯下毛草纸看看，两手一摊，大笑起来：“哇呀的!不知哪个弄掇鬼①做得好事。哈哈哈……这可不是我说的啊，往后你家死人了，不能怪我啊!”说完，一摇一摆而去。逗得看热闹的人哈哈大笑。

邵野　锋刚搜集整理

计换金罗汉

叶村叶小二、小三两兄弟开荒种地，挖到三个金罗汉，可不识货，拿到城里去卖，被银店老板当铜罗汉买去，只给了他们三块银洋。此事被念四胡子知道了，心中很不平，发誓一定要想办法把金罗汉换回来。他想来想去，终于想出了一条妙计。

第二天，念四胡子做了三个泥菩萨，用包袱包好，进城去到银店问，“银店老板，我昨日挖地，挖到三个铜罗汉，想拿来卖给你。”银店老板听叶村又挖着罗汉，以为又有洋财发了，连忙说：“好，什么罗汉，看看再讲价钱。”念四胡子连忙捂住包袱说，“慢来，慢来，我还要到别家去问问价钱再卖。上次我们村里人挖的三个铜罗汉只卖了三块钱。太便宜了，听说下街古董店肯出十块钱，我去问问看。”说罢，拿起包袱就要走。

银店老板见到手的好生意要走脱，连忙拦住，口里急急地说：“老哥，你去问问不要紧，包袱就寄放在我店里，人家出多少钱我出多少价。”

念四胡子故意说：“老板，包袱放在你店里倒不要紧，不过我们还是先小人后君子，你要出张字据给我。”

老板不知是计，连忙提笔写了一张“今收到某某寄存包袱一个，内装铜罗汉三个。特此为据”。念四胡子拿着字条就去了。

这时，银店老板心里想：这些乡巴佬真是傻瓜。待念四胡子走出店门，

① 弄掇鬼：背后捉弄人的家伙。

便偷偷地将包袱打开一看，哪里是什么金罗汉、铜罗汉，原来只是三个泥菩萨。他正要将包袱包好，念四胡子已站在面前，一把抓住老板的手："喂！你这个老板，为什么私自打开我的包袱?"

老板不以为然地说："打开看看有什么要紧，里面是三个泥菩萨。"

念四胡子一把抓住银店老板的衣领，大喊大叫："呸！你这个老板黑良心，将我的铜罗汉换了，赔我，赔我!"这时，店堂里围满了看热闹的人，听了念四胡子的话，都说银店老板不好，要念四胡子拉他到县堂打官司。

念四胡子拉了银店老板到了县堂，县官开口问："上告何事?"

"我昨日挖地挖到三个铜罗汉，今天用包袱包了进城来卖。银店老板一定要我卖给他，我说要去问问价钱再卖。他又叫我将包袱寄放在他那里，还出了字据。哪知他等我出门就偷偷将铜罗汉换成泥菩萨了。求青天大老爷做主。"说罢，随手呈上银店老板写的字据。

县官又问银店老板："你为什么要将人家寄存的铜罗汉换成泥菩萨?"

银店老板连忙叫道："老爷！他包袱内确确实实是三个泥菩萨啊!"

念四胡子马上接口说："青天大老爷不要听他狡辩，泥菩萨是不值钱的东西，随便丢在哪个角落头也没人要，银店老板为什么如此看重我的包袱，又为什么还出字据给我呢?"

县官听念四胡子说得有理，把惊堂木一拍，喝道："大胆奸商，还不从实讲来!"

银店老板被县太爷一喝，吓得六神无主，讲自己偷看人家的包袱吗，又不利；不讲吧，又说不清楚，只好呆在那里。

这时，念四胡子向前一步说："老爷，小人的铜罗汉是从地里挖出来的，上面还有泥土的痕迹。请青天大老爷派人到店里搜，如果有三个有泥痕的铜罗汉，便是小人的。"

不一会儿，衙役送上三个"铜"罗汉，上面都有泥土痕迹，念四胡子一见，便说："就是这三个。"县官便发还给念四胡子。

银店老板见金罗汉断给念四胡子，命都不顾了，连声大叫："老爷，这三个不是铜罗汉，是金罗汉啊，是小人昨日买下来的!"

念四胡子说："胡说！你几块钱买的？"

银店老板又急又慌："是三块白洋买的！"

念四胡子指着银店老板说："三个金罗汉只值三块钱吗？青天大老爷你听，他还在强词夺理。"

县官一听，火了，连连拍着惊堂木，"混账！三个金罗汉只值三块钱？左右，拉下去重打四十大板！"

这时，念四胡子向县太爷打个躬，说了声："多亏青天大老爷公断。"便拿着三个金罗汉赶回叶村，归还给叶小二兄弟。大家都拍手称快。只有那贪心的银店老板，贴了三块白洋还换来一顿毒打。

关帝庙题诗

有一年，念四胡子到徽州府去做小本生意，路经一座关帝庙。这一天刚好是五月十三日[①]，庙里人进人出，十分热闹。念四胡子走进庙里一看，差点把牙齿都笑落掉。原来，庙里破烂不堪，满地灰尘，柱梁上架满蜘蛛网，神龛上的三个神像也面目全非；关公的胡子全都脱落，下巴一块光溜溜，关平手里托的帅印也不见了，双手伸着讨饭，周仓的大刀也不知谁拿去当拨火棍了，只捏着两个空拳头。神龛下跪着几个财主老板和善男信女，正在那里顶礼膜拜。

念四胡子看了，又气又好笑。心里想这班假仁假义的家伙，既然相信泥塑菩萨会显灵，何不出点钱把庙修好，也好让行人过路晴天歇歇脚，雨天躲躲雨。想了一下，便拾一块乌炭，在墙壁上写了一首打油诗：

庙里无人真可怜，
关公老来转少年。
关平伸手去讨饭，

---

① 五月十三日：传说是关羽的生日。

周仓徒手打空拳。

财主老板既来拜，

何不出点修庙钱？

众人看了，笑痛肚皮。那几个财主老板一看，知道念四胡子是在挖苦他们，但又不敢发作，只好低头走了。

恭喜发财

有一年大年三十夜，念四胡子打了一年长工，从乡下进城。走到城门外，“噼噼啪啪”一阵鞭炮声，刚好棺材店在开门。只见老板手里端着一把香，口里喃喃地念着：“四方菩萨，五路财神，让来年多多死人，保佑我店生意兴隆，来年我用猪头三牲供请。”念四胡子听了，心里好气：“这棺材老板叫人家多死人，让自己发财，好狠心哪！”

走到直街，刚好万生堂药店也在开门。念四胡子想：停下，再听听药店老板怎么说？就躲过一边。一会儿，只见两个伙计点上一对灯笼挂在门上，“噼里啪啦，噼——叭”，“噼里啪啦，噼——叭”地放了许多鞭炮、天地炮。这时，药店老板手里端着一把香，走到大门口，朝天三拜，嘴里也喃喃地念着：“四方菩萨，五路财神，保佑今年人人都害病，让我店生意兴隆，来年我用全鸡全羊还愿。”念四胡子一听：“啊呀！这药店老板叫别人多害病，让自己多发财，心肠好毒啊！”心头一转，马上走上前去，抱起拳头对药店老板说：“恭喜发财，恭喜发财！”老板听到利市话，心里蛮高兴，便让念四胡子进店里面去吃利市酒。念四胡子也不推辞，三杯酒下肚，凑上去便对药店老板说：“老板，你今年门开着了。一开门就来了开门红。”老板问：“多承利市话，哪里来的开门红？”念四胡子说：“刚才我从城门外经过，棺材店老板对我说，他家老板娘生病好厉害，叫我赶来接你去给她看病。”“真的？”老板一听生意来哉，心里更加高兴，连忙双手抱拳：“多谢你了，等一会儿，待我拿了医包就去。”

念四胡子马上跑到棺材店，大声叫道：“老板，恭喜发财！恭喜发财！”棺材店老板一听利市话，心里喜滋滋的，便要让念四胡子吃利市酒。念四胡子说：“没功夫了，刚才从直街来，万生堂老板娘死了，叫我到她女儿家报信。等会药店老板还要亲自来买个好棺材。老板！今年你真开着门了，正月初一朝就来了开门红。”说完就走了。棺材店老板被念四胡子一说，初一朝就来生意，心里越想越高兴，连忙拿起水烟筒，大腿搁二腿地坐在大门上等。

不一会儿，果见药店老板来了，还夹着个钱包。棺材店老板连忙迎上去：“老板来了！请到里面去看。”说完便带着药店老板一个棺材一个棺材地看过去。他边走边问：“这个好不好?”“那个好不好?”药店老板摸不清底细，以为棺材老板娘的病很厉害，故而要作后事准备而问自己。便连连点头：“好，好，不要紧的，等看了再说。”意思就是等看了病再说。而棺材店老板又以为药店老板有钱，这些棺材都看不中，所以一直往里边作坊里带。直到带到最后一具棺材时才说：“本店就这些货色了，再看，也没有了。不知你中不中意?”药店老板一听，火了说：“你昏头啦！是你老婆害病，我是个医生，是来给你老婆看病的，不是来替你老婆拣棺材!”棺材老板一听，也火了：“放屁！你老婆死了，还想叫我老婆死！我开的是棺材店，你不买棺材来我店干什么?”

“你放屁！是你老婆害病叫我来看病的!”

“你放屁！是你老婆死了来买棺材!”……

两个老板你骂我，我骂你，扭做一团，大吵大闹一场，都打得面红眼肿，真正开了个“初一朝开门红”哩！事后一打听，原来是念四胡子做的好把戏，气得两个老板眼睛翻白，自认晦气。

以上三则召里搜集整理

周俊的故事

（汉族）

周俊是一位农夫型机智人物，出自艺术虚构。其故事大都以农村、城镇生活为题材，涉及惩罚歹毒财东、贪心店主，嘲讽歪风邪气，替穷人排忧解难等内容，富有乡土气息，流传于浙江武义县一带。

施计揍财主

六月初六，周俊去青塘村，看望在骆财主家当丫鬟的表妹雪花。

不料，当他来到骆家大院门口时，却看见雪花跪在门前石板上，泪汪汪地哭泣，身穿一套破烂的棉袄和棉裤。周俊让雪花这模样搞蒙了，一打听才知道雪花给老爷摇扇子迟了一些，老爷大喊："闷死我了！"骂雪花"偷懒，不知热"。拧着雪花的耳朵，罚她身穿棉袄、棉裤，跪在门前"孵口头"（晒太阳）。

周俊听了可恼火啦。心想："天底下没见过这样歹毒的财主，摇扇子迟了点就热死了，人家雪花在大日头下穿棉衣熬得住？"他口里咕噜着："欺负女孩子家，算哪路好汉？"伸手想扶雪花起来。谁知雪花却推开手，哀求道："表哥，你回去吧，老爷说了，未到午时若起来，他就不要我了，我只好……"周俊听后长长叹了一声走了。

行不多远，他又回过头来，对雪花说："表妹，看我替你出口气，你且忍受着。"

午时一过，雪花总算熬到头了。

时隔不久，骆家大院来了位奇怪的客人，他一不打招呼，二不要"门神"通报，径自闯进大院，抓起一只大母鸡，往怀里一塞，转身就走。

走出大门不远，不料怀里母鸡喘不过气，"咯嘎"一声哀鸣，让打瞌睡的"门神"发觉给抓住了。

这时，骆老爷正在弄堂里由丫鬟播扇，手捧水烟筒，躺在藤椅上闭目养神。

"报老爷，奇怪，稀奇，刚才来了一个怪客偷走了老爷家的大母鸡。"门神小三禀告道。

"贼呢？是何地人？名叫什么？"骆老爷半抬眼皮，慢声慢气地问。

"已被阿四抓住了，小的不认得这贼，他头戴破棉帽，身穿破棉衣，破棉裤，脚着破棉鞋，还提着个破铁皮圈成的大火笼。嘿，真稀奇！"小三摇头晃脑地回道。

骆老爷一听这打扮，以为碰上了癫人，惊得浑身发毛，遍身冒汗，一骨碌从藤椅上爬起来。

这当儿，阿四押着"怪客"进来了。骆老爷一看，原来是邻村周俊，他早知道此人能说会道，专跟富人作对，为穷人做事，骆老爷最怕是碰上他，想不到今日上门偷鸡来了，这时不教教他，还待何时?!

骆老爷也不多话，自知说不过他，就来个下马威，吼道："大胆周俊，竟敢青天白日偷本老爷的鸡，该当何罪。明天见官去！""去就去。"骆老爷担心他抵赖，吩咐家奴："把他的衣裳扒下，明日堂上作证。"

第二天，骆老爷乘轿，威风十足在前面走，周俊身穿对襟短褂，慢悠悠地跟在后面，一同向知府告状去了。

骆老爷未等知府开言，就滚动身子，先发制于人："告青天大老爷知晓，昨天未时，被告周俊竟在光天化日闯进我大院，偷走大母鸡，万望青天大老爷明察，严加处办。""此话当真！"大老爷问周俊。周俊低头禀道："回大老爷，小人不敢，小人是一个穷秀才，手无缚鸡之力，他骆家打手众多，我能偷得鸡来吗？他诬懒好人，是想占我家的三分水田哩!”

“他偷鸡有何证据?”太爷又问骆爷。

骆爷回道：“来时光景，周俊头戴棉帽，身穿棉衣棉裤，脚着棉鞋，手提火笼，闯入我院内，鸡是藏在怀里偷去的。帽子他自己跑丢了，衣裤还在我家奴手里，有家奴小三、阿四为证，他……”“混账!”骆爷未说完，这太爷就发火了，“有照你说的这种事吗？六月大热天里竟穿什么棉衣、棉裤来，实属一派胡言!”周俊乘机煽动。“是啊，青天大老爷，他这不是欺负你大老爷，是冷热不分的糊涂官吗?”

太爷为官还算廉明公正，但也喜欢别人拍马屁。此时，一股无名火在胸中燃起，铁青着脸，将签一甩：“来人，给这刁财主打四十大板，防‘寒’!”

骆老爷先是杀猪般地吼叫，哀求，后来没声响了。

过了一阵子，周俊手指捧着棉衣、棉裤的家奴，对太爷说：“告太爷，骆某说的棉衣、棉裤在他奴才手里，其实是他自己家里的，不妨让他穿回去!”太爷听后想：“何不让这刁某人快活快活，以解嘲弄本官之气呢。”就对家奴说：“这衣、裤可是你老爷家的?”“正是，正是!”家奴忙说。太爷手指蜷缩在地的骆财主，对家奴道：“这就给你家老爷穿上，到府前晒晒太阳，镇镇邪气，过了未时，再回去。退堂!”

陶寿仁搜集整理

七个铜钿

这一天，小偷张三从周俊的邻家门前走过，顺手牵羊，偷走了晒在门外的新棉被。

这事恰巧让刚走出家门的周俊看见了。当时家中没有大人，小周俊便想试试用个新鲜的办法，拿回这床新棉被。他从家里取出七个铜钿，悄悄地紧跟在张三的后面。一直跟到通往县城的大道上。周俊一看来往的人多了，便紧跑了几步，超过张三，脱了衣服，扑通一声跳进了路旁的小河中，不一会儿便煞有其事地从河底摸上来七个铜钿，欢叫着又潜了下去。

走在路上的张三看到了，走近小河边，看着在水里钻上钻下的周俊，眼红起来了。周俊见小偷上当了，心里暗自好笑。他“好心地”告诉张三，昨天有两个做生意的人在这里打架，打急了便用铜钿掷来掷去，把十二贯铜钿都掷光了满地都是，河里也掷进了许多哩！河里水深，不可能一下子就摸光，还有很多的铜钿躺在水底睡大觉呢。说完，双手一分水，双脚一叉拍，又钻进水中摸开了。张三听了，忙找了个僻静的所在，将棉被藏好，然后脱了衣裤，也跳进水中兴致勃勃地摸起来了。

就在张三起劲地混水摸钱时，周俊上岸穿好衣裤，找到张三藏在草丛中的新棉被，连同张三脱下来的衣裤，一家伙抱起来大模大样地离开了河边。

再说张三做着发财梦，在河里摸了半天，也没摸着一个铜钿。四面一望，河里早已没有了那个小娃鬼的踪影。抬头看去，刚好看见抱了棉被正想离开的周俊，方知上了他的大当。连忙上岸，可是却不见了自己的衣裤。这时，有人朝这边走来，张三害怕当众出丑，忙溜回河水中去。他不甘心棉被就这样被周俊拿去，于是便放开喉咙大喊了起来：“抓小偷呀！抓小偷呀！那个小娃鬼偷了我的新棉被哪！”

真是贼喊捉贼！可是行人不明真相，听张三一喊，把周俊抓住了。周俊不慌不忙，随众人来到河边后，笑嘻嘻地问水中的张三：“是你偷了，还是我偷了?”

“你偷了，你偷了!”张三一口咬定是周俊偷了他的被子。有个中年人见周俊还是一个小娃鬼，不大相信会偷棉被，问张三：“你说棉被是你的，可有什么记认?”

“这是新棉被呀，”张三横蛮地说：“新的棉被哪会有记认呢。”

于是那中年人又问周俊有什么记认。周俊双手叉腰，尖声尖气地道：“有的有的，我的新棉被的被头里边，缝有七个铜钿。怎么，还不相信呀，拆开来看吧。”

那个主持公道的中年人拆开被头一看，果真发现有七个铜钿。

张三在河里看见，不由得连连叫苦：糟了，也不知这小娃鬼几时将七个铜钿放进被头里去的。看岸上的情景，别叫众人抓住揍一顿就算好了，当下衣裤也没敢要，便潜进水中溜走了。

王寿星讲述

宋国斌搜集整理

草绳捆田

一天，周俊从外地回家过年了。哥嫂见他出门一年，生意不去做，铜钿没一个，仍旧破衣烂衫归，很不高兴。第二天，哥说：“阿俊，你也成人了，手脚齐全，咱们自做自吃吧，爹娘留下的家私不多，拿得动的，你搬几样去，拿不动的就归我。

周俊想：树大了开叉，兄弟大了分家，分就分吧。于是，他另起炉灶，能搬动的东西，随便挑了几件，凑合着过了年。

春暖花开，家家户户闹春耕。周俊地无一垅，田无一分，以后日脚怎样过？还是向哥嫂分丘田种种。可是，哥嫂听了拉长脸皮，瞪圆眼睛说：“搬得走你就拿去，搬不动，就别想给你一分田。”

周俊想了想，说：“好好，哥嫂，我在外一年，学了点魔法，搓几根稻草绳可把田捆起来背走。”

周俊抱了一捆稻草搓起来了。他搓呀搓呀，整整三天，阿哥阿嫂也呆呆地看了三天，周俊足足搓了有九十九尺长的稻草绳。

这一天，他对哥嫂说：“阿哥阿嫂，我背田去了。”说完，挑了稻草绳和木桩就往田头走去。

哥嫂感到奇怪，又担心他玩弄魔法，就慌慌张张地赶去。

周俊来到田头，在这丘田的四周打上木桩，然后用稻草绳一圈一圈地绕起来，哥嫂开始也一圈圈跟着走，看他圈绳时有什么法术，后来走累了，就坐在田塍头看了。

眼看稻草绳快要绕完的时候，周俊突然站住了，拍拍脑袋说：“阿哥阿嫂，先帮我抓住这绳头，我要回家拿件家什来。”说完把绳头往哥嫂手中一塞，便跑回家去。

过了好一会儿，周俊慢腾腾地走回田头，向还在抓绳头的哥嫂喊道：“你们待在那儿干什么呀？田已被我背来了，喏，田契！”

“啊！”哥嫂这才知道上了当。前几天把田契压在桌子上，给周俊看到过。可是，他们不敢打官司；就是家产兄弟平分，也欠周俊许多理呀。

李子贵讲述

钟法品搜集整理

姚老石的故事

（汉族）

姚老石是一个劳动者型机智人物，出自艺术虚构。他的故事流传于贵州仁怀一带。

打　醮

有一年闹天干，村上的伪保长张癞头硬要穷哥们凑钱打雨醮，估倒叫大家凑五两银子。五天后开醮时拿银子来交，不然就要抽佃，把田土放给别人种。

大家穷得拿不出钱来，正急得无法，只见姚老石站出来，说他愿意一个人替大家出黄金一两。

张癞头一听傻了眼，骂道：“你这个小子见过金子没有？你知道它是红的还是黑的？我问你到时间拿不出黄金，你用什么来交账？”

“到时候交不出黄金，我把我家的房子给你，再给你白当三年长工。”

事情就这样说定了。

时间过得快，一晃就到了第五天，人们纷纷来到为打醮而临时搭起的台前，穷人们都为姚老石捏了把冷汗。张癞头两眼朝天，大大咧咧地走到台上，粗声大气地吼道：“姚老石呀姚老石，快把你的黄金捧上来吧！”

姚老石没有搭腔，他走上台去，从肩头上取下一个麻布口袋，稀里哗啦把一堆老虎姜倒在桌上，说：“称一下吧！莫说一两，五十两都有啰。”

张癞头说：“这是老虎姜嘛，哪里是什么黄金哟？”

“别装糊涂啦！”姚老石不慌不忙地从内衣荷包里摸出一本木刻本的药书读道：“黄精，俗名老虎姜，多年生草本植物，根茎均可入药……”刚读完，他把书一拍：“那天我当众讲的就是出黄精一两，大家可是听得一清二楚啊！”

“我们都听到的。”穷哥们异口同声地吼了起来。

张癞头原来和道士谈好，出五两银子打醮，他打算逼穷人出这银子，拿一半给道士，自己吃一半。可今天却没想到偷鸡不着蚀把米，只好自己拿出银钱开销打醮的道士们，气得他害了一场大病，差点死了。

徐文仲搜集整理

张天师收鬼

姚家庄有个张道士，自称是张天师，能驱妖捉鬼，专门骗人害人。

有一天，姚老石上坡砍柴，看见张道士鬼头鬼脑地在一座荒无人迹的古墓前刨着什么。他感到有些奇怪，便躲在刺笆笼里偷看，只见张天师把一样东西埋进了土里，还放了块小石头在松土上作记号。等张道士走了，姚老石便过去刨起来一看，原来是个厚纸包，包里有个熟糯面捏成的小人儿，头大脚小，怪模怪样，涂得花花绿绿，活像庙里塑的恶鬼，心里便明白了八九分。他去找来了些羊屎豆，细心地把它捏进小人的脑壳和肚皮里，然后照原样放回原处。

姚老石砍柴回庄一打听，果然，村头王老哥家的细娃得了急病，张道士说要给他家收鬼。

第二天一早，张道士到王家摆坛作法，送神收鬼。他七念八念地搞了一大早晨，然后大吼一声：“你这害人的大头鬼，看你往哪里逃?”边说边持剑追出门外，径直朝山坡跑去。到了那座古坟前，趁看热闹的人还未赶拢，麻利地搬开石头，刨起松土，把那个红红绿绿的小人儿捏在手里，他车转身来，朝着看热闹的人群，怪声怪气地半吼半唱：“这是一个大头鬼，天师一口把你吞下嘴，不准你作祟害人再捣鬼……”边唱边把小人儿塞进嘴里，大嚼起来……

看热闹的人们以为“张天师”真的把鬼捉住了。

这时候，“张天师”突然眉头一皱，大嘴一张，像泻肚子一样哇啦哇啦地呕吐起来，把他在王家吃的鸡鱼蛋肉全都倒了出来。

人们议论开了，说是鬼太厉害，有的说鬼肉有毒。

“这鬼肉倒没有毒，是鬼吃了羊屎啦。”姚老石说着用两根树枝枝，从张道士吐出的秽物里拈出一颗羊屎豆给大家看，又一字一板地把这件事情的根根底底讲给众人听。大家听了，笑得前仰后翻，眼泪水都流出来了。

张道士听说吃的是羊屎，呕吐得更凶，连胆汁都吐出来了，结果白讨了一场没趣，灰溜溜地缩起走了。他从此改行种地，再不装神弄鬼了。

任忠搜集整理

贱三爷的故事

（汉族）

贱三爷是一个城镇劳动者型的机智人物。是否实有其人，尚无定论，很可能出自艺术虚构。其名字是由“贱三业”（剃头、修脚、擦背）转化而来。他的故事内容丰富，较为广泛地反映了旧时城镇、乡村的社会生活和风土民情，洋溢着下层劳动群众的生活情趣和幽默感。这些故事有一二百篇之多，在湖北武汉地区流布。

抢金柜

财主家里，半夜突然失火。财主和老婆大声叫喊长工、仆妇来救火。

贱三爷和长工们也来了，他们装着忙忙碌碌地救火、抢东西。

财主和老婆站在天井里急得直跳脚：“快把东西跟我抢出来呀！快抢呀！”

大火都快封了门了。财主想起了装钱的金柜，连忙喊：“哎呀！金柜，金柜还在里头！”

老婆跟着喊：“快抢金柜，快抢金柜！”

再不进去看来不行了，有个长工就要往火里冲。贱三爷拦住了他，头一低从门里钻了进去，过了一会儿，他拎着一个柜子冲出来了。

财主飞快地迎上去一看，气得话都说不清了：“你，你这是抢的么，么柜子?”

贱三爷不慌不忙地说：“你们说的金柜咿!”

财主跌着脚说：“我说的是装钱的金柜，你拎出来的是装围桶的‘金柜’[①] 呀!”

贱三爷说：“哎呀，你们又不说清楚，害得我白跑一趟。”

再也不能进去抢了，财主的金柜烧得精光。

三坛礼品

财主刘善人想把王大伯的一块好地弄到手，就写了一张状纸告到县衙门，还送去一坛子“酒”，就等着那块“肥肉”到口。

县太爷在大堂审问刘，王二家的土地案时，师爷走进来凑到县太爷的耳朵边上说：“贱三爷送礼来了。”县太爷不相信他会来送礼，只见贱三爷领着六个人，抬着三个大坛子从边厢走进了后堂，坛子把扁担都压弯了。县太爷马上停审案子，赶到后堂来。

贱三爷说：“大人，刘善人居心不良，谋产霸地，引起三乡八村父老的公愤，众乡亲托我向大人说情，望大人秉公而断，这三坛薄礼，请勿推辞。”

县太爷已经收下了刘善人的礼品，答应把王大伯的地判给他。但是，眼前的三坛子礼品要比一坛子多得多呀！再说三乡八村的父老都起了气，不公断，怕不好办。县太爷决定买贱三爷一个人情，便顺水推舟说：“本大人为民做主，当然秉公断案，不敢徇情枉法，这些礼物实不敢收。”假意推辞了一番。

县太爷来到大堂上提起笔来写了判词：“查王某某地实系祖传，已耕种五代，刘善人所说不实，应予驳回。退堂!”刘善人弄糊涂了，王大伯才放了心。

---

① 汉阳人的习惯，把放马桶的小柜子叫作金柜。

县太爷回到后堂，马上叫人启开三个坛子口的封。我的天，三个坛子里都装的是清水。他气得直翻白眼，说：“你、你敢欺哄本大人，该当何罪?”

贱三爷说：“大人莫小看这三坛清水，它们分别是从三个乡的井中打来的，这是多大的情意呀，比黄金，白银贵重得很呀！这是说大人清如水呢。”县太爷哑巴吃黄连，有苦说不出。

贱三爷回到村里，王大伯和乡亲们来接他。他说：“唉，可惜了那三个大坛子。”

十坛金银

有个知县做了几年官，捞了不少金银珠宝。知县把金银珠宝严严实实地封在十个大坛子里，外面都贴上了一个“酒”字，要贱三爷把它们送回老家去。

知县说：“家父一生爱酒，本大人没有么事孝敬，只封得十坛水酒祝贺家父生日。只因路途遥远，沿途盗贼众多，烦你护送回乡。”

贱三爷满口答应，押着这十个大坛子上了路。这一天，来到一个地方，只见全镇死气沉沉，萧条冷落。他细细一打听，才知道，这个镇被知县的苛捐杂税硬是整垮了，人们都只有出外讨饭、流浪。他很生气，想帮助帮助他们。到了晚上，他把镇上的几个年高德重的老人请到自己住的客店里，才说：“我是贱三爷。”

人们一听是贱三爷，是又惊又喜。

贱三爷说：“这十坛‘水酒’我送把你们，你们要悄悄地把里面的‘水酒’分送把乡亲们，不能露一点风声。”

老人们看着坛子发呆。

贱三爷飞起一脚，将一个坛子踢破，里面的金银洒了一地：“你们再晓得这是么样的‘水酒’了吧!”

老人们晓得了事情的经过，又为贱三爷担心，怕他不好交差。

贱三爷说：“不怕。我只拿一百两银子就够了。”

老人们欢天喜地地去分送银子，这个小镇又恢复了往日的生气。

贱三爷不久就回到了汉阳县，向知县交差。

知县问："你把酒送到家了?"

贱三爷说："送到家啦！比那酒好得多!"

县太爷一惊："么事好得多啦?"

贱三爷说："我在半路上碰到一个酒商，他看中了那十坛酒。我就趁机会要了个大价钱，十两银子一坛卖给他啦，共卖了一百两银子，送到你爹手里，他喜得眼睛都眯成了一条缝呢!"

县太爷听完，眼都发了直，一屁股坐到椅子上气昏了。他那十坛"水酒"，要值几万两银子，只卖一百两银子，你说他不气吗?

香 火 路

贱三爷给地主做完工，回家天黑尽了。

走到自家门前不远，贱三爷发现路上插着一溜点燃的香，一根一根从路上一直插到家门口。他晓得了，家里有强盗，香是用来逃跑时指路的。贱三爷不声不响把香都拔起来，又换个地方一根一根插好。然后，他就进屋去睡觉。他躺在床上喊："哥，哥！是么事弄得响呀?"

隔壁房里哥哥答应："是老鼠吧。"

他说："不像是老鼠，是比老鼠大的东西。我去把它捉到。"说着就装着起床的样子弄得哗啦哗啦直响。

躲在一边的强盗猛地往外冲，顺着闪闪烁烁的香火跑。跑不多远，一头栽进了粪坑。

一斗米和一把米

贱三爷的岳母娘病了，托人带信给姑娘。贱三爷的妻子急得要他凑一斗米去看姆妈。

不久，贱三爷的姆妈病得卧床不起，贱三爷的妻子只抓了一把米给贱三爷，要他给姆妈煮稀饭吃。贱三爷嫌少了，妻子说：“病得那很，吃得了几多吵？一把米煮稀饭，她还要喝几天呢!”气得贱三爷要跳起来。到底，他还是忍下了这口气。

从那以后，贱三爷特别喜欢自己的姑娘，不喜欢自己的儿子。妻子要他把儿子抱一抱，引到玩一下，他都不听，只顾带姑娘玩，嘴里还说：“要一斗，不要一把；要一斗，不要一把。”

妻子听了，莫名其妙：“么事要一斗，不要一把？你把话说清楚!”

贱三爷说：“怎么还不晓得？到了明日，姑娘长大了会疼我。我要有个三病两痛，她就会送一斗米把我。我当然要姑娘。”

妻子说：“儿子明日还不是一样送一斗米来。”

贱三爷说，“不、不，娶了媳妇忘了爷娘，到那天，他只会送一把米给我煮稀饭，我要他做么事？”

妻子这时才醒了黄，想起以前的事实在不该，觉得对不起公婆，从此，对公婆也孝敬了。

翻 跟 头

有一次，贱三爷和几个长工一起回家，路过乱葬岗子，看见一个妇女在一座新坟边哭得死去活来，滚得浑身是泥，真令人心酸。同路的长工们说：“去劝劝她吧，这样哭下去，么样受得了。”贱三爷拦住他们说：“我们么样劝她？她一个妇道人家，死了丈夫。我们几个男人怎么开口呢？”长工们说：“那么办呢？”贱三爷说：“我要劝她，还不让她知道，你们等着。”

贱三爷来到那座新坟旁边，对着一座坟就跪下磕头，号啕大哭起来。妇女听到旁边有人哭，还是一个男人，又哭得那么伤心，也挺奇怪，就想听听他哭些什么。贱三爷边哭边说：“伙计，我们一起扛活，一起玩，晓得几亲热。你死了，把我丢下，我天天做梦都梦到你呀！一想起你，我就感到我有三件事对不起你！第一件事，你想看戏，要我去约你，我忘记了，一个人跑去看了；第二件事，你爱喝酒，那天你喝醉了还要喝，我怕你受不了，我倒了两碗冷水，你也喝下去了；第三件事，你总说我会翻跟头，想看看我的跟头，我一直冇翻得你看。今天，到坟上来看你，再约你看戏是办不到了，再打酒你也不能喝了，我就翻个跟头你看吧!”说着，贱三爷就围着坟翻起跟头来，一边翻，一边说：“伙计，你看到冇有？伙计，你看到冇有？……”

那妇女听着、看着，早把自己的伤心事丢到一边去了。后来见他翻跟头，情不自禁地笑了起来。

巧化缘

相传武当山失过一次大火，把那些庙宇、道观烧得片瓦无存。那些道士都四散逃命，各自谋生去了。剩下几个老道士年迈体弱，留在山上种点瓜菜度日。

这一天，贱三爷来到山上向老道士要水喝，老道士见他行路辛苦，就摘了个大瓜给他吃。

贱三爷问：“你们为么事不在庙里焚香诵经，却在这里种瓜种菜呢?”

老道士叹口气说：“庙宇遭天火焚毁，我们无处安身，只有种瓜菜维持。”

“你们去募化呀。”贱三爷跟他们出主意。

“哎呀！施主不知，这不是几十百把两银子的事，要得几十万两银子呢?再说，我们老态龙钟，长途跋涉也无能为力，只有在这破茅草棚里了此残生。”老道士说得眼泪都快流下来了。

贱三爷心一软说：“好，你们晓不晓得哪里有大财主，我替你们去化缘。”

老道士们说：“有倒是有一个财主，号称张半城，离这里有上千里地，只怕施主不愿去。”

贱三爷说：“天涯海角，我也要帮你们去募化回来，不过，你们要依我三件事。第一，雕一个和我差不多的神像；第二，宰一头牛制成肉干；第三，做一件特别破烂的道袍。然后，就如此如此……”老道士听他一说不晓得几高兴。

贱三爷把头发挽在头上，学了几天道教礼节，他需要的东西也准备齐了，就告别道士下山去募化。不久，来到张半城家，确实是全城首屈一指的富户。贱三爷心想：“哼，叫你花几十万两银子也不是罪过。”于是，他坐在张家门前念起经来。

张家的仆人给了钱，给了斋饭，贱三爷不要也不吃，只是闭着眼睛念经，张家仆人也冇管他。这样过了三天，贱三爷一粒米都没有沾过牙齿，只是念经，喝些水。仆人们感到奇怪，就把这事告诉张半城。张半城不信，就躲在门背后偷看。贱三爷面前：香喷喷的饭菜摆了一地，贱三爷连看都不看一眼。又是三天过去了。

全城早轰动了，传说有个活神仙到了张半城家。越传越玄，越传越奇，说是道祖转世，下凡来超度众生的。哎呀！全城的人都争先恐后地到张家门口来看活神仙，求活神仙赐福保佑，贱三爷一直不理，仍然闭目念经。

张半城早就惊呆了，也喜昏了。心想：“他在我家门口念经，大概是和我有缘分。”想到这里，他连忙出来请贱三爷进屋里来。

贱三爷也不客气，说：“贫道打扰了。”

张半城问：“道长在哪座仙山宝刹，为么事落到这般田地?”

贱三爷叹了口气，说：“贫道在武当山出家，不幸庙院被天火焚烧，变成一片废墟。一个月前，道祖降旨说：要复兴庙院，只求张老先生募化，才得成功。贫道这才不远千里前来。”

张半城听说要自己捐钱，心里就有些疼。再看践三爷几天不吃凡间烟火之物，必是神仙降世，又觉得花些钱也值得。但是，要花几十万两银子，一定要亲眼去看看才好。他对贱三爷说：“宝刹被天火焚烧，理当尽力捐赠，不晓得要多少银两，还是小老同道长一起去宝刹看看才好。”

贱三爷真是求之不得，说：“张老先生能亲自去庙院，只怕受不了长途跋涉。”

张半城连忙说：“不妨事，不妨事!”

张半城坐着小轿，带着仆人，跟在贱三爷的后边，往武当赶。一连多少天，张半城累得叫苦连天，贱三爷却不沾一点米面油星，只是喝喝水，张半城更相信他是活神仙了。

一天，来到武当山下，贱三爷对张半城说："山上就是庙院，贫道上山去禀报师父，下山来迎接施主。"说完转身跑往山上，张半城赶紧带领仆人跟了上去。

贱三爷向山上跑了一段，突然，左脚踏进路边的泥塘，他从泥塘里拔出脚，想摔掉脚上的烂泥，不料草鞋摔脱了，他也顾不得捡，仍然快步向山上跑去。几个仆人哪里跟得上他，只是捡到了贱三爷的草鞋。张半城说："跟着脚印往山上追!"

他们顺着脚印找上山来，远远看到有两间茅屋，就是不见道士来接。一直跟着脚印来到一间茅屋门前，泥脚印还印在门槛上，茅屋的大门紧闭着，挂着一把锈迹斑斑的大锁，门上结满了蜘蛛网。张半城叫仆人快去把道士找来。

几个老道士来见张半城说："不知施主光临，请恕罪。"

张半城说："你们有一位道长把我领上山来的，说是庙院遭天火焚烧，道祖降旨，要小老捐赠修复庙院。可是，道长不知哪里去了。"

老道士奇怪地说："我们不知道这事呀!"

张半城说："脚印还在门槛上，你们快把门打开，我们进去看看。"

老道士无法，掏出钥匙，打开了茅屋的门。张半城快步进去一看，嘿，正中间供着的神像非常面熟：神像左手指着天，右手指着自己的左脚，左脚向上翘着，光光的没有穿鞋。张半城猛然喊道："你们看，这道祖像不像去化缘的道士？仆人们忙说："像，像!"张半城把草鞋往神像光着的脚上一套，不大不小正合适，张半城跪下就磕头。说："神仙，神仙！我遇到了神仙!"立即答应捐赠几十万两银子修复庙院。

其实，这都是贱三爷的计划：他穿的破道袍中藏着牛肉干，所以饿不着，只需喝水解渴。

银子和马

贱三爷在城里赶脚，修旧补破地勤扒苦做，总想积攒一些钱好回家过年。一年下来，他攒了十两银子，装在一个坛子里。他经常要外出找事，就把银子存放在客栈老板那里。

到了年底，贱三爷要回家过年了。他找客栈老板拿银子，客栈老板把坛子抱出来给他。他把坛子打开一看，咦！坛子里不是白花花的银子，却是雪白雪白的盐。

贱三爷问客栈老板："坛子里面的银子呢?"客栈老板说："我么样晓得呢?""这盐又是哪里来的呢?""大概是银子变的吧？难道我会骗你的银子不成？真是笑话！你莫在这里混冇。"

贱三爷叹了一口气，自认倒霉："唉，死生有命，富贵在天，说变就变，银子变盐。这也是该我背时，我也不怪你。算了，算了。"说完，他把坛子抱进自己住的房里去了。

客栈老板蛮高兴。

贱三爷像没事人一样，背起小包袱回家去了。过了年，他又来到城里，还是住在这家客栈，跟去年一样，常常出去找活干。端午节的前一天，他来找客栈老板打商量："老板，明天是端午节，我想赶回家去，可是，盘缠又短少了些，我想把你家的马借一下。别的东西供不起，家里的草料还是有它吃的。过了节我就来，再还你的马。"

老板一想："借他骑一下，让他喂些时，也省我的一些草料。"于是答应了。

贱三爷骑马回了家，就用马犁田耙地、拉人赶脚驮东西，根本就不提还马的事。

客栈老板等贱三爷来还马，一直等到过了八月中秋都冇看到贱三爷的影子，心里慌了，连忙赶到贱三爷家里来要马。

贱三爷一见老板就诉苦："哎呀，我真对不起您家。这马一到我家就不想吃，不想喝，越喂越瘦。我都不好意思送还给你，所以拖到今天，让你家亲自跑了来。”

老板一听马还在，只是瘦了些，放了心，说：“瘦得么样了吵?”贱三爷说：“跳是跳得蛮高的，精神也好，就是瘦得连叫的声音都变了样。”“你把它牵出来，让我看看。我再牵回去调养调养，哎，这调养调养的……”贱三爷连忙说：“那当然算我的。”“好，好，快把马牵出来。”

贱三爷答应着，就走到屋后。过了一会儿，他牵出一匹“马”来，说：“您家看吵。”

老板一看，差点气昏了：贱三爷用细麻绳系着一只蛤蚂。就咆哮如雷地大叫起来：“这是么事？这是蛤蚂！我要我的马!”贱三爷说：“哎呀！这蛤蚂就是你的那匹马，变成了这个样子，我有么事法子。”“鬼嗽！那大的马能变成蛤蟆？我不信!”“么样不能变？银子还能变盐呢。死生有命，富贵在天。大马变蛤蚂，说变也能变。”

老板一听，心里明白了，这是在跟自己算去年的账呢。心想一匹马少说也值百把两银子，不能吃眼前亏。连忙说：“贱三爷，我有眼无珠，不识真人。我把银子还你，你把马还我吧!”

贱三爷呵呵大笑。两个人一个退银，一个还马。

贱三爷说：“为人莫黑心，是非自然明；银子当盐吃，蛤蚂成了精。”

老板羞得骑着马跑了。

智平械斗

从前汉阳县的蔡甸镇是水旱码头。南来北往的商旅、行人非常多，东迎西送的货物也川流不息。因此，汉阳县有许多扛码头吃杠棒饭的穷人.扛码头的穷人分岸上和水上两派，岸上的头佬叫“金钩子”，水上的头佬叫“水老鼠”。说是岸上、水上，各管一段。可是，为了混口饭吃，水上的、岸上的，常常分不清楚，争抢生意，引起斗殴。金钩子和水老鼠都想把对方赶走，独霸水旱码头。有他们两个坏种在背后兴风作浪，码头上为了争夺地盘打架的事时常发生。死的、伤的，当然都是那些穷扛码头的。这回，金钩子和水老鼠，各自又在作抢码头的准备，都已经摆过香案设了坛、求过签、拜过菩萨，还喝了血酒，要穷扛码头的到时候都要拼命杀他几个。这些扛码头的，都不明真相，以为是对方要夺自己的饭碗，所以发誓要保住自己的饭碗。金钩子和水老鼠还特地从外地请来了许多武术高手，要大杀一场，把对方打败。这一天，贱三爷足踏河面回到汉阳的消息，传得蔡甸镇家家户户都晓得了。金钩子和水老鼠晓得贱三爷的厉害，于是，都在打贱三爷的主意。

贱三爷家里坐了一屋子的亲戚朋友，谈谈说说，直到深夜，客人们才渐渐散了。贱三爷刚把最后一个客人送走，突然，一个黑影溜进门来。贱三爷一看，来人是水老鼠。

水老鼠笑嘻嘻，恭敬地双手一拱，然后，把背上背的一包袱银子放在桌上说："久闻贱三爷本领高强，威震武林。小弟如雷贯耳，今日特来登门相请。"

贱三爷说："先莫把高帽子给我戴，你花这多银子，请我做么事？"

水老鼠说："金钩子太不地道。他想独霸水旱码头，把我和几十个弟兄赶走。约定后日正午，在三义殿前的空场上比武，定出水旱码头的地盘，输了的卷铺盖走路，小弟请贱三爷帮忙，助一臂之力。这是薄礼，聊表心意。"

贱三爷沉吟了一下，点了点头，说："好，就此一次，下不为例。"

水老鼠高兴地直点头："就此一次，就此一次！"心想，一次就够了。有你贱三爷出山把金钩子赶跑了，他还敢再来？水老鼠走了。

贱三爷关了门，刚刚转身，又有人敲门。贱三爷开门一看，是金钩子。

金钩子侧着身子从门缝里挤进来，双手抱拳连拱直拱，他也把一包袱银子放到桌上："久闻大名，未见真神；百闻不如一见。今日见到鼎鼎大名的贱三爷，真是三生有幸！"

贱三爷拦住他："莫瞎吹了，你直说吧，深更半夜来此，有么事找我？"

金钩子恨恨地说："水老鼠这小子比泥鳅还滑。他想算计我，独掌水旱码头。我么样能拱手相让？他约我后日中午在三义殿比试比试，我想请贱三爷为我出出这口恶气。"

贱三爷说：“哦，你想请我去出出恶气?”

“对！这些银两不成礼仪，请收下。”

贱三爷二话冇说：“好，我收下！就这样，后天中午我去。不过，话说在前头，只此一次，下不为例。”

“下不为例，下不为例!”金钩子心想，把水老鼠赶跑了，凭你这块牌子，也冇得哪个再敢跟我争码头吵。

水老鼠和金钩子回去跟大伙一说，两边的人都很高兴，摩拳擦掌，准备后天大杀一场。

到了比武的那天中午。水老鼠握着一把大刀，领着几十个人，都打着赤膊，人人手里举着家伙，扁担、杠子、铁尺、挠钩、竹篙、桨板，从河街往三义殿拥来；金钩子手提一杆长枪，也领着几十个人，拿着冲担、撬棍、炮筒从正街往三义殿冲去。两边的人一边东、一边西地站在三义殿两边，虎视眈眈地对望着，都恨不得把对方吞下去。但是，两边都不敢动手，都在等贱三爷呢！他们四下里张望，互相询问：“么样搞的，贱三爷吓得不敢来了?”

正午的太阳晒得人热汗直流，一个个眼冒金花，双方哪个也不敢退下去。金钩子和水老鼠心里暗暗骂着贱三爷，不愿意等下去了，就都朝着自己的人喊着：“弟兄们，他们想夺我们的饭碗，我们就要他们的脑壳！弟兄们，杀!”

“哦!”两边的人齐声呐喊着，向对方冲去。眼看着，三义殿前面就要血染黄土了。

突然，三义殿的大门吱吱嘎嘎地打开了，从里面冲出三个天神，为首的是黑脸周仓，中间的是红脸关公，后面的是白脸关平。

周仓手举青龙偃月刀，大喝一声：“住手！关大帝在此，哪个敢放肆!”

两边正要开打的人们，被这突如其来的一声大喝搞蒙了，一时不晓得么办好。

关平捧出一个空箩筐，放在空场中间。箩筐边上竖插着四根筷子。

水旱码头的一百多个扛码头的穷汉，不晓得是个么板眼，都睁大眼睛看着。

周仓把大刀递给关公，关公右手接刀，左手捋着胡子，纵身一跳，就站到箩筐边上插着的筷子上。

两边的人都惊呆了，丝地吸了一口凉气。

关公两只脚轮流在筷子上走着，双手舞着大刀。刀越舞越快，脚不停地在筷子上跳、蹦、跑，简直像在飞一样。可是，空箩筐像在地上生了根，一丝儿也不晃动。

看着、看着，两边的人都使劲地叫起好来，把打架的事都忘了。

关公舞罢，来了一个收势，金鸡独立地站在一根筷子上，然后，把刀扔给周仓，说："吾神听说你们要在大殿前械斗，不忍看你们杀生害命，特来好言相劝。若是你们不听吾神的劝告，就请到这上面来走一遭！"

两边的人，连水老鼠、金钩子，还有那些武林高手都不敢吭声。

关公说："你们都是靠力气吃饭、养家糊口的穷苦人，为么事不能把饭匀给别人吃一点呢？难道你们忍心要把别人赶跑，看着别人饿死吗？恻隐之心，人皆有之，你们决不要受别人的挑动，互相残杀，最后吃亏上当的还是你们自己呀！"

扛码头的穷汉们一听，心想：是呀，我们打来杀去，死了几多人！打赢了又么样？钱还是让头佬们赚了。我们被打死、打伤的自认倒霉。于是，大家齐声喊："我们听关大帝的话，不打了！"

关公说："好！你们既听吾神所劝，吾神也不亏待你们。昨晚吾神收到贱三爷献来的两包银子，送给你们均分。只是头佬没有份儿。"

周仓、关平一个提一包银子，交给两边扛码头的穷汉。

水老鼠和金钩子看到包袱，眼睛瞪得像牛眼，那两包银子正是他们送给贱三爷的。看到自己带来的人，围在一起高高兴兴地分银子，气得直咬牙，又不好说出口。

这时，关公从箩筐上跳下来，来到三义殿墙边，一手夹了一块靠墙作凳的长青石条，这青石条一块足有三百斤重。他稳步走到箩筐旁边，又跳了上去。箩筐仍然纹丝不动。

两边的人看到这股神力，这种神法，都情不自禁地磕头作揖起来。

水老鼠、金钩子等贱三爷不来，械斗又没有打起来，银子也白白地给扛码头的分了，心里恨，手里痒，两人悄悄地向关公摸过去，不约而同地刀枪并举，一起向关公砍去、刺去。

关公眯缝着眼睛，似乎看也冇看，把两块青石板分别向他们两个丢过去。水老鼠、金钩子一见青石板来得急，跑不掉又躲不开，赶紧丢了手中的刀、枪，来对付青石板：水老鼠伸出双手，想把青石板推出去。哪晓得青石板飞来又重又急，他的力气不济，青石板冇推几远，正好砸在他的脚面上。他大喊一声，疼得昏了过去；金钩子有一股蛮力气，双手撒开想把青石板抱住。他使劲这么一搂，直觉得胸口一闷，有一口痰涌上喉咙管。他哇的一声，吐出了一口鲜血，就抱着青石板昏昏沉沉地坐在地上。

两边的人见关大帝惩罚了两个头佬，都大气不敢出地看着关老爷。

关公说："我有几句偈语，你们要铭记在心，永远不要械斗。听着：码头一席地，全是为了生存，饭少筷子多，人人都有份儿；只为一个穷，穷人要相亲；永不再械斗，勒石铭记心！"说完，他跳下箩筐又来到三义殿墙边，伸出手掌，在刻了字的青石板上来回抹了几下，把青石板上的字全部抹掉了，石头粉末到处乱飞，然后，他伸出右手的食指在青石板上划着，刻下了那一段偈语，每一笔足有半寸深。写完，他带着周仓、关平进了三义殿，关了庙门。

两边的人各自扶着水老鼠、金钩子回去了。他们后来一个跛着一只脚，一个伤了元气，都赌不起狠来了。扛码头的从那以后听了关大帝的话，有饭匀着吃，再也冇发生打码头的事情了。

这关公、周仓、关平是哪个呢？关公是贱三爷装扮的，周仓、关平是贱三爷从汉口找来的两个演戏的朋友扮的。

养　老

贱三爷在镇上卖了柴，扛着扁担绳子回家。路过一个村子，看到一个老太婆在路上啼哭，围着看的人都摇头叹气，表示同情。他不晓得是为么事，就走过去打听。原来，老太婆七十多岁了，有三个儿子，都成了家，立了业，却不肯养老母亲。老大推老二，老二推老三，老三又推老大。老人年老体衰，生活冇得着落么样不哭呢？贱三爷听后气得牙根直咬，捏起拳头就要去打这几个不肖子孙。

老太婆眼泪巴沙地一把把他拉住："做不得！做不得！"贱三爷说："么事做不得，这样不孝老母的儿子留着做么事！"老太婆叹了一口气，说："唉，他们总是我身上掉下的肉，你这大拳头一打下去，还不把他们打成肉饼啊！"贱三爷看老人有疼儿的心，想了想说："好，我来养你的老，送你的终。"说着背起老太婆就往自己村里跑。

三个儿子听到以后，暗暗高兴。

贱三爷对老太婆像自己的亲母。有人说贱三爷是个苕，找个包袱背在身上，贱三爷笑着说，"你看我像个苕么？"接着又神秘地说："我以前只是凭一时的气，把老人接回家的，等到我对老人一好哇，老人才说了实话，她还有好几个金元宝呢！她说，只要我养老送终，这金元宝就是我的。哎，你莫到处说呀！"

冇得不透风的墙。老太婆有金元宝的话，传到三个儿子耳朵里，他们先是不相信，后来看到贱三爷对老太婆是真好，心想，冇得想头，贱三爷会对老太婆好吗？他们的眼睛都红了，一起跑到贱三爷家来，找老太婆要金元宝。

贱三爷拦住他们，说："你们不养老人，金元宝不能把你们，只能留给我。"三个儿子不依："我们的老母亲，我们养，不要外人养。金元宝也不能把外人。"贱三爷说："你们养？老人连吃的、睡的都冇得，你们养么事？我不让你们接走。"

三个儿子闹得天翻地覆，非要把老太婆接走不可。贱三爷实在拦不住，说："接走可以，要规定几条：你们兄弟仨，轮流养老母；老母归天去，再分金元宝；元宝分四份，不多也不少。哪家养得好，多分金元宝。你们答应不答应？"三兄弟连声说："答应，答应！"

三兄弟把老太婆接走以后，都抢着奉养，巴不得她常住在自己家里，最后死在自己家里。三兄弟常常为争娘吵吵闹闹，老太婆有时趁他们睡觉之后，就关上门窗解下裤腰带，从裤腰带里倒出金元宝来看。三兄弟偷偷摸摸地看到过几次，就是不好下手。

贱三爷也隔不一些时来看看老太婆。

老太婆过了几年舒服日子，终于，头一挺，脚一伸，走了。三个儿子就来抢金元宝。咳，哪里是么事金元宝！是几砣锡做的元宝，外面粘着金纸。

这是贱三爷的点子。

你是贱三爷吗

贱三爷的包袱不见了，他看到一个贼头贼脑的人背着他丢的包袱，就走到那人的身边，问："请问你是不是贱三爷呀？"

那人把眼一翻，说："么事贱三爷呀？我不是的！"

贱三爷高兴地说："哎呀！真是太好了，我还以为自己弄错了呢，我就是贱三爷，你肩上背的包袱就是我的。"

水 晶 盒

两个小鬼奉了阎王的命令，去勾拿贱三爷到阴曹地府。两个小鬼早晓得贱三爷的厉害，商量好了，趁贱三爷睡着了不晓得信的时候，突然把贱三爷用铁索一锁，拉了就跑。他们来到贱三爷的家，从门缝里钻了进去。嘿，好机会！贱三爷睡得正香呢。两个小鬼一个捏着铁索的一头，朝着贱三爷扑过去，用铁索子锁住贱三爷，使劲拉了就要跑。

贱三爷从睡梦里惊醒过来，见是两个小鬼来抓自己，就暗里使了个千斤坠的功夫，身子往下一沉，贴在床板上像生了根一样，任两个小鬼去拉、去扯、去拖。

两个小鬼把吃奶的劲都拿出来了，就是拉不动，还累得直喘气。贱三爷等他们正用劲的时候，猛地把铁索从颈子里脱出来。两个小鬼冇防到，一下子摔到门旮旯里去了。

贱三爷大喊一声：“哪里来的毛贼，敢来害你家的贱三爷!”小鬼晓得暗里做不成了，就明说：“贱三爷，阎主要我们来拿你。你乖乖地跟我们走算了。要不，我们把你锁起走!”“哎呀，你们么样不早说呢。”“早说，你就跟我们走呀?”“那当然！现在不行了，我病了，躺在床上起不来。”“我们拉你走。”“你们刚才拉了的吵，拉动了冇？没有吵！我自己都起不来，你们么样拉得动呢?”

两个小鬼心想：“是吵，我们两个都冇拉动，他么样走得动呢?”连忙问：“那你有冇得么事好办法呢?”“我冇得么事好办法。”两个小鬼叽叽咕咕地又商量了一阵儿，说：“你要是冇得办法，我们还是来拉你，总要把你拉去，好向阎王交差吵。”

贱三爷说：“如果只是好向阎王爷交差，我倒有个好办法。我把自己装在一个水晶盒子里，你们拿着水晶盒子走路，又轻便，又不费力，晓得有几好。”两个小鬼一听有这好的事，蛮高兴：“那快点，快点！你把水晶盒子给我们看看。”

贱三爷把桌子上的镜子拿在手里说：“这就是水晶盒子。你们来看!”两个小鬼朝镜子里一看，咦！镜子里真有三个影子：贱三爷和两个小鬼。贱三爷说：“看到了吧？我装到盒子里去了，你们也在旁边，不错吧?”

“不错，不错!”

“我把盒子包起来，你们带去交给阎王。”

“好！好!”

贱三爷把镜子包好，交给小鬼。两个小鬼把镜子一夹，高高兴兴地跑了。

小鬼跑到地府，说：“贱三爷抓来了!”阎王问：“抓来的贱三爷在哪里?”小鬼把镜子递过去：“在水晶盒子里。”

阎王拿起镜子一看：“嗯?!”他很奇怪，怎么里面有一个长得和自己一模一样的家伙呢?“这是你们抓的贱三爷吗?”“是贱三爷，我们亲眼看见他把自己装到盒子里头的。”阎王大吼一声，“呸，胡说八道。你们再来看看，这是你们抓的贱三爷吗?”

两个小鬼吓了一跳，连忙跑到阎王身后，朝镜子里望去：镜子里还是三个影子，不过除了两个小鬼之外，另外那个不是贱三爷，而是阎王爷。

两个小鬼齐声惊叫起来：“哎呀，这个贱三爷真是厉害，他怎么变得跟大王一模一样了呢?”

炸　鬼

贱三爷办了年货，赶夜路回家过年，来到一座乱葬岗子上，突然从一座破坟里升起一股白烟，渐渐聚成一团，变成了一个白脸白衣的厉鬼，挡住了贱三爷的去路。

贱三爷说：“你怎么挡住我的路？快让开!”

厉鬼说：“阎王要我投胎到阳间，需要个替身，你正好替我。”

贱三爷说.“哦，可以，可以。只是，你晓得在阳间，做人多不容易呀!做人的诀窍你懂吗?”

厉鬼说：“我本来是人，当然懂得做人的诀窍。”

“那好，那好！哎呀，我没有做过鬼呀。做鬼又有哪些诀窍呢?”

“做鬼的诀窍，你到了阴间会晓得的。”

“不，不，你先告诉我一点，免得我到了阴间吃亏。就像你刚才还是一团白烟，怎么变成人形的呢？你教给我吧。”

“不行!”厉鬼不耐烦了。

贱三爷说：“你不告诉我，那我要走了。”

厉鬼见这个人蛮犟，又怕找不到替身，只得说：“好，我变给你看。”

贱三爷赶忙从包袱里摸出了一个大鞭炮，拔掉了鞭引捏在手中，说：“我卷个纸筒，你钻进去，我叫你出来就出来。”

厉鬼看看贱三爷手中无引的鞭炮，叫了声：“变!”立即成了一团白烟，慢慢变成了细细的一丝，钻进了贱三爷手中的鞭炮里。

贱三爷立即将拔出的鞭引往里塞，边塞边说：“我喊你出来，你再出来。”

厉鬼在里面答应：“可以，好了没有?”

“还没有。”贱三爷用火刀火石点燃了火线，又点燃了鞭引，才说：“好了!”

厉鬼听说“好了”，就准备出来，只听轰的一声，鞭炮响了，厉鬼惨叫着被炸到了空中。

以上十三则沈远义搜集整理

桂鸦鹊的故事

（汉族）

桂鸦鹊是一位劳动者型的机智人物。他淳朴憨厚，诙谐多智，善于播弄、嘲讽盘剥穷人的地主老财，锋芒所向首先是他的细爹①。“鸦鹊”为鄂东方言，即喜鹊，人民群众用以表示对这个艺术形象的喜爱。其故事流传在湖北黄梅县一带。

脾　气

桂鸦鹊的细爹是财主，每年要请很多长工和短工。他对穷人很刻薄，因此穷人都不大愿意到他细爹家做工。细爹没有办法，只好叫桂鸦鹊在自己家里做。这个老财主十分狡猾，为了向长工表白自己，等桂鸦鹊来上工的时候，当着长工的面对桂鸦鹊说：“人家都说我刻薄，其实我是这样的脾气，遇到不顺眼的事爱说爱骂，骂了之后，我还是一样，并不计较，你是我的侄儿，今后我如果发脾气，你就要忍一下。”

桂鸦鹊马上恭敬地回答：“细爹的脾气我是清楚的，不过我的脾气也很丑，一听到别人骂我就爱动手打，打了之后我还是一样地做，并不偷懒，请

① 细爹：方言，即叔叔。

细爹往后在我面前发脾气就留心一点。”

何洪讲述

吃　粥

桂鸦鹊在细爹家里做工，他细爹每天要煮一点粥给卖工的人吃，而且还煮得很稀。有一次正在吃粥的时候，桂鸦鹊忽然对着碗大哭起来，细爹问他哭么事，桂鸦鹊哭着说：“我活不长久了。”

长工们和细爹都吃了一惊，忙问是什么缘故。桂鸦鹊说：“我听人说，看见自己的魂显身，三天后肯定会死，今天我在粥碗里看到了自己的魂，三天后肯定会死，我不做了。”说罢丢下碗，跑去睡觉。

佘水山讲述

细爹的白头发

桂鸦鹊在细爹家里打长工。有一年年关，所有的长工、短工都回去过年，桂鸦鹊没有家，只好留在细爹家里打杂。

初二那天，他细爹的女婿、外孙都来拜年。吃饭的时候，坐了满满的一桌，桂鸦鹊端菜、烫酒，忙得满身是汗。吃饭间，老财主发了热，把帽子取下来，现出满头的白发，女婿见了，讨好地说：“爹爹日夜操心，所以头发全白了。”

外孙马上奉承：“是呀！当年伍子胥过昭关的时候，一夜之间把头发全急白了，外公里里外外，日理万机地操劳，头发怎么不白呢？”

这时，桂鸦鹊端菜上来，女婿、外孙为了证实自己讲得好，于是一齐问桂鸦鹊：“你说我们说得对吗？”

桂鸦鹊放下手中的菜，摇摇头说：“哪个说的啊！白头发就是操心，家里那条大白狗，它操什么心，为什么满身的毛都是白的呢？”

何洪讲述

以上三则余士潮搜集整理

徐苟三的故事

（汉族）

徐苟三，一作徐苟山，是湖北汉江平原的一个较有影响的劳动者型机智人物。他的故事内容丰富，在京山、天门、沔阳一带流传，为城乡广大群众津津乐道。

娶　亲

徐苟三帮人打长工，上无片瓦，下无寸地，浑身上下穷得叮当响。到了三十岁，他还是庙门口的旗杆——光棍。偏偏有一个姑娘爱上了徐苟三，这姑娘就是村头东阁庙里的小尼姑。

小尼姑姓黄，她平日见徐苟三正直机灵，做事勤快，乡亲们有事求他帮忙，他从不推辞，要是哪家受了老财乡绅的欺负，不请他也要去打个抱不平。久而久之，小尼姑从心底里爱上了他，常常背着师父，抽空给徐苟三浆洗缝补，很是亲热。小尼姑眉清目秀，聪明善良，把个徐苟三喜得鞭抽陀螺团团转，他托人到东阁庙里向老师父求情，让小尼姑还俗。老师父是个明白人，当下就答应下来，这桩亲事算说成了。穷人办喜事，说娶就娶，徐苟三当天就要和小尼姑成亲。

哪晓得这事像长了翅膀一样，立刻飞进了县老爷的耳朵里。县老爷对徐苟三平日顶撞富户、不畏官府的行为，早就怀恨在心，只是抓不到把柄，狗咬刺猬不好下口。他今天得到这个消息，马上派人把徐苟三捉进衙门，升堂要打板子。徐苟三忙喊："老爷慢打，不知小人身犯何罪？"

县老爷一听，把手中的惊堂木重重一拍喝道："大胆刁民，你勾引尼姑成亲，坏了佛门清规，还不该打！"

徐苟三一听连连说道："老爷息怒，老爷息怒，徐苟三安分守己，不敢胡行。只是这尼姑成亲之事，乃书上早就写了的。"

县老爷更是大发脾气："放屁，哪本书上说的？"

"禀老爷，书上不是有'天下黄河尚有澄清之日'这句话吗，既然天下黄和尚有成亲之日，未必天下的黄尼姑就不许嫁人？"

县老爷被徐苟三问得直翻眼珠子，忙问左右可真有此话。旁边的师爷忙说："话是这样说的，可是指黄河的水有澄清之日，不是什么黄和尚成亲。"

县老爷一听脸都气白了，大骂徐苟三蒙哄老爷，吩咐衙役快打。徐苟三灵机一动，哈哈大笑起来。这一笑可把县老爷笑糊涂了，问徐苟三："你马上就要挨板子，还笑什么？"

徐苟三乐滋滋地说："正是要挨板子，我才欢喜呢。"县老爷忙问何故，徐苟三不慌不忙地说："小人前些日子，拜了一位看相的先生为师，学得看相的绝技。昨天我想试试本领，自己给自己看了一个相，知道三日内要挨一顿老爷的板子，哪个晓得今天就灵验了，你家说叫人欢喜不欢喜。"说完又是几个哈哈笑。

县老爷一听，心中暗暗称奇，想道，我老爷虽有三妻四妾，可是一个儿子也没有，不知后面有没有儿子生。徐苟三既有如此本领，何不让他替我也看个相呢。于是说道："徐苟三，你说给自己看灵了相，我却不信，要你当面给老爷我看一相，要是灵了，不但免打，还放你出去。"

徐苟三点头称是，他知道老爷现在最想儿子，于是走上前去装模作样地端详了老爷一阵儿，又用手去捏老爷的耳朵，捏得他龇牙咧嘴。县老爷为了灵验，又不便发脾气。徐苟三摆布了一番后说道："恭喜老爷，贺喜老爷，你往后要生八九个儿子。"

县老爷一听眉开眼笑，问他是怎么知道的，徐苟三说："老爷耳小如鼠，一相便知。”

县老爷听了脸一沉：“俗话说耳大福大，你却说我耳小儿多，只怕是捉弄老爷我的。”

徐苟三微笑了一下说：“老爷，你天天玩的‘上大人’纸牌上，不是都写着‘尔（耳）小生，八九子’吗？”

县老爷一听，连连点头说对，用手摸了摸自己的两只小耳朵，想到会生八九个儿子，心中好生快活，不等左右插嘴，当堂放了徐苟三，让他回家和小尼姑成亲去了。

黄身炽搜集　当年整理

搜集地点：湖北天门县

计惩伍阎王

老话说：“秧好一半谷，妻好一半福。”乡亲们都说徐苟三走了好运，娶了个好妻子。这话一点不假，苟三娘子虽说是尼姑出身，可是人生得像天仙不说，做起活来，薅草割麦，纺纱织布，挑花绣云是样样在行。

这事传到东湾财主伍阎王的耳朵里，蚂蟥听不得水响，这天清早，他就溜到徐苟三的家里来了。

苟三娘子正在屋里纺棉纱，见来了客，忙站起身来打招呼，端板凳递茶。

伍阎王见苟三娘子，果真好看，浑身的骨头都酥了，两只老鼠眼睛不住地在她身上转来转去。苟三娘子见他一个劲地瞄自己，就说：“我们当家的下田去了，你家是谁呀？”

伍阎王一听徐苟三不在家，暗暗高兴。他说：“是东湾伍财主，徐苟三欠我三斗五升高粱。”苟三娘子忙说：“你家坐一会儿，我去叫他回来。”

伍阎王一看她要出门，忙说：“莫叫莫叫，我还要送样东西给你呢。”说完掏出一根银簪子，往苟三娘子面前递去。

荀三娘子一见，心中明白了八九分，知道这个伍阎工没安好心，接过簪子说："多谢你家费心，你坐会儿，我去厨房里打几个鸡蛋你家吃。"说罢不等伍阎王开口，一转身走了。

伍阎王一见鱼儿上钩，喜得不得了。哪知荀三娘子出了后门，一口气跑到田里给徐荀三说了。徐荀三听完，在妻子耳边说了几句话，让她先回屋去。

过了一会儿，荀三娘子端了一碗荷包鸡蛋，走进堂屋，伍阎王一见，双手去接过碗后，顺手拉起了荀三娘子的胳膊。

荀三娘子突然一声惊叫："快放手，当家的回来了。"伍阎王一听，果然是徐荀三哼着山歌走来了，心里一惊，就要从大门出去。荀三娘子说："他是从大门进的，碰见了不大好。"伍阎王一听忙要走后门，荀三娘子说："你家从大门进，后门出，人家见了会疑心的。"伍阎王又退了回来，急得团团转。荀三娘子指着屋角的一只大黄桶说："这里头是空的，你家受点委屈，进去躲一下，等他出了门你家再出来。"

伍阎王一听有理，揭起盖子就钻了进去。荀三娘子马上将黄桶盖了个严严实实。

刚一盖好，徐荀三进来了。他对妻子眨眨眼，荀三娘子端起桌上鸡蛋递到他的手里，笑着说："我刚打的，趁热快吃。"徐荀三会意地说："娘子放心，看我慢慢收拾它。"

伍阎王困在黄桶里，声不敢出，气不敢喘，闷得头昏脑涨，汗巴水淋。荀三娘子说："东湾伍老爷来过，说欠他三斗五升高粱。"徐荀三骂道："这个老黄魂，高粱种还刚刚播下去他就上门讨债，见鬼!"说罢一拳头擂在黄桶盖上，把个伍阎王震得眼睛火花直冒。徐荀三又说："这口黄桶反正没得什么东西装，推出去抵债算了。"于是一脚将桶蹬倒在地。伍阎王在里面一头撞在桶盖上，额上马上起了一个血包，没等他叫出声，身子像陀螺直滚起来。原来徐荀三和妻子把桶滚出了大门，一直向东湾滚去。

七滚八滚，伍阎王浑身都快滚散架，连喊救命，徐荀三只当没听见，一直滚到了伍阎王家的大门口，才住了脚手，喊伍阎王的老婆出来看桶。

伍阎王的老婆听说徐苟三推着黄桶来抵债生怕吃了亏，跑出门一看说："谁要这烂桶，滚回去，滚回去。"

伍阎王一听，赶紧挣扎着从黄桶里伸出头来，骂老婆："滚你娘的蛋，再滚一趟，老子还有命吗?"

魏成斌搜集整理

搜集地点：湖北天门县

智辱县官

京山县七品县太爷张坤，人只有一凿子把高，满脸的黑麻子，大的套着小的，一个连着一个，十分难看。他上任的第一件事，就是在全县发了一道通令，任何人都不许说"麻"字，要把生活中与麻字有联系的字都改掉，芝麻改成芝粒，麻纷雨说成牛毛雨，麻雀子改成雾雀子。如有违反者，轻的打板子，重的杀头。

这样一来，全县天天都有人挨板子，就连县里的衙役有时说话漏嘴，也吃了不少苦头。

一天，徐苟三来上街，差役们和他说："先生，听说你是一个蛮有板眼的人，今天我们跟你打个赌，如果你能大喊三声张麻子，我们合起来送一头水牛你种田。如果不能喊的话，就请我们喝一餐酒。"

徐苟三听了满口答应道："这个话好说得很，我不光在街上喊，我还要到你们的老爷那大堂上，当着你们老爷的面喊。到时候你们不缩头就行了。"

当天晚上，徐苟三跑到县太爷大堂里办公的案子上，写了"大人张麻子，小人徐苟三。"

第二天早晨，县太爷升堂才坐下，一眼就看到了公案上的两句话，气得麻子通红，拍案大骂道："反了，谁好大胆，敢骂本县。"令差役限时找写字的人，交不出人来，就一个个挨板子。

差役们看了一下说："这肯定是徐苟三写的。"派人把徐苟三带到大堂上。县太爷指着这两句话问徐荀三："这是你写的吗?"

徐荀三看了看，装着害怕的样子说："老爷，你做官的人会详情嘞，我既写大人张麻子，就不会写我小人徐荀三，写了我小人徐荀三就不会写大人张麻子。我又不是吃了豹子胆的，喊了张麻子要杀头的，我不怕杀头吗?"

县太爷觉得他说得有道理，再问下去，"麻子"会越说越多，连忙摆手说："算了算了，快下去。"

徐荀三出了衙门，牵着水牛，高高兴兴地回去了。

冯帮贵讲述　冯本林搜集整理

搜集地点：湖北京山县

写　座　幛

张财主为人刻毒，众人指骂。他内人一命呜呼了，家院人等忙着办理丧事，百事就绪，只差灵堂上一幅座幛，张财主一字不识，只好求人代写。

七找八找，找到了徐荀三。徐荀三听说张员外的内人死了，暗暗高兴，当即拿出文房四宝，提笔挥了四个大字："驾鹤仙游"，叫家人拿回去挂了起来。

不几日，张财主的大女婿赶来吊孝，一见座幛上写的是"驾鹤仙游"，大吃一惊，忙问妻子："怎么岳父大人也去世了?"他妻子一听，火了："我把你这个没良心的东西，我母亲才死不到七日，你就骂我父亲，你存什么心?"女婿说："这座幛上写驾鹤仙游就是指家里死了男人；要是死了女的，就得写瑶池赶会。这明明是说岳父大人死了嘛!"

张财主女儿这才明白有人有意骂她父亲，她问父亲，这座幛是谁写的?张财主说是求徐荀三写的。当下，女婿、女儿和财主一道去找徐荀三算账："徐荀三，你这不怀好心的家伙，为什么有意把我家座幛写错了?"

"什么，我写错了?不可能，我徐某从来办事有根有据，不会错的。"

"怎么不错，你为何写驾鹤仙游?"

“对呀！一字不错。我是照书上写下来的。”

说着他翻开书本：“你们看，书上就是写的驾鹤仙游。”

“我家死的是我母亲，你怎么不错？”

“不对。我照书行事，一点不错，要么就是你家的人死错了。”

几句话把张员外气得昏了过去。

汪烈九　周武雄搜集整理

搜集地点：湖北沔阳县

理　发

有次，徐苟三进城理发，理发店里的师傅把一块又脏又湿的围布往他颈上一勒，拿起推剪便在他头上推了起来。哪知推剪早已生锈，每推一剪，就听到呷呷声直响，徐苟三的头发连拉带扯了出来。徐苟三疼痛难忍，问道：“师傅，你拿的什么新机器在剃头？”

“这是推剪。怎么，没见过？用手这么一捏一松，剪刀就把头发剪掉了，又快又舒服。”师傅回答道。

“哦，真是新机器，只是我们那里剪发不用推剪。”

“那用什么呢？”

“用手滴[①]头发。”

“用手滴？！哈哈哈，那不疼吗？”

徐苟三也笑着说：“我感觉用手滴比你用剪刀剪的还好受些嘛！”

师傅一下子面红耳赤，哑然无声了。

周武雄搜集整理

搜集地点：湖北沔阳县

---

① 滴：方言，拔的意思。

挖　耳

徐苟三理完发后，师傅给他挖耳屎。师傅拿出耳勺、刮刀、镊子、绒球来……

忽然，师傅一不小心，手下重了，挖耳勺捅到了耳膜，疼得徐苟三直皱眉。不一会儿，师傅拍了拍他的肩膀，揉了揉他的耳朵，表示挖完了。

徐苟三并没马上告辞，他走到门口，招手叫师傅来看，师傅不知何事，问道："看什么?"

徐苟三说："你从我这耳朵里朝外看，看不看得到亮呀?"

师傅一笑弯了腰："苟三哥，我怕你过糊涂了，怎么能看到亮呢? 要是看到亮了那不是穿眼子?"

徐苟三仍然十分镇静地说："看不到亮就好，就是怕你一耳勺把我的耳朵捅穿了!"

这时师傅才省悟过来，好难为情哟!

周武雄搜集整理

搜集地点：湖北沔阳县

三整差役

一整差役

县衙里的几个钱粮差役像虎豹一样，每次下乡催捐总是喝得大醉，临走的时候还要草鞋钱，中伙费。稍有不满意，就故意刁难，佃家不光要多交粮款，还要担一些惊吓。百姓都恨死他们了。

一年，正是红火大天旱，加之瘟疫流行天灾人祸，农家都为生计而担心。眼看又到了催粮的季节，村里人都着急，跑去请徐苟三想办法。徐苟三对乡亲们说："这话好说，今年催捐的来了我来接待，保证你们不吃亏。"

不几天，差役来了，路上爬山过岭，日晒汗流，累得半死不活。徐苟三看见了，热情地端茶顺板凳，倒水递烟子，差人坐在树下全身洗完，一小盆水已成了糊浆，起身要倒水，徐苟三赶忙接到手中说："差爷，这水泼不得呀，你不知道，我们这村里进五月来就没有下一滴雨，吃的水还是前几天在向莫员外买来的，一盆水都要抵担把谷，你不看这盆挑水齷齪，我这就用明矾沉一下，等一会儿还要拿它烧中饭伙呢。"

差人听了这话，舌头吐出好长，看看天上的太阳又看看盆里的脏水，别说吃，闻一下都恶心，当时一切念头都没有了，只按规定拿足了粮款，就饿着肚皮急急忙忙地下山去了。

乡亲们好不高兴啰。

德兴爹等讲述　冯本林搜集整理

二整差役

县官爱喝豆浆，写了封信，派了个差役到徐苟三家去借东西。这家伙平时仗着主子的势力，欺压百姓，苟三很厌恶他。这回，差役一进门，又大口大气，吆三喝四道："苟三，苟三，县老爷找你有事？"差役把信一扬，嘴巴一歪说："你拿去看！"苟三知道他目不识丁，看过信后指着面前一副石磨说："哦！原来是你家老爷要借石磨，家里等着用。"差役挑起石磨，准备走。苟三又拿出一对灯笼说："慢着，还有这！"说着，又把灯笼系在磨子下面，给了回信。

苟三家离县衙大几里路，途中上坡下岭，涉水过沟，十分难走。差役挑着两百多斤的石磨，压得汗爬水流，直喘大气，想歇又怕压碎灯笼；想脱衣服又挑着担子，真是哑巴吃黄连，有苦说不出。只得咬紧牙关，一步一步往回拖。好容易挑到屋，喊人帮着接下担子，差役已腰酸腿软，有气无力倒在地了。县老爷官惊奇地问："你怎么挑这东西回来？"差役边喘边说："是你在信上借的这，徐苟三照信给的！"说完，呈上回信，县官一看，信上写着："欺压穷人侮苟三罚你挑担三百三。"县官哭笑不得。差役自认倒霉。

高照搜集整理

三整差役

县令发下牌来，要一队差役火速出外办公事，并限令误一个时辰，每人重打二十板，扣发半月俸银。

差役出来，仗着人多势众，沿途像蝗虫一样坑害人们。徐苟三听说了，急忙抄小路赶到前面，在差役要过河的地方放了几十斤半死半活的鲫鱼。

差役来了，前面几个才下河，那鱼多得撞腿子，拱腿背，一个个放下公事，东头摸，西头赶，越捉劲头越大，直捉到红日西沉方才想起公事，回到衙里，一个个被老爷打得血肉模糊，抱着屁股哭爹娘。

曹太清等人讲述　冯本林整理

三戏孟老板

一戏孟老板

孟老板是一个尖刻的小气鬼，每逢出门做客都要在家里饿几餐饭，去后就猛吃猛喝。徐苟三进门当长工不久就摸透了他的禀性，想点子捉弄他，替长工们开开心。

一天，西乡刘员外写田约，请孟老板五月十三去做客。徐苟三把请帖拿到孟老板的面前，从封帖里往外抽出一半，孟老板只看到了五月下面有一个十字，便以为是五月初十请客。他心里想，要想“肠货”吃的多，必须多挨几天饿。于是，从五月初九就开始饿饭。到了五月初十的下午，不见来人催客，就去找徐苟三。徐苟三又抽出了一点，孟老板看到十字下面还有二横，打了一个长谔：“啊！原来是五月十二，只怪我错看了请柬，既然到了晚上，干脆再饿一天，到时会吃得更多。”

到了十二的红日西沉了，还不见来人催客，孟老板饿得心烦意乱，又跑去找徐苟三：“大师傅，你把请柬给我看看，这时候都没有动静，是不是又搞错了？”

徐苟三把请帖递过去，孟老板倒接请帖，只见三字在上，十字在下，苦着脸大声说："一些人活了几十岁，说起来还是一个员外，真不会办事，五月三十请客嘛，初八发个么请帖呢！使得老子冤枉饿了几天。"

徐苟三和长工们暗笑了一顿。

二戏孟老板

徐苟三租种了孟老板的几石田，每逢到了收租季节，孟老板就带着一帮人登门看课，大吃大喝，一些家底薄的人确实招架不起。

这天，又到了孟老板下乡看课的日子，徐苟三和内人商量好，作鼓大劲地烧了半天火，端到桌子下来的都是几碗家常小菜，只有一碗荷包蛋放在正中间。

客人还没有上席，徐苟三的儿子死骗活耐地要吃鸡蛋，出于痛儿之心，只好挑了一个最小的给他，儿子拿到手上才打开剥壳，徐苟三一巴掌打过去，儿子大哭起来。孟老板假心假意地劝着："儿子吃个把鸡蛋，你打他干么事呢，只当我们多吃了一个的呢！"

徐苟三发着大火说："老板你不知道，这个东西不得成器，你看我一家人口嗟黄土背朝天，一年搞上头，好不容易才挣得一个饥荒年，这个不知甘难辛苦的，吃鸡蛋还吐起壳来了，不说我穷家小户，讨米要饭的人家，就是你老板家里吃肉都不吐骨头咧，何况鸡蛋呢！"

孟老板还没有醒过弯子来，以为山里人真的吃鸡蛋不兴吐壳，本来好吃得要命，又怕去了假善人的斯文，只好草草扒了几口看课饭，匆匆走了。

三戏孟老板

孟老板的儿子在上海当了官，很难得回来一次。孟老板惦记着儿子，就带着徐苟三去看他。俗话说："人硬的是钱，官司硬的是理。"孟老板看到儿子在外混得不错，如同一步登上了天堂，飘飘然然起来，说些不知高低的话，做些不知轻重的事，叫人闻了都恶心。同去的几个人都到徐苟三那里嘀啰，叫徐苟三想点子整整他，替大伙出口气。徐苟三记在心上。

第二天早晨天刚亮，少爷就让使女送来了漱口的香粉香皂。徐荀三接下放好，待孟老板醒来，几个人送水洗脸，帮忙收拾了一阵子。徐荀三才用盘子把香皂和牙粉端到孟老板面前。孟老板生在山里，长在乡下，没有出过远门，也从来没有见过这种东西，又怕吃人笑话，只好假充内行的接在手里，当成早点，叫人用开水冲好牙粉，吃香皂，喝牙粉，一口气吞进去，就搜肠刮肚地吐了出来，折腾了好一阵儿才躺到床上，送来的早饭又被挡在门外，直饿到吃中饭的时候，少爷来看他。孟老板一把拉着儿子说："儿呀，你一天给我三顿稀饭都行哪，爹我一辈子都没有开过那种洋荤的，她早晨送来的那糖茶我还咬着牙喝进去了，那香糕真叫难咽哪！"

少爷想了半天才明白过来，可是跟班使唤的都在身边，碍着面子又发不得作，真是哭笑不得。

以后，孟老板就本分多了。

罗长云等讲述　冯本林搜集整理

出门时时好

从前，有个客店的老板娘，十分刻薄。每逢住店的客人拿菜去做，她都得雁过拔毛，留下一些自己吃。

一天，徐荀三和几个伙伴割了二斤肉，拿给她炒。这老板娘给做了一个炒肉。大伙一看，最多只用了一斤肉。为了吃的事去和她吵，又不好意思。不说吧，心里又有气。徐荀三想了一下说："等会去把肉要回来。"

吃完饭后，徐荀三便在店子里踱来踱去。嘴里不住地说："在家千日坏，出门时时好。"

那老板娘听了，纠正他说："你说错了，应该是在家千日好，出门时时难。"

徐荀三一本正经地说："我才没错呢，我在家里时，每次割两斤肉回家，老婆都是炒个精光，吃了上餐没下餐。而你呢，就想得很周到，二斤肉只给我炒了一半，还有一半留给我下餐吃哩。”

老板娘被说得面红耳赤，只得点头称是。到了下午，照样给他们又做了一个炒肉。

白宏荣讲述　白守成整理

办　丧　事

徐苟三一生戏弄了不少财主，替穷人出了气，临死前，乡亲们都来看他，并合计为他办后事。他说：“你们和我一样都很穷，我的丧事不要大家操心，自有人办，请你们替我去把我表兄赵员外找来就行了。”

赵员外赶来，看到徐苟三要死了，因为平日里吃了他不少苦头，幸灾乐祸地说：“老表你病啦，我怎么不知道呢?”

徐苟三很困难地说：“表哥，表弟我今天就要死了。你我不是外人，我虽然穷，但到底还积攒了一点儿钱，一坛金子，一坛银子，俗话说：‘堂屋里杀猪厨房的卖，讨好也不是外人。’所以，我把你找来，这些东西都交给你，请你给我办办后事，不知行不行。”

赵员外听说有金银，满口答应了，当时就找来证人，当着乡亲们立下了合同。等徐苟三死后，他真的按照合同上讲的，买了十二圆花的棺材，置办了丧衣，还做了道场，热热闹闹地安葬了。

一切都安排结束了，赵员外避开了其他人，按照徐苟三指点的地方，一连挖出两个坛子，喜得没有办法。抱回家里，关好房门打开一看，一坛石头，一坛瓦块。赵员外气得拍胸打嘴地说：“这个撮白佬东西哪，死了还让老子上他的当哦。”

冯帮贵　用周生讲述　冯本林搜集整理

搜集地点：湖北京山县

徐家三爹的故事

（汉族）

徐家三爹是一个劳动者型机智人物。其原型系嘉庆年间湖北当阳县河溶人。他诙谐风趣，足智多谋，常与财主、奸商作对，稳操胜券，人称智多星、智口袋。其故事至今仍在湖北当阳一带流传。

楼板换劈柴

徐家三爹常常出门去当长工汉，每年开春后便上工去给老板忙春耕，一直忙到秋末冬初，谷子进了仓，稻草拢了堆，老板家不养闲人了，他才回家去。

这年年终算账时，老板七折八扣，将徐家三爹的工钱扣得所剩无几。他越想越气愤，便想出个计谋来，要惩治老板一下。

这天，起着北风，天寒地冷，老板和几个帮工的被关在屋里烤劈柴火，劈柴很干，一放进火堆中就烧得燃烘烘的。徐家三爹烤了一会儿火，与老板他们扯了会儿闲话，慢慢将话题扯到了烤火柴上。他说："我家里的烤火柴与这些烤火柴不同，我每年烤火都是烧的楼板呢！"老板问："烧得不可惜呀？"徐家三爹叹口气说："可惜也没有办法呀！我一年到头在给您帮工，没得闲空整烤火柴呀！"老板听了他的话，便在心里拨开了算盘：楼板几百钱一丈，劈柴请几个短工可以劈一大堆，我何不用劈柴换他些楼板？他想到这里，便笑了笑说："你横直是当做柴烧的，我拿些劈柴换你的楼板吧！"徐家三爹听了，忙说："我的楼板制成才两年时间，还簇簇新呢！"老板为了将楼板弄到手，提出派人帮他把劈柴挑进屋，并且等过了年再去搬楼板，徐家三爹这才答应。

过罢年，老板家搬楼板的人来了，徐家三爹忙到邻居家里借来一部梯子，爬到楼上，将铺在搁木上的高粱秆子往楼下掀，边掀边叫来人搬。来搬楼板的人不解地问："三哥呀，我们是来搬楼板的呀！"徐家三爹停住手，乐哈哈地说："嗨呀，兄弟呀，我就是用高粱秆子铺的楼呀！"

许庭银搜集整理

奇怪的家具

徐家三爹在木匠铺里帮了一年工。快腊月三十了，徐家三爹找到老板要工钱，好回家办点儿年货。

老板是一个吃人不吐骨头的家伙，专会设计谋法地坑害穷帮工的。他见徐家三爹要工钱，就皮笑肉不笑地说："三爹，难为你又在我家苦了一年，这工钱的事嘛，好说。不过有个条件，你得给我做样家具。"徐家三爹心想：这家伙又想什么鬼点子了。于是开口说道："行，你要一件什么样的家具只管说吧！"老板拿出一筒上好的杉木对徐家三爹说："我要一件不大不小、不圆不方、不高不矮、不长不短的家具，你做得好，今年就给你十担谷的工钱，做不好，那就不怪我不讲仁义。"徐家三爹想了一会儿说："家具我负责做好，只怕你搬不回来！"老板说："我如果搬不回来，工钱是你的！"徐家三爹说："那好吧，你明天带着工钱到我家来取吧。"说完扛起那筒杉木回家去了。

徐家三爹扛着杉木打街上过，肚子里已经咕咕地响了，一摸荷包，空的。他看了看肩上这筒杉木，心想，这回要让这刁老板尝尝我的味道了。徐家三爹把杉木一卖，换了些钱买了粮食回家去了。吃完饭就躺在床上睡觉，也不管他什么家具的事。

第二天，老板来了，他把十担谷的钱往桌上一放，得意扬扬地说："我给你送工钱来啦！家具做好了吗?"徐家三爹说："你要的家具已经做好了，只是现在不能拿出来。"老板问："什么时候能拿呢?"徐家三爹收起桌子上的工钱，不慌不忙地说："白天不能拿，晚上不能拿，将黑不黑的时候不能拿，将亮不亮的时候不能拿，过了这几个时辰你再来拿吧。"老板听了，气得白眼珠子直翻，灰溜溜地走了。

王友兵搜集整理

智擒金拐子

有一次，结巴子王歪嘴对徐家三爹说："徐、徐家三爹，你能把金拐子捉到，我就拜你为干、干爹!"

金拐子是个什么人呢？是沙市有名的高滑强盗，被他偷盗的人不在少数，可谁都怕他，把他无法。

一天，飘着雪、下着雨，徐家三爹打着一把半边月的破伞，挎着一个紧口布袋，包里装得鼓囊囊的，在沙市街上小心翼翼地走着。他生怕雨雪打湿了布包里鼓囊囊的东西，把它紧紧地抱在怀里，用半边月的破伞将怀中的包裹遮得严严的，自己却裸露着让雨淋雪打，一根长长的叶子烟杆斜插在背后，像是背的一杆猎枪。人称夜猫子眼睛的金拐子，一下子就瞟住了这个乡下来的人，看他那神态，断定这布袋里鼓囊囊的东西，一定是什么宝贝，便死死地盯住了。

抱着鼓囊囊布袋的徐家三爹，穿过大街小巷，来到一家金货店里。穿着一件毛皮大衣的金拐子也紧盯着那个鼓囊囊的包裹，跟踪来到那家金货店里，装着买东西的样子，东瞄瞄，西瞧瞧，其实他的贼眼一直没有离开过那个紧口布袋。

徐家三爹见这个家伙盯上了紧口布袋，先是把那个布袋放在地下，连忙又放在柜台上，之后又立即从柜台上拿下来仍然紧紧地抱在自己的怀中。他招来店老板，非常神秘地对着耳根说了几句悄悄话。那个店老板将两个指头这么一晃，徐家三爹摇了摇头；店老板又比做一个八字，徐家三爹又摇了摇头；店老板再把食指一勾，比做一个九字，徐家三爹还是不干，就抱着那个鼓囊囊的紧口布袋走了。

通过刚才的一番观察，金拐子更加确信这鼓囊囊的东西一定是金银财宝了，他下决心要把它搞到手，于是又跟踪而去。

接着，徐家三爹走进一家饭铺，一手抱着那个鼓囊囊的布袋，一手在荷包里摸钱，摸上摸下，摸来摸去，一个铜板也没有摸着，只得双手抱着那个紧口布袋坐在板凳上歇息。金拐子见有机可乘，便凑上来和徐家三爹说起话来。

金拐子问：“大爹，你贵姓呀?”

徐家三爹见金拐子和自己挤在一条板凳上，连忙让了让，双手把那个紧口布袋抱得更紧了，回答说：“我姓徐，小字辈的都叫我徐家三爹。”

“哟，我姨妈的老俵的丈人的侄儿子也姓徐，看来我们两个还是亲戚哩!”金拐子油嘴滑舌地说：“来，今天我请客!”徐家三爹还在推辞，跑堂的就把菜呀酒的送到桌子上来了。

金拐子看看时机已到，就说：“徐家三爹，今天雨夹雪，天气寒，我俩喝它个七八一十五杯，嘿嘿，来，酒逢知己千杯少嘛!”

徐家三爹慷慨激昂地说：“我徐家三爹本来是滴酒不沾的，今天你这样讲情意，来，陪你干几杯!”

就这样，你一杯，我一杯，三杯美酒落肚，徐家三爹就装着喝得酩酊大醉的样子，伏在桌子上昏昏入睡了。常言道：酒醉心明。何况徐家三爹根本没醉，他将金拐子的皮毛大衣的衣角坐着，双手仍然抱着那个紧口布袋。金拐子伸手摸了摸那个鼓囊囊的布袋，里面一个个东西圆溜溜、四方方、硬朗朗的，断定它不是金砖就是元宝，心里暗自高兴。金拐子轻手轻脚地从徐家三爹手中拿起那个布包，正要起身溜之乎也，哪知徐家三爹的屁股把他的皮毛大衣死死地压住了。金拐子想，一件皮毛大衣换一口袋贵重的东西，当然是划得来的事，便使了个金蝉蜕壳之计，脱了大衣，抱起那个鼓囊囊的口袋，拔腿就跑了。

徐家三爹呢，他不慌不忙地点燃叶子烟，一边吸烟，一边哼起“洋洋悠”来：“包袱一个伞一把，走遍天涯都不怕，遇到好人说好话，遇到恶人我不怕，我专在草里寻蛇打。”

金拐子得了财喜，穿街走巷，躲到沙市码头边一个茅厕里，打开紧口布袋一看：原来尽是些砖块和石头。天呀，上了一个乡巴佬的当啦！

偷摸拐骗门门俱全的金拐子第一次吃这样的闷亏，很不服气，乒里哐啷地把砖块、石头往江里一倒，气势汹汹地找徐家三爹算账来了。金拐子以为徐家三爹得了皮毛大衣早就溜走了，哪知他穿着那件皮大衣停停当当地坐在饭铺里，津津有味地吸着叶子烟。

金拐子一进门，劈头就说：“喂，姓徐的老头，把大衣给我！”

徐家三爹蹦起来说：“什么？把大衣给你？大衣明明是我的，怎么要给你！”

“你不还给我，我就来脱！”金拐子边说边挽袖子。

“你要抢我的大衣，老子就一烟杆敲死你！”

这件大衣究竟是谁的呢？看热闹的人越来越多，金拐子一口咬定是他的，徐家三爹寸步不让说是他的，争得不可开交，只得拉拉扯扯地来沙市法庭了。

法官把桌子一拍：“你们一不要吵，二不要闹，一个一个地说，你们都说这件大衣是自己的，有什么证据？”

金拐子抢着说：“我的皮大衣，面子是黑的，里子是白的，皮毛是豹子皮。”

“有什么记号呢？”法官追问道。

金拐子答不上来。

徐家三爹接过来说：“我的大衣也是黑面子，白里子，豹子皮，一烟杆搭一（烟杆）脑壳子长，里子的边角还烧了一个洞。”

法官将皮毛大衣翻过来一看，果真有个洞，又接过徐家三爹的烟杆一量，果真是那么长。

事证确凿，不可抵赖。法官把令牌一拍：“来人啦，跟我把金拐子捆起来!”

金拐子趴在地上抱住法官的腿子申诉说：“法官，我说实话，这件大衣的的确确是我的，不过是我偷的钱做的！法官，法官！这个大布口袋才是姓徐的哩！他装着石头假充金银财宝到处招摇撞骗。”

徐家三爹胸有成竹地说：“法官先生，我的东西都写有我的名字，或者做有记号，请法官先生里里外外察看清楚。”

法官将口袋翻过一看，口袋里面写着“金记”两个字。法官又把令牌一拍：“金拐子！你血口喷人，好不老实，理应罪加一等。上！把他脚镣手铐，送进地狱，监禁起来!”

“是!”

自从徐家三爹在沙市捉住了金拐子，徐家三爹就更加远近闻名了。从此，结巴子王歪嘴就拜徐家三爹为徐家干爹了！

简隆云讲述　鲍传华搜集整理

颠掉黑鱼脑壳

板桥镇有家鱼行，老板是一个鸡蛋里面挑骨头、鱼刺里面榨香油的角色，他买空卖空，盘剥穷人，打鱼的兄弟们吃了他不少苦头。

一天，徐家三爹和几个伙计到镇上办事，看见鱼行老板正在卖黑鱼。伙计们早就晓得鱼行老板的为人，商量要办他一家伙。可是怎样才能对付这个刁猾角色呢？伙计们你望我、我望你，都说不出个子曰来，于是一齐把眼光投向徐家三爹，都知道他能颠掉人。徐家三爹把那二尺长的叶子烟袋在鞋底子上磕了两磕，又往颈项后头一插，不慌不忙地说道：“我倒有个办法，要他把黑鱼身子卖给我们，要他自己把黑鱼脑壳留到!”伙计们一听都笑开了！

"猪也没有这么高的腿哕人家睁着眼睛让你讨好?"徐家三爹笑了笑说:"信不信由你们,等下买到黑鱼,有脑壳我出钱请客,没有脑壳该你们请我喝酒。""要得!"伙计们要看徐家三爹耍什么把戏,都爽快地答应了。

徐家三爹大步往鱼行走去,老远就喊:"老板,生意兴隆啊!"鱼行老板一脸是笑:"托福,还混得过去。老客,买点新鲜鱼回去吧?"徐家三爹蹲在鱼摊子面前,左看右瞄,指着几条大黑鱼说:"老板,像这么大的黑鱼脑壳几个钱一斤?"老板很奇怪:"老客为何只买黑鱼脑壳?"徐家三爹叹了口气说:"您不晓得哟,人背起时来喝凉水也顶牙齿。我老婆得了一种怪病,先生说要黑鱼脑壳熬汤喝才能好,我跑了好多地方才晓得您这里有时卖黑鱼,您看,这来得早不如来得巧,真碰到啦。"鱼行老板听了,一双绿豆眼连眨直眨,脑壳里飞快地一转,话出口就不同了:"老客,这物以稀为贵,你肯出这个价?再说,你把黑鱼脑壳剁走了,这鱼身我还怕卖不出去呢!"徐家三爹说:"要者为贵,随便您说什么价都行。"老板一听笑眯了眼,砍下鱼脑壳过了秤,议了价。徐家三爹摸摸身上,忽然一拍脑壳说:"哎哟,您看我这鬼记性,把钱包放到娃子妈手里啦。您帮忙把鱼脑壳收好,我去拿钱。"

徐家三爹走出鱼行,几个弯一转,找到伙计们说:"你们快去,一个说要鱼脑壳,一个说要鱼身子。"两个伙计去了。老板见又有人来买黑鱼脑壳,越发得意,连连说鱼脑壳已经被人买了。两个伙计提了没有脑壳的黑鱼,同徐家三爹一起喝酒去了。

鱼行老板卖了黑鱼身,留下鱼脑壳,还坐在躺椅上洋洋自得地捻他那几根老鼠胡子,心里盘算着还要敲那买鱼脑壳的一竹杠,但是直到天黑,不见人来,这才晓得放团鱼喝水——吃了一顿闷亏。

后来,人们说起那些智多星时,都喜欢说:"他能颠掉黑鱼脑壳!"

杜吉章　史家成讲述　王友兵搜集整理

半头“鲁”的故事

徐家三爹不吃鱼，这是亲戚朋友都晓得的事。有年过端午节，徐家三爹的老表请他做客，老表是个小气鬼，请人带来一张请帖，上面写着：“五月五日午，天师骑艾虎，我请老表无别菜，碗里盘里半头‘鲁’。”徐家三爹请人一念，以为半头鲁是一种新菜名，高兴地答应了。到了端午节那天中午，徐家三爹赴宴做客，见满桌子都是鱼，没有别的菜。徐家三爹很生气，老表说：“我请帖上写的半头鲁，‘鲁’字的一半就是鱼嘛。”徐家三爹忍气吞声，吃了一顿寡饭。

第二年五月五日，徐家三爹也请老表过端午节，请人送去一张请帖。老表打开请帖，上写“五月五日午，天师骑艾虎，我请老表无别菜，就只弄了半头鲁。”老表一看哈哈大笑说：“我就只喜欢吃鱼，看你心疼不心疼。”老表到了徐家三爹那里，见大门外早已摆好了八仙桌。徐家三爹招待老表座了上席，等了两袋烟功夫，还不见端菜来，中午的太阳晒得垮汗直流，徐家三爹笑了笑说：“半头鲁的味道还好吧？”老表说：“鱼还没有端来呀？”徐家三爹说：“我的菜早端出来了，你上回弄的上半头鲁，我这回弄的下半头鲁。”老表听了气得站起来跑了。

文光福搜集整理

高鹞子的故事

（汉族）

高鹞子是一位劳动者型机智人物，在故事中通常以短工、流浪汉等身份出现。其原型高耀祖，据说是清代四川南溪县人，因身材高，又如鹞子一般机灵，故得此绰号。其人滑稽多智，喜欢捉弄恶人，也拿亲友、邻里逗乐，甚至搞恶作剧。他的故事流传于川南各地。

栽稗免租粮

春三月，一家佃客[①]请东家去开秧门[②]，刘算盘坐着滑竿来到秧田边上，三根拇指扯起四五根秧苗，就算完成了礼仪，不免在秧田边流连片刻，观赏景致。他看见佃客全家大小下田扯秧子，把稗子全拣出来丢掉，便恼怒地说："难怪，把又高又壮的秧子扯来丢了，还年年都说收成不好，要我减租子，简直是关山上革胡琴——鬼扯。"佃客赶忙说明那是稗子，栽起只吃肥料不结谷子吊吊。

这时，正遇高鹞子牵牛路过，便为刘算盘辩解道："我们家爷，读过万

① 佃客：即佃户。

② 开秧门：佃客每年第一天栽秧子，要请东家去扯第一把秧子，以示大吉，谓之开秧门。

卷书，未必连秧子稗子都分不到？他老人家是秀才不出门，能知天下事，哪一样不懂？”刘算盘听了，十分受用。

佃客急着要解释，高鹞子又说：“老板，我们不同他辩，只要把这些好秧子弄回去，栽在屋当门的肥水凼里。等二回结了谷子，按这好收成加他们的租。”

稗子栽在刘算盘家门口的肥水凼里，长得一片墨绿，刘算盘喜在心头，笑在脸上，暗暗打着加租的小九九。

一晃到了立秋，那稗子结的吊吊又小又短，刘算盘有点慌神。再过几天，大太阳一晒，稗子黄了；又过两天，稗子老了，落得光刷刷。

这时，佃客提着肥鸡母上门来，说今年是假丰年，看到谷子长得好，却是不结子，颗粒无收。

刘算盘偷鸡不着倒蚀米，只好减租粮。

黄泽发　张汝宜搜集整理

智惩相师

一天，川主庙填填头来了个相师，号称“看一眼”。就是说他给你看相断命，只看一眼就能判断你的吉凶祸福和寿命长短；吹得神乎其神，不大一阵儿就被围了个里三层、外三层。

恰好高鹞子从这里过，听到圈子外头有人在议论，便不声不响地挤了进去，要看个究竟。

这个时候，刚好那相师又看完了一个人的相，收了一块大洋。只听他说：“兄弟自幼投拜名师，受高人指点，凭相断命，论命取钱。今天路过贵地，只看半天。要知吉凶祸福，莫舍不得那一块、半块大洋。要看相的朋友，请早。”

高鹞子在那里看了不大一会儿功夫，那相师就取了四五块现大洋。他走出去转了一下又回来说：“老师，麻烦你给我看个相，你看我的财星咋个样子?”

那个相师认不倒是高鹞子是这一带的人，见他穿得土里土气，把他当成一般的庄稼人，便开口冷冷地说：“大哥子，说句不怕你多心的话，要蚀财呀!”高鹞子听他说了，又故意把耳朵挨拢去问：“老师，你说啥子呢?”那相师心头好笑，好一个乡巴佬，今天我要耍一下你，表面上不动声色地重复一遍：“大哥子，不是我咒你，你要蚀财。”高鹞子这才恍然大悟说：“啊——我蚀过了呀!”相师说：“你看你嘛，你印堂带煞，这个财要蚀得大，才能躲过灾星。”高鹞子点了点头说：“就是就是，我蚀了个大大的财，昨天我那根当家的大牯牛从岩坎掉下去，一下就摔死了。”那相师一听趁机吹嘘起来：“各位，你们看，我和这位大哥子素不相识，我说他要大大地蚀个财，他就要大大地蚀个财，连大牯牛都摔死了，这不是我凭空说的，是他相上……”“老师，”高鹞子一下打断他的话：“老师，我在牛肚皮头拣了砣牛黄，在药铺头卖了一百块现大洋，连两根牛都买得回来啦!”那相师心头一惊，表面上却不露声色，死死地盯着高鹞子，只见高鹞子这时手脚都像没得搁处一样，实在是个乡巴佬嘛。相师才定了定神，心想，怕你个黄泥巴脚杆，还想来考我?他心头打了个转转，连忙改口说：“大哥子，你莫慌嘛，我话还没有说完呢，你印堂发黑，还有下文嘛。你左脸青，右脸白，这叫青龙冲白虎，以煞制煞，这蚀财就免了呀!”这时，高鹞子怪模怪样地干笑了两声，“嘿，我这个相，有点怪，我卖牛黄的钱，又拿跟扒儿哥[①]摸起去了!”周围的人也懂了窍，大家哄的一声就笑了，相师这才晓得碰到了搅客，连忙换成一副笑脸，双手一拱，小声小气地说：“师兄，小子有眼无珠，多有冒犯。常言道得好，朝廷有法，江湖有礼，青山常在，绿水长流，两个山头不会，两个人要会，今天算兄弟拜会大哥，请多海涵。”高鹞子只眨了几下眼睛，没有开口。相师又说：“你我都是自家人，长了可以截，短了可以接，大家把门关起来说，散了场，兄弟我请客!”高鹞子还是不买账，他说：“我是来请你看相的，你凭相断命，论命取钱；请我做什么呢，未必我还长了吃

① 扒儿哥：扒手。

相?”那相师一下子下不倒台了，半天开不倒口，围的人越来越多了，高鹞子直是催：“喂，老师，你说，我到底是蚀财进财啊，不要跟着我滚呀!”相师着急惨了，见高鹞子不让路，只好硬着头皮顶下去：“大哥子，我说你闲事少管，无事早归。你看，炖在沙锅儿头的鸭子都飞了，你不是蚀财是什么？哪个跟着你滚!”高鹞子嘻嘻一笑，从怀兜头摸出一个钱口袋，提起来一摇，“咣当咣当”直响。他说：“老师，你看，我的钱拿跟扒儿哥摸了，码头上的王大爷又跟我请回来了!”这一下团转的人哄堂大笑起来。那些才看了相的晓得上了当，也直喊退钱。相师突然凶神罪煞地一把抓住高鹞子说：“客伙，少在码头上充正神，走，去把舵把子王大爷评评理!”高鹞子轻轻儿地把相师的手甩开，大模大样地说：“你凶什么？未必我高鹞子还怕跟你两个评理？走吧!”啊！高鹞子！团转的人一下哄了起来。他们早闻其名，今天算是亲眼得见了。相师一听这三个字，才晓得碰到麻烦了，连忙起身要走。不料，高鹞子一步上前拦着他说：“把今天收的黑心钱退出来再走!”那相师没想到高鹞子还有这一手，又听围观的人们也一齐助威，高声叫喊：“退钱!”他只好一五一十地把大洋退给那些看了相还没走的人，这才低着头钻出了人群。

这时候高鹞子便把他的钱袋举起来底朝天一抖说：“大家请看，这就是我卖牛黄的钱!”只听得“哗”的一声，口袋头倒出来的全是碎瓦片儿，就是他起先出去在灰堆里面捡的。

黄泽发讲述

江定川搜集整理

你有七算我有八算

在回家的半路上，高鹞子碰见帮刘算盘当长工的大哥被人用门板抬回家。原来刘算盘要他从早到晚做活路，一顿只准吃一碗饭。结果又累又饿，得了重病，半死不活，逼倒退工不说，还倒欠刘算盘十两银子，因为上工时讲明了的，半路退工，要倒赔银子。

高鹞子不服气，对大哥说："我去给你抵债。"扭头就去找刘算盘。

刘算盘一看又来一个钻圈圈[①]的，而且身强力壮，心头暗暗高兴。便依样写了字据：

白天犁耙栽秧，
全听老板铺陈；
吃了夜饭睡觉，
牛圈马房安身；
红薯杂粮干饭，
一碗就算一顿；
谁先开口辞工，
要罚十两纹银。

高鹞子二话不说，按了手印。

第二天吃早饭，刘算盘守着高鹞子吃了一碗饭，高鹞子说："老板，我把中午那碗饭一下吃了，免得中午回来耽搁时间，好多干活路。"刘算盘马上答应："要得，要得。"他叫人又舀了一碗递过去，高鹞子吃完又说："老板，我干脆把夜饭一下吃了，免得又回来吃夜饭收早工。"刘算盘心想，这个憨包儿比他哥哥还憨，难得找到这种勤快人，笑嘻嘻又舀了一碗饭端过去，说："你这个主意太好了，以后应该天天这样。"讲完，眼鼓鼓看到高鹞子又把一碗饭吃光了。他摸摸嘴，伸伸腰，打了两个响饱嗝，懒洋洋地对刘算盘说："老板呀，现在夜饭都吃了，请你叫人帮我舀点水来。洗了脚才好去睡瞌睡。"刘算盘一听气慌了："你这懒虫，吃了我三顿饭，活路没摸，还想去睡瞌睡，简直在放屁。"高鹞子不慌不忙说："白纸黑字，写了约据，不是说明吃了夜饭睡觉吗？今天这样，以后天天都这样，也是你红口白牙答应

① 钻圈圈：自投罗网。

的。咋个翻脸就不认账了?”问得刘算盘哑口无言，原想自己算盘精，算得长年只干活路不吃饭，没想到算进来一个只吃饭不干活路的，长此下去，等于白供一个老人。唉，长痛不如短痛，赔十两银子算了。

刘算盘只好自认倒霉。

翁国禅讲述

张德金采录

萧德儿的故事

（汉族）

萧德儿是一位劳动者型机智人物。他的故事诙谐有趣，以捉弄财主的作品居多，流传于湖北嘉鱼县一带乡村、城镇。

卖跳蚤药

一天，萧德儿看见一个财主婆在太阳下捉跳蚤。灵机一动，他就在地上捧起两把黄土，用纸包成几小包，边走边喊："卖跳蚤药哦，卖跳蚤药哦。"财主婆听到喊声，抬头一看，见是萧德儿。就问："萧德儿，跳蚤药几多钱一包?"萧德儿说："我今日早上还有吃饭，只要你给我下碗面，打几个鸡蛋，我就把一包你。财主婆心想：这一包药少说也能用上几个月，就满口答应，她生怕萧德儿不愿意，赶快下了一大碗面，打了四五个荷包蛋。

等萧德儿吃完了，财主婆就问："萧德儿，你这药么样用法?"萧德儿抹了抹嘴巴说："聊撇得很，你捉到跳蚤以后，把它的口撬开，放一点儿药到它口里，过一会儿，跳蚤就活不成了。"财主婆一听，气得眼睛都鼓起来了。

熊胡子讲述　熊承波搜集整理

巧戏贾三爷

嘉鱼城西有个贾三爷，一字不识，靠家里有钱买了个官做，到处摆威风。贾三爷一爱喝酒，喝了酒不把钱；二爱闹皮，横蛮不讲理。大家当面喊他贾三爷，背后叫他贾三——“夹生”，二百五的意思。

这一天，贾三爷带着账房先生又要赖在酒楼喝酒，老板急死冇得法。恰好萧德儿路过这里，老板就求他想个法子，把贾三爷请起走。萧德儿点头同意了。

贾三爷看见萧德儿走过来，一招手说：“萧德儿，都说你有板眼，今天我请你喝酒！”萧德儿一拱手：“不敢当。我滴酒不尝。”贾三爷听了，眼睛一鼓：“你不喝？那就跟老子们筛酒！”萧德儿说：“筛酒可得，先打个赌。我考你三个字，答对了，我筛酒；答错了，你就给我出去。”贾三爷仗着有账房先生坐在身边，就答应了。

这时候，酒楼上围满了人，有看热闹的，有替萧德儿担心的。只见萧德儿微微一笑，伸出手指划了一撇一捺。账房先生偷偷地说：“人，人字。”贾三爷照着说：“人字。”第一盘萧德儿输了。接下来，萧德儿不慌不忙又问“加上一横呢？”账房先生急忙教他：“大，大人的大。”贾三爷晃晃脑壳喊道：“大，大人的大。我是大人，坐在上席；你是小人，站在下首。”这一回，萧德儿吃了亏。萧德儿忍了一口气，指着贾三爷的鼻子问：“大字加一点是么人？”账房先生提醒说：“是太爷。”贾三爷站起身来跟着讲：“对，是太爷。哪个人不认得太爷，是我爷[①]。”这下子围观的人都急了，见三个字都被贾三爷答上了，认为萧德儿今天输定了。

天晓得萧德儿摇了摇头，摆了摆手说：“不对，我那一点不是加在下边，是加在上头。”

贾三爷早就不耐烦了，举起空酒杯，不等账房先生开口就抢着说：“大

① 爷：方言读作“牙”，指父亲。

字下边加一点是我爷，上头加一点那就是我胡爹[①]。”话一出口，满堂人都忍不住笑了。账房先生晓得上了当，拉着贾三爷蔫头奋脑地离开了酒楼。

蔡礼炎讲述　华红搜集整理

数　节　气

萧德儿老两口一生过着勤俭日子，不是逢年过节，人来客往，轻易不称肉，不打酒。这天有位老表来了，进门就喊萧德哥，真是亲热极了，萧德儿连忙叫老伴斟茶。老表说：“喝茶倒不忙，今天要跟萧德哥搞点‘六七八[②]’，看谁是海量。”萧德儿明白，这个到处撮吃撮喝的老表又发了酒瘾。

萧德儿的婆婆心肠好，只一刻儿，就把酒菜摆上了桌子。萧德儿把两个酒杯满满斟上。老表鼻子又尖，闻到酒香就慌了神，端起酒盅要“架势”。这时候，萧德儿把手一抬，不急不忙地说：“今天我们老表伙里喝酒，兴一个规矩，先数节气，数到节气的就喝酒，数不到的不能喝，你看行不行?”这老表心里馋着酒，眼睛瞄倒酒，也有细盘算，随口答应：“数就数，哪个先数呢?”萧德儿说：“老话说得有，东家不饮客不餐，我开头，你接着，听我的啊！正月里来正月正，爆竹声声迎新春。”说罢举起酒盅一饮而尽，夹了一块肉，吃得蛮有味。

老表馋涎直滴，忙说：“二月里来二月二……”

萧德儿一笑：“二月二冇得节气。听我的！三月里来三月三，清明时节吃鸡蛋。”萧婆婆在一边点头：“是咯，地米菜煮鸡蛋，吃了脑壳不痛。”萧德儿又是一盅酒，一块肉。

这时候，老表急得不得了，边想边哼：“四月里来四月四……”

萧德儿这一回呀，先举起酒盅，放开喉咙说：“五月里来五月五，划起

---

① 胡爹：方言，指祖父。

② 六七八：酒（九）的隐语。

龙船过端午。”话音刚落，把酒盅在老表眼前一晃，喝了个底朝天。

“六月里来六月六，六月六……”老表又作了梗。萧德儿问：“六月六是个么节气哟?”“六月六。晒红绿。对！晒红绿，家家户户不是跟过节气一样?”老表喊起来了，萧婆婆帮着转了一个弯：“是啊！六月六算个节气。”老表张口把杯酒喝得一干二净，一筷子夹了两块硕肥肉。

萧德儿再往下数：“七月里来七月七，牛郎织女会佳期。”萧德儿第四盅酒进了口。

“八月八……”老表又成了哑巴。

萧德儿笑了笑：“八月八，冇得法！九月里来九月九，重阳佳节菊花酒。”萧德儿斟满了第五盅，笑嘻嘻地瞄着老表。老表这时才醒悟过来，数来数去都是干相，冇得他喝的酒，马上就蔫了火，一动不动了。萧婆婆这时说了一句：“哎呀！难怪老表冇得劲的，还是六月六喝了酒的咧!”

蔡礼炎讲述　谢忠告搜集整理

盛老九的故事

（汉族）

盛老九是一个劳动者型机智人物。据说清朝末年，应城膏盐洞上有一个很聪明的洞工叫盛老九。因其人酒量很大，一喝就是两三壶不醉，于是就得了“盛老九（酒）”这个外号。他智斗奸刁、凶狠的老板和把头的故事，在湖北应城矿区一带流传较广。

巧整“鬼不缠”

过去，应城膏盐洞上，有一个奸狡吝啬的老板，非常刻薄工人，除了不给工人吃饱饭外，干活还不准歇界，所以工人都不愿意在他的洞上做工，还给他送了个绰号叫“鬼不缠”。

有一年，“鬼不缠”从汉口搞了一个“黑头车子”[①] 回来，日夜在洞口提吊石膏，洞下一百六七十人打石膏还供应不上吊车往上吊，连续做了两个多月，许多人都累病了，累死了，“鬼不缠”还不松口让工人歇一歇，老九看到这种情形，决心这一回要好好地掰一下“鬼不缠”。

他偷偷地躲进吊篓里，叫伙计们衬上棍子，再往上面堆上石膏混出洞

① 黑头车子：一种柴油机动力的吊车。

外，然后趁夜深人困天黑的时候，从吊篓里钻出来，溜进机房，躲到大木桶做的水池里，把黑头车子的进水管子塞死。不久，黑头车子的冷却箱就爆炸了。全洞停产了。

“鬼不缠”一听说车子坏了，急得像热锅上的蚂蚁，乱蹦乱跳，管账的把算盘一扒，内外一翻是千把块现洋不见面。“鬼不缠”派人到汉口去买零件，来回得大几天，工人们纷纷要求出洞，“鬼不缠”又怕工人上来炸了箍，连忙说：“不必不必，大家就在洞下休息，肉酒肉饭送下来你们吃。”盛老九在旁边嘿嘿一笑，立即说道：

那，好哇——

鬼不缠，你莫怪

我们休息，你买菜！

说得大伙一阵哄笑。这一回掰了一下“鬼不缠”，大伙足足地休息了一个星期。

智斗把头

有一年，伙计们合计要升八百钱的工资，老板不答应升。盛老九就挑动东西两边的工人拿起扁担把老板的熬锅打了个稀巴烂，还把老板潘非子的胡子滴了一撮，逼得老板不得不把工人的工钱长到一串。

事后，盛老九被老板解雇了。

解雇后，盛老九为了糊口，就在盐棚旁边搞了一块地方，靠刮点盐头维持生活。老板知道后，吩咐一个把头叫全坤老幺的把他撵走。全坤老幺很狡猾，见老九长得身魁力大，不敢亲自动手，连面也不敢露，只有唆使十几个喽啰来撵他。那时，老九把袖子一捋，大吼一声：“看哪个有种的敢上来！”十几个家伙一听都吓跑了。后来，全坤老幺又跟老板出了个鬼点子，深更半夜暗地里派两个人挑了两担炭泡子倒在老九刮土的地方，第二天就进城告状，诬陷盛老九偷盗，想买通县太爷把他下狱。

县太爷的传令下来了，盛老九喊来老伴说：“婆婆，把那点麸面给我做两个粑粑，这回我要坐牢去。”老九背起褡裢，统上麸面粑，告别了老伴和穷哥们，还跟一个要好的兄弟耳语一阵后，就上县衙门了。

盛老九进县衙门像根大柱，一下立在审堂上。县太爷拿起惊堂木用力一拍，“贼子盛老九为何不跪?”

老九答道：“启禀县太爷，为人不做亏心事，半夜敲门心不惊，有理宁可站到死，无理跪下求残生。”

老九说罢，县太爷又问：“你偷潘和记老板的炭泡子，倒在你刮土的地方，还胆敢在此狡辩，本堂要问罪于你。”

老九说：“为官扶正，问罪要问有罪人，小人一没有偷，二没有抢，何罪之有？在此小人倒有一问，小人偷盗炭泡子何人为证？何物为凭?”

县太爷：“人证物证俱在。”惊堂木一拍：“带证人上堂。”

“喳——”随着衙役一阵长叫，全坤老幺像条癞皮狗跪倒在大堂之下。

县太爷的惊堂木又是一拍，“全坤老幺，盛老九偷盗一案，你可作证?”

全坤老幺眨了眨他那两只鳝鱼眼，说：“正是这贼子偷了我家老板的炭泡子，炭泡子就是证据。”

县太爷听后，扯过脸来：“盛老九，现在证人已经证明，你是邪恶之徒。”

盛老九：“望县太爷现场查明。”

县太爷把惊堂木重拍一下：“人证物证俱在，休要抵赖，快快如实招来，如若不招重打五十大板。”

老九：“启禀县太爷，且慢，小人禀告：唐宋元明清，古今传明文，捉奸要拿双，定贼出赃证。祈望县太爷现场查明!”

全坤老幺道：“祈望县太爷一定现场查明。”县太爷只好派了衙役押着他们两人到现场查实。

结果，在盛老九刮盐土的地方，没有炭泡子，反倒在全坤老幺的后园墙角里发现了堆着的炭泡子。

这是怎么一回事呢？原来盛老九清早起来，见刮土的地方堆着炭泡，就知道是全坤老幺把头搞的鬼。当衙役传令时，他和伙计们商量，是伙计们把这堆炭泡子巧妙地转进全坤老幺后园去的。

回到堂上，县太爷大怒：“全坤老幺，明明是你偷了老板的炭泡子，反倒诬告别人，该当何罪!”

全坤老幺浑身哆嗦，无话可答。县太爷当场放了盛老九，把全坤老幺打了五十大板，并罚款十吊。

以上二则刘世华讲述　张正楷整理

谎张三的故事

（汉族）

谎张三是个虚构的劳动者型机智人物，各地叫法大同小异，除谎张三外，还称为张三、张老三、张扯谎、三扯谎、谎三等。其故事流传于我国西南、华东、中南、华北、东北、西北许多地区。不同地区的谎张三故事颇多变异，各具特色，但都具有构成其统一性的共同特点。在我国的好些少数民族中，也流传着这个机智人物的故事，如苗族、傈僳族、白族、彝族、满族、土家族。

吃米粑

谎张三的岳父是个大财主。他爱财如命，对穷人十分刻薄。但这人还见人三分笑，满口仁义道德。人们都说他是老虎戴佛珠——假充善人，所以背地里都喊他“假善人”。假善人早先把女儿嫁给了谎张三，待自己成了财主，就看不起谎张三啦，有时还向谎张三背后捅刀，因此，谎张三十分恨他，有心狠狠地整治他一番，也为穷人出口气。

一天，谎张三给假善人砍柴。他背着柴回来，又累又饿，进院里时，假善人正在堂屋里，烤着黄生生的米粑，蘸着蜂蜜，吃着又香又甜。假善人看到女婿进来，急忙把米粑埋进炭灰里，把装蜂蜜的碗藏在屋门后。谎张三把这一切都看在眼里，心想，我辛辛苦苦给你砍柴，你还这样不把我当人看，我今天非把你的米粑吃了不可。于是，他走到假善人身边，连连喊道："饿死我啦！饿死我啦！爹，给我点儿吃的吧！"假善人口里说着："辛苦，辛苦！"把双手一摊，做出为难的样子："唉！张三呀！你赶迟了一步，我们刚刚吃了点儿剩饭。不过，贤婿呀，你再去砍一背柴回家，不是就吃晚饭了吗。"谎张三憋了一肚子气，但装出和气的样子，说："爹呀！小婿等不到吃晚饭了，还要回家下地去呢！"假善人听了一愣："嗨！农闲时节，下什么地呀？""唉！您老人家不知道，我这几天正在犁荒地。你看，就像这样：耕过来，犁过去。"谎张三说着，拿起扒火棍，在火盆里翻起来，把假善人埋在炭灰里的米粑全翻出来了。谎张三拿起米粑，假善人暗暗叫苦。这时，一只大公鸡在房门后"喔喔喔"地叫唤起来。原来它发现了碗里的蜂蜜，在招呼院里的大母鸡呢！假善人一听，可急坏了，连忙奔过去。谎张三问他："爹，这是什么呀？""这……这是面糊。""是呀！这面糊给鸡吃了多可惜，我把它吃了算了。"说着，从假善人手中接过蜜碗，拿起米粑，蘸起蜂蜜，津津有味地大吃起来。假善人瞪着一双牛眼睛，气得说不出话来。

炒豆喂鸡

谎张三的妻子添生了，岳父岳母谁也没来看一眼。家里穷得揭不开锅，哪来鸡呀蛋的呢？妻子对于父母的刻薄，非常伤心，谎张三安慰着她，并且想了一个办法，到假善人家里去要鸡。

谎张三来到假善人家里，向岳父岳母报了喜。但是，假善人一毛不拔，什么也不肯给他，只假惺惺地问这问那，要谎张三很好地服侍妻子。谎张三口里应着，眼光不停地搜寻着，看到假善人的那群鸡进院里来了，连忙说道："爹，你家这群鸡好肥呀！一天收几十个蛋吧？"假善人以为谎张三想敲他的竹杠，要他的蛋了，忙回答说："哪里，哪里！别看它们又肥又壮，却是一些不会生蛋的朦母鸡①呀！”谎张三趁机说道：“呀，是朦母鸡吗？怎么不早说呢？我们家喂的两只母鸡，原先也不会生蛋，后来不但生了，而且每天一只鸡还生两个蛋呢！”假善人心想：一只鸡每天生两个蛋，那这群母鸡都这样，不就发了吗！于是说道：“贤婿呀！你就告诉我吧。俗话说，亲戚望好，本家望倒。做丈人的有了，哪会缺少女儿女婿的一份呢？”谎张三神秘地说道：“这可是秘方呀！千万不可对别人说起！”“是是是！”“每天用炒豌豆喂，一只母鸡就能生两个蛋了，这可是一项不小的收入呀！”假善人忙叫谎张三去炒豌豆。

谎张三在灶膛里烧上大火，拿豌豆在锅里炒起来。火大锅红，不一会儿，豆子就在锅里“乒乒乓乓”地炸起来，炒得滚烫滚烫的。谎张三把滚烫的豌豆向院里的鸡群撒去。鸡看到大粒大粒的豆子，“扑腾扑腾”地围了上来抢吃开了。鸡吃了滚烫滚烫的豆子，立即在院子里难过地奔逃起来，不一会儿功夫，就一只只伸直双腿死掉了。假善人急得跺脚捶胸，谎张三从地上拣起几只大母鸡，回家去了。

“抢　劫”

这天，谎张三又来到假善人的家里。假善人因一连几次上了谎张三的当，一看到谎张三，就恨不能上去咬几口。这时，假善人瞪着眼睛骂道：“你这吃里扒外的穷鬼，给我滚出去！找上你这狼心狗肺的东西，是我瞎了眼！是我倒了八辈子的霉！”假善人骂着，不要命地扑了上去，被一旁的长工拉开了。谎张三看着假善人，在一旁“嘿嘿嘿”地直笑呢！假善人却口吐白沫，越骂越上火：“骗子！强盗！有本事你就把我的家产搬去，我用八担厚礼谢你！”谎张三听了，心里暗暗发笑，却一本正经地说：“爹呀！您老别生气，假若您老允许，那我三天之内就来搬了！”“来吧！老子等着你，看你有多大本事！”“不是小婿夸口，”谎张三转了转眼珠说：“您老若听到锣鼓、

① 朦母鸡：因过分肥胖而不会下蛋的鸡。

喇叭声，那就是小婿吹着打着，来抢您老人家的财产来啦!”谎张三说完，大摇大摆地出门去了。

一听谎张三这一说，爱财如命的假善人，又后悔起来。他整天提心吊胆，惶惶不安。晚上，明月刚刚挂上树梢，震天的锣鼓、喇叭，就在村前的山顶上响起来，假善人全家惊慌失措，乱作一团。锣鼓响到半夜停止了。假善人以为谎张三进村了，叫家人严加防备。全家看守了一夜，没有见到谎张三的影子。

第二天晚上，山顶的锣鼓喇叭又响了半夜，全家人打起精神，又熬了个通宵。

第三天，假善人全家整天迷迷糊糊，眼皮在不停地打架。刚刚熬到天黑，锣鼓、喇叭又在山顶上响起来，全家在假善人的威逼下，谁也不敢去睡，看守那满柜的金银，满仓的粮食，满屋的家具。哪知，又空等了一夜。

第四天，半夜了，却没有听到前几日的锣鼓声。假善人心想，夜这么深了，还没有动静，也许那穷鬼已经累够了。于是就叫一个家丁看守，其余的人便像死猪一样地呼呼睡去了。过了一会儿，那看守的家丁也像稀泥一样躺了下来，打起了雷鸣般的鼾声。

再说谎张三回家以后，心想：猪一样的财主，都是穷人的血汗喂肥的，山一样的财富，都是穷人的血汗积累的！就是把假善人的财产全搬来，那也只是物归原主罢了！他就邀约了几个穷伙伴，把所想的法子告诉他们，伙伴们全都乐了。晚上，六七个穷哥们在山顶上敲起锣鼓，吹起喇叭，佯装要去搬假善人的家产。就这样，他们把假善人全家折腾了两天三夜。

这天夜里，谎张三和他的穷伙伴，带上锣鼓、喇叭，赶上几匹临时凑借的骡马。把锣鼓藏在往日吹奏的山顶上，赶着骡马悄悄向假善人家走去。夜深人静，假善人全家和家丁们，全都进入了梦乡。谎张三爬上围墙，神不知、鬼不晓地打开大门，伙伴们立刻进了院子。两只一黑一白的狗刚发出叫声，就被谎张三用猪肉哄住，接着就不声不响地把它们勒死了。伙伴们又赶出厩里的几匹骡马，把满屋的金银、粮食、衣物尽力地驮在马上。顷刻，假善人的财产就空了大半。

伙伴们赶着骡马走了。谎张三又安排了一番。他把一只老公羊杀了，割下羊头，撑开羊嘴放进灶膛里，又在吹火筒里安上哨子，放在灶门前顺手的地方。假善人躺在楼上看守，这时也呼呼睡得正香。谎张三在他的前面撒了些豌豆，把羊肠子沿着楼梯拉下来，临走，又剥下两张狗皮，取下两口大铁锅，把狗皮披在铁锅上，放在屋檐下。一切安排停当后，谎张三便去追赶穷哥们。他们走到村前的山顶上，又敲起锣鼓，吹起喇叭来，一直乐到天亮。他们回到村里，把假善人的财物全都分给了穷苦百姓。

再说假善人听到锣鼓声，从梦中惊醒，忙伸手去摸身旁的粮食，粮食不翼而飞，再打开身下的金银柜，金银空空如洗。顿时，他吓得手忙脚乱，驴子似的大叫起来，“不好啦，不好啦！谎张三来啦！”他慌慌张张地刚走了一步，就踏在滚圆的豌豆上，被摔了个仰面朝天。假善人忍着剧痛，一步一爬地摸到楼梯口，双手又触到了软绵绵的羊肠子，吓得一声惊叫，一闪身，一脚踩到羊肠子上，顺着滑溜溜的楼梯一头栽了下来，摔得鼻青脸肿，半天爬不起身。

假善人的老婆子耳朵不灵，被假善人的惊叫声吓醒，不知发生了什么事。屋里一团漆黑，她慌乱了一会儿。才想起点灯。忙乱中，她裤子也来不及穿，就端着灯向厨房摸去。老婆子摸到了灶前，用烧火棍往灶膛里一扒，怎么也扒不动，伸手一摸，却把手伸进羊嘴里去啦！羊嘴合了下来，把老婆子的手紧紧夹住了。她一面怪叫，一面拿起吹火筒往灶膛里乱打，又使劲往里一吹，吹火筒“嘟嘟嘟”地响起来。天呀！这是怎么回事呀？难道遇见鬼啦？还是灶王爷爷发怒啦？她使劲把手从羊嘴里拉出来，趴在灶前，不停地磕头求饶：“灶王爷呀灶王爷！请你饶恕我吧，我不穿裤子进灶房，今天晚上是头一回呀！”

假善人忍着疼痛从地上爬起来，点起火把一看，院门大开，屋里的财产全被抢得一干二净，假善人像死了爷娘老子似的号啕大哭起来。接着，又把家丁们臭骂了一顿。突然，假善人又看到屋檐下的两只狗，一黑一白，安然地卧在那里，真是火上浇油，一语双关地大骂道：“畜生！白吃干饭了！”随手捡起身旁的大石头，向两只狗使劲打去，只听，“哐哨”两声，把两口大铁锅砸碎了。

以上三则金武搜集整理

流传地区：云南

挑　　盐

一天，谎张三帮主人挑了一担盐回家，路上走得又渴又饿，实在有点儿挑不动了。正在这个时候，碰巧遇上了一个骑马的人。谎张三一想，来了主意，走到骑马人面前说："老爷，你这匹马倒是好，可是不如我家的那匹马好。"骑马人一听，自己的马不如他的马好，很想把它弄到自己手里，就下了马问道："你的马能卖给我吗？"谎张三摇了摇头。骑马人又说："那就用我这匹马和你换吧？"谎张三说："换给你就换给你，你先把你的马让我试一试。"骑马人答应了。谎张三接过马缰绳一跃上了马，并回头对那骑马人说："你把我的担子挑上。"说罢，一扬鞭，马飞跃着朝前跑去。马越跑越远，骑马人这才发觉受了骗，盐担子又不敢丢，只得挑上担子在后面沿着马蹄印进了一家院子，他进去一看，正是自己的马拴在院子里，他上气不接下气地赶到院子里，甩掉肩上的盐担子，正要发火，谎张三说："你的马性情这样暴，我一骑上去它就拼命地跑，差一点儿没把我摔死，要不是跑到这里，还不知要跑到哪里去呢！算了算了，你赶快牵走吧，不换啦！"骑马人没有办法，只好牵上马走了。

洪映龙搜集整理

流传地区：云南

大罐装进小罐里

有个县太爷，自作自受上了谎张三的当，装着一肚子的气。他不甘心。

眼珠一转，心里又有了鬼主意，就指着刚买来的一堆罐子对谎张三说：“谎张三你不要高兴得过早啦！你真的有本事，就当着我的面，把你岳父买来的这二十个大罐都装进这十个小罐里。”

谎张三问道：“老爷，那你说说，这大罐怎么装进小罐里？”

县太爷忿忿地说：“我要你把大罐装进小罐里，你倒来问我？你用什么办法我不管。”

谎张三说：“你说话可要算数！”

县太爷气呼呼地说：“君子说话值千金，哪有不算数的道理？快把大罐给我装进小罐里，否则，我就打你五十大板！”

谎张三说：“那好吧！我就叫你亲眼看着，把大罐装进小罐里。”说着，就抱起一个个大罐往地上砸。

不一会儿，谎张三把所有的大罐都砸碎了。县太爷见满地的碎片片，气得脸色发白，大声吼道：“你疯了？怎么把大罐全砸碎了？”

谎张三不理睬，只是埋头捡那些碎片片往小罐里装。他把所有的碎片都捡完装进了十个小罐里，这才不慌不忙地对县太爷说：“老爷，照你的吩咐，我把这二十个大罐全部装进小罐里了，请你过目。”

县太爷骂道：“你这个骗子，我是叫你这样装进去的吗？”

谎张三理直气壮地反问道：“你不是说不管我用什么方法，只要把大罐装进小罐里就行了吗？”

县太爷被问得哑口无言，只好自讨没趣地连声说：“快滚，快给我滚！”……

做贼偷贼

栽秧大忙季节，谎张三和几个犁田的人住在田棚里。

一天晚上，他们都围坐在火塘边，谈论起吃什么最补，吃什么最有美味。

有个惯于偷偷摸摸的人，听着这番议论，就说：“唉，你们光说有什么用？寨子里有的是鸡，谁去走一趟，搞上它五六只来，那才叫补，那才叫有美味呢!”

谎张三故意凑上一句:“你说的倒是,光说空话有什么用?”

那人经谎张三这一说,可高兴了,就说:“张三,你做事灵活,想得周到,就由你跑一道吧。我们在这里烧着烫鸡水等着你。说真的,今晚上,我们能不能美美地吃一餐,可就看你的这一手啰。”

“你放心。不过,我还得问问,不管是谁家的都可以偷吗?”谎张三反问他。

“那当然,只要你能偷到鸡,不管是谁家的,都可以偷,随你的便。”那人回答说。

谎张三说:“好,我一定让你满意。”说完,谎张三就背上鸡笼子走了。

谎张三来到寨子里,就走进了那个惯于偷摸的人家里,打开他家的鸡圈门,拣了最大最肥的六只母鸡,背着回到了田棚。

那人见谎张三背回来一笼子肥鸡,可乐坏了。他夸奖谎张三:“你真有两下子,比我的本领还高明呢!”说着,他又连连催促大家:“快动手,快动手!”

就这样,这一晚上,大家都饱饱地吃了一餐鸡肉。

第二天,惯于偷摸的人的老婆来到田棚,痛哭流涕地向丈夫哭诉说:“小人家爹,哪个吃了炸破肚子的,昨晚上把我家六只肥母鸡偷走了!”

“什么?六只肥母鸡?”这下,惯于偷摸的人全明白了:原来,昨晚上谎张三偷的鸡是他家的呀!他怒气冲冲地质问谎张三:“好啊,谎张三!我问你,昨晚上你为什么偷我家的鸡?”

这时,谎张三回答道:“这事你最清楚的了。去偷鸡是你提出来的,不管谁家的鸡都可以偷,也是你说的。当初,你为什么不说你家的鸡不能偷呢!”

谎张三这一说,惯于偷摸的人张口结舌,无话可说了。他只好哭丧着脸,低着头,听着他老婆的痛哭和臭骂。

以上二则蒙金春搜集整理

流传地区:云南

池塘着火

有个孤儿，很早就父母双亡。谎张三见他可怜，就买了一对白鹅送给他喂养。孤儿十分爱惜这对鹅，他用心喂养，放牧。鹅生了蛋也舍不得吃，舍不得卖。不久，就孵出一群毛茸茸的小鹅来。小鹅渐渐长大了，孤儿卖去一只籴些米，他的日子就好过一些了。

有个贪心的财主罗积财，看到孤儿有这一群白鹅十分眼红。他把全村百姓都赶来了，威胁说："这群鹅是我家母鸡生的，现在我要赶回去，你们说是不是?"

众人明知鹅是孤儿的，鸡是不会生鹅的，但罗积财有财有势，谁说公道话谁就得遭殃，大家盼望谎张三能到这里来。

过了一会儿，财主开口了："既然大家没有异议，就等于默认。这群母鸡生的鹅得让我赶回去了。"说着，他夺过孤儿的竹竿就要赶鹅。

这时，谎张三气喘吁吁地跑来说："罗老板，你家的池塘着火了，烧得很旺，我丢了几捆干柴，火势才变小了……"大家听了觉得奇怪。"胡说!"罗积财骂道，"笨蛋，池塘会着火的吗?"

谎张三笑笑说："你说的不错。可是'池塘不着火，哪会鸡生鹅'呢?"

罗财主一下子变得哑口无言，他不得不当着众人的面把鹅群还给孤儿。

刘文华讲述

"己所不欲，勿施于人"

有一次，张三路过一个财主家门口，见一个要饭老婆摔倒在地上，伙计上前去扶，财主拦着伙计说："圣人云，'己所不欲，勿施于人'。我不想扶她，也不叫你去扶!"张三气得瞪了财主一眼，自己上前把那个老婆搀了起来。

三伏天，张三找到那财主，说有一笔赚钱生意，就是路远一点。财主一听有捞头，便爽快地答应下来，于是跟张三一块上路了。

张三前边走，财主后边跟。走了一程，财主问：“到了吧?”张三说：“不远了。”又走一程，财主问：“到了吧?”张三说，“快了。”

到了晌午，那财主又累又饿，加上天热，实在是一点也走不动了。他催张三去找水。张三把他领到一个井跟儿，自个儿用竹筒子打了一桶水来喝了。财主要水喝，张三说：“别急嘛，我还没喝好哩!”张三接连喝了十来桶水，财主渴得要死，恨不得把水筒吞到肚子里才美气！这时，张三说：“我不渴了。”财主赶忙去接竹筒子，张三把竹筒子“咚”地一下扔到井里去了。

财主很不高兴，骂道：“你这小子光管自己不管别人!”张三说：“对不起，‘己所不欲，勿施于人’。我不想喝了，也不能叫你喝。”说罢转身就要走。

“别走，你骗我!”财主嚷道。

“你在家时我就说路是远点，可有捞头。你自个儿捞去吧!”说完，张三头也没回便走了。

财主看看井里打旋的竹筒，渴得直冒火。他想捞竹筒子吧，又没法儿，眼睛一昏就栽倒在井旁了。

安义德讲述　周君立　刘笔戈搜集整理

流传地区：豫南桐柏山一带

款待亲家

不知是啥时候的事了。有个山沟里住着一个叫李四的财主，有钱有粮，就是不会出主意，别人好把他当鳖捉。

李四整天为这事发愁：谁能替自己出些点子，不吃别人的亏呢？他想来想去想起了张三，远近都知道张三的点子多。李四心想，我跟张三一不沾亲，二不带故，怕他不肯帮忙啊！听说他的大娃已长成人，自己的姑娘也十七大八了，要是给他家对成亲戚该多好哇！只是张二家太穷，门不当户不对。咋办呢？唉！舍不了孩子打不了狼，不想吃别人的亏嘛，就和张三对成亲戚！

这一天，李四上张三那儿去了。张三一看李四挄[①]一新粪筐油馍，他一眼看透李四这个眼子货的心思，故意逗李四，问道："李财主，你没事不来呀！"李四便把对亲戚的事情说了。

张三装一碗烟叶子点着，给李四个吹火筒叫他吸。李四的烟瘾大，可没有用过这号烟袋。他把吹火筒插进烟火里，猛吸了几口，呛得咳嗽了半天。他指着礼物对张三说："你别看是个粪筐，装东西膘多[②]。我这粪筐是第一回使唤呀！"

饭菜做好了，张三搬来一坛酒。李四闻着酒气恨不得抱着坛子饮。张三把酒顺进夜壶里，让他喝。李四眉头一皱，把脸扭到一边儿。张三说："哎，喝嘛！作假啥哩。你别看是个夜壶，装东西膘多。我这夜壶是第一回使唤呀！"

肖纪铎讲述　周君立搜集整理

流传地区：豫南桐柏山一带

打赌输女

一天，张扯谎从财主李爱财的地坝路过，李爱财朝张扯谎喊道："张扯谎，别个都说你很会扯谎，你扯个谎把我哄倒了，算你娃能干。"

张扯谎说："好。我要是哄不倒你，给你做三年活路，不要钱。"

李爱财心想，吔！张扯谎，你下这么大的赌注。好嘛，只要我处处留心，你娃就输定了。于是他也下了一注："如果在三个月内，你能把我哄倒，

---

① 挄（kuǎi 蒯）：方言，挎的意思。

② 膘多：方言，很多的意思。

我把幺女嫁给你。”

“李老爷，当真哪?”

“大人口头无戏言，说一不二。”

“那我们还是请个人，立个字约嘛。”说完两方都在字约上画了押。

立了字约后，李爱财像防贼样，防着张扯谎上门来哄他。过了很久，张扯谎都没来。李爱财想，张扯谎心虚了，不敢来罗，只要时间一到，你娃就该给我老老实实做三年活了!

这天，李爱财在路上看到张扯谎担起一挑东西过来了，走拢一看，原来是一挑米，里头有些河沙和水，边走水边滴，李爱财觉得怪了，便问他：“你的米里头哪来那么多的沙哟?”

“嘿，河头打烂了一只米船，有很多人在那里捞，各人捞起各人要嘛。”

“捞完了没得?”

“早得很。我担回去了，还要来捞几挑。”

李爱财怕上张扯谎的套套，不大信。但下细一想，张扯谎怕没得弄个傻哟，会把自家的米弄那么多沙子和起来哄我。再说，他未必晓得我今天要走这条路，故意来整我呀? 不得，不得。河里的泡财[1]是各人捡起各人要的，我把它弄来晒干，煮给丘二[2]吃还是要得的。李爱财打好主意，就往河边跑。

张扯谎见李爱财往河边去了。晓得他上当了，把罗篼往苞谷田头一顿，就到李爱财家去。他不问青红皂白，端脱李家的大门，扛起就跑，边跑边喊：“老爷娘子，李老爷在路上中风了。”

张扯谎把门板打个洞，又不挡风，跑得快，一会儿就撵到李爱财了。他说：“李老爷，不得了了! 我刚走到那边，就听到老爷娘子和丘二打起来了，两个的衣服裤儿撕得稀烂，大门打脱了不说，还打起弄个大个洞洞。我去拉，拢不到边，你还不快点回去看!”

李爱财一看，正是自己家里的大门，硬还遭打了个大洞洞。他扯伸脚杆

---

① 泡财：指河头、水边的财物。

② 丘二：雇工。

就往屋头跑。他跑呀跑的，突然“咚”的一声，眼前一黑，一下就倒在地上了。李爱财睁眼一看，原来是撞到了自家的婆娘。女的正要冒火骂人，见是自己的男人，才晓得是上了张扯谎的当。

李爱财两口子气得没法，因张扯谎有字约，就只好把幺女嫁给了他。

王时中搜集　蒙昌华整理

扯谎架子

李爱财和张扯谎作对，回回都吃亏。他气不过，就一张状子送到衙门，把张扯谎告了。

县大老爷把惊堂木一拍，吼道：“胆大的张扯谎，你敢戏弄老爷，知罪吗?”

张扯谎说：“大老爷，好冤枉啊！你是父母官，还是要明镜高悬啰。摸到良心说，那回要不是他李爱财找我嘛，他啷个会遭哟。现在他却要倒打我一钉耙。”

县大老爷把眼睛一瞪，说：“张扯谎，你敢顶嘴?”

“大老爷。回回都是他找我，不是我找他。”

“李爱财，到底是他纠缠的你，还是你纠缠的他?”

李老爷听见是县大老爷在问他，忙张起嘴巴说：“是我找的他，是我找的他。对对，是我。”

县大老爷想，世人都晓得李爱财贪财。他一定是贪财才上当的。一个愿打，一个愿挨。啷个判呢？想了一会儿，说：“张扯谎，都说你扯谎出了名，今天你扯个谎给我看，要是把我哄倒了，恕你无罪。要是你哄不倒我的话，就新账老账一起算。”

李爱财听老爷这么说，晓得县老爷也要上当，就说：“老爷，同他赌不得!”

县大老爷正在兴头上，当然不安逸李爱财插嘴。“不准多嘴，下去!”李爱财自讨没趣，被衙役轰出去了。

张扯谎见这个县大老爷也是个二昏昏[1]，就稳住了心。他对大老爷说："大老爷，我是个痴笨人。眼前正是栽秧季节，哪得闲心来吹牛哟！"

县大老爷听了，说："世人都说你能说会哄，天上的麻雀都哄得到手头来。今天，我要见识一下你的本事。如若不从，收监受惩。"

"大老爷，不是我不给你吹牛，现在我硬还没得这个空闲心。我到县衙来是打官司的，没想到在这里还要吹牛。婆娘回娘屋要带根帕帕，吹牛冲壳子要个架架吵。"

"你要啥子架架？"

"大老爷，织布有个织布架子，挞谷有挞谷架子。扯谎嘛，还是有个扯谎架子吵。"

"扯谎还有架子？"

"有！有扯谎架子，扯起谎才有味道。没得架子，只有小打油儿个。"

"那就先来个小打油看看。"

"大老爷，小人不敢乱来。"

"大老爷说了的，恕你无罪吵。"

"谢过大老爷。大老爷，你早晨吃的苞谷粑粑是不是？"

"我早晨吃的是蛋黄糕。"

"不是呀，唧个你的下巴上面还巴得有。"

县大老爷把脑壳一勾，张扯谎忙跪在地上说："大老爷要给我低头呀！我消受不起哟，我消受不起哟！"大老爷一听才晓得上了张扯谎的当。他把惊堂木一拍，"张扯谎，不跟你来小的，格外扯个来看。"

张扯谎说："小人本想让老爷欢喜一下的，就是我的谎架子没搬来，我没得办法扯大的了。"

"去给我搬来。"

"大老爷，那东西笨，一个人搬不来哟！"

---

① 二昏昏：迷糊、不清醒的人。

“要好多人?”

“要十六个人才抬得起。”

“好，我叫两班人跟你去抬。”

张扯谎听了说：“大老爷，我进来时看了一下，衙门口小了点，抬不进来哟!”

老爷想了一下，说：“莫担心，把衙门的门拆宽些就是。”

张扯谎见老爷入了套套，就说：“老爷，小人的事情办完了，走了哟。”

老爷听张扯谎这么一说，情知被他戏弄，气得火冒三丈地说：“张扯谎，你快滚!”

蒙昌华搜集整理

韩老大和五娘子的故事

（汉族）

韩老大是一位劳动者型机智人物，他的妻子五娘子是一位女性机智人物。这一对机智人物，在故事里有时分别单独登场，有时双双登场。在我国各民族机智人物故事当中，像这样的夫妻机智人物别具一格。韩老大和五娘子的故事，流传于河北唐山市和丰南、丰润、滦县的部分地区。

宴请财主

每年秋收之后，村里人给老财主交完了租子，还得请他吃喝一顿，谁要不请，老财主就不再租给谁地种。为此，村里的人都叫他“榨油杠”。

这一年，韩老大租种了榨油杠几亩地。秋收打场一完，他来到榨油杠家，说：“东家，我准备了一桌饭菜，明天中午你到我家做客吧！”榨油杠一听，高兴地问：“啊，你都为我置办了啥好饭好菜呀？”韩老大笑着答复：“东家，咱穷，没准备什么好酒菜，只是杀头家养的猪，宰只家养的鹅，肉片炒各扎。割牛肉，蒸馒头，鱼段虾段全熘着。”榨油杠咽了口唾沫，说：“好吧，你既然这样热情，我就不推辞了，一定去，一定去！”

别看榨油杠富得放个屁都能把裤裆油透喽，可他对待穷人，却从来也不可怜。每次穷人请他，他总是从头一天晚上就不吃饭，饿上两顿肚子，单等到穷人家饱吃足餐一通。今天听说韩老大请他，心里又高兴又犯嘀咕。他知道韩老大不好对付，总跟有钱人过意不去。他怕上当，便暗中盯睄，看见韩老大果然买了鱼虾、牛肉和各扎进了家，才放了心。

第二天中午，榨油杠来到韩老大家里，一进院，一股喷香的炒菜味钻进他的鼻子眼儿，不由得咽了口唾沫。韩老大把榨油杠迎进屋里。等榨油杠写好了来年的契约后，肚子早饿得咕咕叫了。

“东家，你先坐着，我去端饭菜，马上就来。”韩老大笑着，走了出去。不一会儿，他手托一个大木盘子，往桌上一放。榨油杠两眼直勾勾地盯着木盘，只见盘里摆着几只瓷碟，有的盛着烂韭菜，有的盛着一只蜘蛛，有的盛着一只虫蛾，有的盛着一只花牛（昆虫），有的盛着一个蔓菁顶儿。他不由得愣了，忙问：“老大，这是咋回事？”

“噢，东家，我不是有言在先嘛，你看。”韩老大指着那盘烂韭菜说：“咱穷，没准备什么好韭（酒）菜，全是烂的。”又指着蜘蛛、虫蛾、花牛、蔓菁顶儿说：“杀头家养的蛛（猪），宰只家养的蛾（鹅）、割牛（花牛）肉，蒸蔓（馒）头。咋样，一样也不错吧？”榨油杠瞪着肿眼泡问：“那，那肉片炒各扎，熘鱼段，熘虾段呢？”“东家，你先别急，我跟你说得明明白白，大概你耳朵不好使，没听清吧！我是说，把肉片炒了搁着，把鱼段虾段全留着，并没说给你吃啊！”

榨油杠听了，气得脸都成了紫包子啦，可租地契约已经写好，没法反悔，只好灰溜溜地走了。

袁弘讲述　白泉　青山搜集整理

宝塔诗

韩老大来到一个村子，听说村里有个财主，长得不仅丑，而且还是个秃子。这个财主每年都以高价雇长工，可每到年底，他总要出点难题儿，长工们若答不上来，就扣除全年的工钱。左右八庄的穷人都吃过他的亏。后来人们给他起了个外号，叫“秃扣鬼”。

韩老大是个走到哪儿就为哪儿的穷人出气的人。当他得知秃扣鬼欺压穷人的事儿后，便亲自登门，愿为他扛活。秃扣鬼当然高兴了，就对韩老大说：“你找上门来给我干活，算是有福气呀！谁不知道我给的工钱高哇！不过可有一条，到年底我得出个题儿，你要答得上来，我付你两倍工钱，如果答不上来，分文不给。你看咋样啊？”

韩老大说：“东家，咱们得立个字据，省得到年底不认账。”秃扣鬼忙叫账房先生拿来笔墨纸张，写了两份字据，给了韩老大一份，自己留了一份。

转眼一年过去了。一天，秃扣鬼把韩老大和其他长工招呼到账房屋里，腆着肚皮说：“一年过去了，今天就要给你们发工钱了。不过咱们有言在先，得按字据写的办。”

韩老大说：“东家，你就少啰唆吧！我们要是答不上来，照章办事，分文不要！如果我们答对了，你要赖不给，我们的拳头可不是吃素的！”秃扣鬼狠狠地瞥了韩老大一眼，然后又扫了一下其他长工。猛地，他见长工里有个人脸上有麻子，心里一下冒出个坏主意，就对韩老大说：“好吧，咱们今天就以在场的人为题，对七句诗。第一句是一个字，第二句两个字，依次类推，最后一句七个字。我先说，你们对时要反过来，第一句七个字，第二句六个字，依次类推，最后一句一个字。”接着，他说出了七句诗：

唉！

天牌[①]，

漏米筛，

雨打尘埃，

钉鞋泥上踩。

石榴皮翻过来，

核桃与花生比赛。

韩老大一听就知道秃扣鬼是在戏弄一个脸上长麻子的长工，十分气愤。

---

① 天牌：纸牌中坑点最多的牌。

他“哼”了一声，暗说：“好一个秃扣鬼！你既然拿我们穷人开心，咱们就针尖对麦芒吧！”他说：“东家，你不是说完了吗，该听我的啦！”接着，也说了七句诗：

一轮明月照九州，
倭瓜葫芦油篓，
梳子不沾头，
虱虮难留，
光溜溜，
净肉，
球。

韩老大说完，秃扣鬼看了看在座的长工，便问：“韩老大，你说的是谁呀？在场的哪有这么个人啊？哈哈，你输啦！”

韩老大笑着说：“东家，你也是在场的呀！”

治 无 赖

有一年冬天，韩老大和五娘子在道边儿开了个小饭铺儿。

有一天，来了俩无赖，说：“给爷们炒俩菜。”

韩老大问：“不知二位要啥菜？”

一个无赖说：“来一个油炸大虾，不过，我不要勾身子大虾，要直身子的。”

另一个无赖说：“我要一个油炸水。”

韩老大一听，大虾炸了以后，哪儿还能直着身子呀？都是勾着身子，就是活虾也是勾的呀？水和油不相容，咋个炸法啦？

五娘子在小灶儿上当掌勺儿的，听韩老大一说，就说：“这不用发愁，你告诉他们，这两样菜倒是可以做，就是贵点儿，问他们要不要。”韩老大问：“你会做。”五娘子说：“会。”韩老大出了灶间，对两个无赖说：“二位，这两样菜就是贵点儿，您还要不要？”

两个无赖想：“爷们有的是钱，你是不会做，拿贵吓唬我们，就说：‘多少钱都中’!”

韩老大说：“好咧。”就告诉媳妇五娘子去了。

此时，五娘子已把大虾洗净，劈好了一把很细的小竹签，一个一个地往大虾上穿。韩老大一看就明白了，也帮着穿起来，一边干活儿一边说：“那两个无赖说不怕贵。”五娘子说：“白给咱们钱，咱们不要，对不起他们。”

五娘子把油烘热，把串着竹签的大虾放到锅里炸，炸好捞出以后，又把竹签一根根地从大虾身上抽出去，个个炸好的大虾，都是挺直着身子。韩老大给端去以后，那两个无赖都愣了，不知是咋炸的。

五娘子用刀砍了一块凉冰，用白面裹了裹，往油锅里一放，紧溜儿又捞上来，韩老大一溜小跑儿端着送给那俩无赖。无赖一看，又愣了，问：“俩菜一共多少钱?”

韩老大说：“五十两银子。”

无赖说：“哪儿有这么贵的?”

韩老大说“有言在先，您二位不是说不怕贵么?”

俩无赖把衣袋都掏净了，才凑了二十几两银子。

韩老大说：“少点就少点儿吧。”

俩无赖走了以后，韩老大和五娘子就乐起来。

王子仪讲述

白泉搜集整理

夫妻定妙计

韩老大的媳妇五娘子，勤俭、贤惠、聪明，长得又漂亮，是这一带出了名的。

与韩老大住一个村的老财主是个见了美女就流涎水的好色之徒，光小老婆儿就讨了好几个。后来他见韩老大的媳妇五娘子长得好看，心里像有蚂蚁爬，怪痒痒的。一天，他趁韩老大不在家，就悄悄地闯进韩老大的家里，嬉皮笑脸地对五娘子动手动脚，满嘴胡说八道。五娘子见老财主纠缠不放，就装着十分亲热的样子说："这么着吧，我知道你的意思，不过今天可不中，当家的快回来了，让他碰见，还不把你的狗腿打断喽！他明天出远门，你一早再来。"老财主听后，心里美滋滋的，眉飞色舞地出了屋门。"哎，明天一早，可别忘啦！"五娘子叮咛了一句。"一定，一定！"老财主的脸上堆满了笑。

韩老大回来后，五娘子把这事告诉了他。气得他两眼直冒火。接着，两口子便合计了一条妙计，非好好教训教训这个老财主不可。

第二天一大早，韩老大就出门了。他前脚走，老财主后脚就进了韩家。老财主要动手调戏五娘子，忽听院门外有咳嗽声。五娘子慌忙"哎呀"了一声，说："坏啦，坏啦！韩老大又回来啦！"老财主一听，吓得不知如何是好，在屋子里直转圈子。

"快，快，快到套间屋去！你去推磨磨面。当家的要是问我，我就说小驴儿拉磨磨面呢。"老财主一头钻进套间屋，"咕隆咕隆"地推起石磨来。

韩老大走进院子，五娘子迎过去，故意大声地说："当家的，你咋又回来啦？"

"嗐，我忘了带烟袋。哎，我不是让你推磨磨面吗？咋套间里咕隆咕隆地响呢？"韩老大也大声说，是故意让老财主听的。

老财主在套间屋里听得清清楚楚的，当下吓得心也慌了，脸也白了，磨也忘了推了，只顾支棱着耳朵听院内的动静。这时传来五娘子的声音："当家的，你也不想想。让我一个妇道人家推磨，多累呀！再说！那么多麦子，得磨到啥时候？所以我借了头毛驴磨面。"

韩老大"哦"了一声，忽然发觉了啥，又说："咦，你听！磨咋不响了？你借的一定是头懒驴，只要人不在跟前，它就懒得走，让我狠狠地抽它两鞭子去！"说完，装着朝套间屋走。

老财主一听，吓得两条腿像断了筋，一软，"扑通"坐在地上，脑袋"冬"地撞在磨盘上，磕得他直咧嘴。当听到五娘子说："当家的，这头驴很听话，不用鞭子打，我一吆喝，它就乖乖地走。驾！”老财主果然咬着牙站了起来，推得磨“咕隆咕隆”地响。韩老大和五娘子捂着嘴都乐了。

韩老大装着在院子里找烟袋。五娘子来到套间屋，只见老财主推着磨，累得满头大汗，直喘粗气。他刚要停下说啥，五娘子向他做了个手势，意思是说：“韩老大还没走哩，别吱声，就老老实实地推吧！”老财主无奈，照旧推着磨。五娘子用簸箕装了麦子，倒进磨斗里。

“家里的！我的烟袋找到了，我把烟口袋放在哪儿了，啊？”韩老大在院子里喊着。

五娘子一边回答：“你的烟口袋儿，我哪知道放哪儿了，好好找找吧！”一边走出套间屋。接着，韩老大夫妻俩故意把屋里屋外的家什弄得叮当响，还不住地说：“放到哪儿去了呢？”老财主在套间屋里，一边推着磨，一边听着，韩老大夫妻俩就像真的找烟口袋似的。

就这样，韩老大在家里“找”了一上午烟口袋儿，老财主在套间屋里推了半天磨。快晌午时，韩老大故作惊喜的样子，叫起来：“找到了，找到了！原来放在这儿啦！看我这记性。唉，白白搭了半天工！”随后说：“眼看晌午了，你做饭，我去卸驴。”

老财主听了这话，浑身筛起糠来。忽听五娘子说：“当家的，你让我做饭，缸里还没有水呐！”

“那我先去挑水。”韩老大挑起水桶，把水桶弄得叮当响。

老财主在套间屋里听水桶的响声越来越小了，知道韩老大走远了，慌忙钻出套间屋，像一只老鼠，撒腿就往外跑。五娘子望着老财主的狼狈相，“扑哧”笑了。

韩老大挑水回来，问：“磨咋不响了，驴卸啦？”五娘子笑着说：“这驴不用人卸，也不用人送，自己就卸了套，跑回家去了。”

韩老大夫妻俩都笑出了声，笑得真开心呀！

再说老财主累得满头大汗，往家里跑的时候又着了风，回到家就病倒在炕上了，病得还不轻哩，差点见了阎王，养了一个多月，才有点好转。这天，他在街上转悠，正巧碰上五娘子。他装着没看见，想低头走过去。可五娘子却先开了口："哟，你的病好了！咋不到我家去串门儿呀?"

老财主不敢用眼看五娘子，耷拉着脑袋，没好气地说："你们家大概又没面吃了吧!"

王凤兰讲述　白泉　青山搜集整理

一刀之罪

有一天，财主李大脑袋十五岁的儿子要去姥家，李大脑袋吩咐长工韩老大给少爷备好了马，又让韩老大陪着少爷一块儿去。

少爷骑着马在前头走，韩老大只好连颠带跑地在后头跟着，走盘山道的时候，突然从草窠子里"噌——"蹿出一只兔子，把少爷的马吓得一蹦，连少爷一块掉下悬崖，摔死了。韩老大急忙跑回村，把这事儿告诉东家。李大脑袋揪住韩老大的衽襟，瞪着两只眼，说："前些日子，你赶车用鞭子打我的马，被我看见，我用鞭子打了你几下，分明是你怀恨在心，今天乘山路无人，把我儿子搡到山下摔死的，走！跟我到县衙门去，不给我儿子偿命不中。"韩老大连说自己冤枉，可李大脑袋哪里肯听，吩咐四个扛活的卸下一块门板去抬少爷尸首，又吩咐两个护院的人，押着韩老大来到县衙。

这个县官本是个贪官，早和财主李大脑袋穿着一条连裆的裤子。每到逢年过节，或者县官父母过生日，家里小孩过满月等，李大脑袋都给他送厚礼。县官听李大脑袋一面之词，不容韩老大说个长三短四，就给韩老大定了个死罪。

那时候，给犯人判死刑，要分几刀之罪：一刀之罪，就是把犯人的脑袋砍下来；两刀之罪，就是砍下脑袋以后，在腰上再砍一刀，把人一分两截；最多的是七刀之罪，就是把犯人大卸八块。

县官判处韩老大一刀之罪，下入了死囚牢。有人见韩老大摊上了人命官司，就急忙跑到韩老大家，告诉了韩老大的媳妇五娘子。五娘子不知是咋回事，便跑到县监牢房来看丈夫。韩老大隔着栏杆见了媳妇，伤心地哭起来，一边哭，一边把事情经过和县官如何判了他一刀之罪的事告诉了媳妇。然后又说：“我是有苦无处诉，有冤无处申，跳进黄河洗不清，看来我是活不成了，咱俩夫妻一场，你就好好拉扯着孩子过吧，我在九泉之下，也忘不了你……”忽然，五娘子想起一个主意，抹了抹眼泪，对韩老大说：“老大，你就放心吧。”转身走咧。

五娘子找到县官，磕了个响头说：“大老爷，我的丈夫韩老大被判了死罪，我有一事相求。”

县官说：“你有何事，快快讲来。”

五娘子说：“大老爷，我丈夫死后，我决不再嫁人。可是，我们家离这儿有百八十里地，家里又穷得地无一垄，房无一间，炕无一席，难把我丈夫的尸骨取回去。这样一来，我百年之后，单尸骨就不能入韩家坟的正穴。所以求大人把我丈夫韩老大的辫子割下来，我把它带回去，等我死后就可以同那条辫子一起埋入韩家祖坟正穴了。若能如愿，民妇感恩不尽。”

县官想：妇女守节，皇朝官府都得支持，反正韩老大也是一个死，把他的辫子割去也没啥，就说：“好吧。”随后又喊了一声：“来人呐！”一个衙役走上大堂。

“传老爷我之命，令刽子手速将韩老大头上的辫子割下来！”

“遵命！”衙役转身走了。

刽子手手提鬼头大刀进了死囚牢，韩老大一见，心里话：“完喽，我韩老大就这样冤枉地死了。”刽子手一把揪住韩老大的辫子，只听“唰”的一声，刽子手“蹬蹬蹬”出了牢门走了。韩老大睁开眼睛，不由用手摸了摸脖梗子，这才发现后脑勺上的辫子给割去了。他纳起闷来，不知县官搞啥鬼名堂。

五娘子从县官手里接过韩老大的辫子，问：“大老爷，民妇还有一事相问，不知大人判了我丈夫哪种死罪？”“人命关天，一刀之罪。”“既然是一刀之罪，大人已命刽子手给了我丈夫一刀咧，现在你就该把我丈夫放喽。”

“这……”

五娘子见县官结结巴巴答不上来，就说：“大老爷，你身为朝廷命官，怎能不执行朝廷定下的大法？你判我丈夫一刀之罪，你已经给我丈夫一刀咧，再砍我们，我就到府上和皇上那儿去告。”

县官听后一琢磨，这事儿真要让府台和皇上知道喽，派人下来查访，平日受贿的馅儿一露，乌纱帽还不丢喽？只好答应把韩老大放了。

五娘子领着韩老大刚要走，县官眼珠子一转，想出一个主意，说：“回来，回来！”

五娘子和韩老大又转身回来问：“老爷，还有什么事？”

县官说：“刚才衙役告诉我说，你们两口子都很聪明，连老爷我今天也上了你们的当。民妇，刚才你求我一事，我答应了你，现在我求你一事，你也得答应吧？”五娘子说：“什么事，大老爷只管说。”县官说：“你们两口子既然很聪明，那么你们要在我拍十下惊堂木的空儿，作一首诗，每人说两句。”五娘子问：“以什么为题？”县官一指韩老大说：“以你蹲监牢狱为题。”

韩老大和五娘子心里明白，你要说监牢狱如何不好，县官会借故再判你的罪。

县官说：“现在我开始拍惊堂木了。”他一边拍，一边数：“一二三……”

韩老大说：

“家有千顷地儿，

不如监牢狱儿。”

五娘子接着说：

“吃饭有点钟儿，

走道有尺寸儿[①]。”

县官的惊堂木刚拍到八下，韩老大和五娘子的四句顺口溜儿就说完了。县官干瞪眼儿，只好让韩老大跟着他媳妇走咧。

王国勋　王殿讲述　白泉搜集整理

---

① 吃饭有点钟儿，一指到点钟儿开饭。二指吃饭限定时间。走道有尺寸儿，指戴脚镣，步子迈不大，有限度。这四句顺口溜儿是明褒暗贬。

董叫的故事

（汉族）

董叫是一个劳动者型机智人物。其原型董叫，系湖北宜城人，约生活在清代嘉庆、道光年间。他小时念过几年书，长大成人后出外帮工，接着又到县衙当差，给县官抬轿。其故事在宜城一带流播甚广。

只有大人敢说

董叫刚到县衙门不久，一次抬着县官出去，县官问："你叫啥名字啊?"他说："我叫董叫。"县官又问他："你在什么地方住啊?"他风趣地说："哎呀，这个地方说不得呀!"县官说："那咋说不得呀?"董叫说："这地方月窝里娃子就当王八头。"县官说："咳，哪有这样的事？只有大人当王八头，哪有小娃子当王八头?"

"哎，那只有'大人'敢说，小人可不敢说呀。"

彭春谱讲述

八个人抬

董叫会讲故事，心窍好。天南地北，无所不知，无所不晓，连县官有好多事也喜欢问他。

有一次，县官要到外地巡察，坐着八抬大轿走到城南三里的乌龟冲。这时，有个黄牛叫了一声，县官问：“董叫，这是啥子在汪啊?”

董叫说：“这是乌龟呀。”

县官说：“乌龟咋这么大的声音啊?”

董叫说：“启禀老爷，这里乌龟大得很哪!”

县官问：“那有多大呀?”

董叫说：“这里的乌龟大的要八个人抬，小的也要四个人抬哩。”

王福堂讲述

改 对 子

从前有个贡爷，儿子多次赴考应试，都未能得中。贡爷靠他在科场的关系，用金银财宝给他儿子买了个功名。一人得中，满门荣耀。他盛气凌人，在大门上贴了一副又长又大的对子：

父进士，子进士，父子同进士；

婆夫人，媳夫人，婆媳皆夫人。

这一天，董叫和同伙张焕从他门前经过，张焕说：“这老拔贡好大的盛气啊!”董叫仔细瞅了瞅那副对子。说道：“我给他稍微一改，变为好大的晦气!”他提笔稍加两笔，即改为：

父进土，子进土，父子同进土；

婆失夫，媳失夫，婆媳皆失夫。

张焕一看，捧腹大笑：“改得好，改得好!”

贡爷一家很久都没发现这对子被改，他还洋洋自得呢！

彭春谱讲述　以上三则骆守正搜集整理

茶钱归谁开

驼贡爷自从被董叫巧言辱骂以后，总想报这受辱之仇。这一天，他从南街茶馆经过，见董叫与张焕在茶馆品茶，心想：这个时机来了，凭我这一肚子四书五经，非叫董叫在茶馆出个丑不可！他进了茶馆，专在董叫跟前找了个座位坐下。董叫见他来喝茶，暗想驼拔贡来者不善。他们各念各的经，各用各的心。

驼拔贡与董叫寒暄一阵子后，对董叫说："宜城的老老少少都说你董叫能说会道有心窍，今天我出个对子，你对着了，我给你开茶钱。"

董叫心想：这驼拔贡今天想来出我的洋相，我要认真对付。他对驼拔贡说："我们这靠肩膀腿混饭吃的粗人，墨水没喝一缸，哪能跟贡爷应对呢！不过贡爷既然看得起我，我愿向你请教。我要是对不着，贡爷的茶钱我开。"这一下惊动了茶馆内外的人，都来围观他俩盘道行。

驼拔贡见门口一个卖红薯的，就想了个上联：

生苕是甜，熟苕是粉，夹生苕有甜有粉。

董叫看到自己面前的茶杯，随口对答：

圆杯不瘪，瘪杯不圆，四方杯无瘪无圆。

众人一听，纷纷议论董叫有两下子。驼贡爷心想，我跟他盘文的，看他咋法答对？于是念道：

熟读四书五经满腹文章圣贤辈。

大家瞅着董叫，看他这下联对个啥？董叫抓了一下脑壳，随口答道：

试看七贡八贡空口白话小人心。

这一说，满场哄堂大笑，前仰后合。把个驼拔贡笑得面红耳赤，无地自容，心想又被董叫戏耍了。他哪肯服，心想董叫读的书不多，我给他来个拆字的对子。他见柜上的酒瓶，就说道：

冰冷酒，一点水，二点水，三点水。

董叫虽没读多少年的书，可从小在学堂里就是聪明过人。他一听驼拔贡用文字难他，思想别特集中，酒要对花，一下想到县太爷后花园的花，随口说出：

丁香花，百字头，千字头，万字头。

众人一听，拍手叫绝。董叫还嫌驼拔贡的洋相没出够，接着说：“贡爷，你是老八股，我有个字谜，你要猜着，我给贡爷开茶钱。”驼拔贡心想，我读的书用车装，还猜不着你董叫出的个字谜吗！他大口大气地说：“好，董叫，你出吧！”

董叫说：“我请贡爷猜个谜，不要讲话，也不要走，且坐一旁对着细想呀！”说完就不吭声了。驼拔贡一等，两等，三等，等了个老半天，只见董叫在那里光喝茶不讲话，忙问：“哎，董叫！你说出个谜，咋不说呀？”

“我出了呀！我刚才说的就是个字谜呀！”

驼拔贡一听，莫名其妙。董叫接着说：“贡爷，你猜不着呀！那我给你破了吧：我叫你不要讲话不要走，就是那个‘谜’字不要言旁和走之儿，且坐一旁对着‘细’想，你就要想到那个‘粗’字吵！”

董叫这一说，驼拔贡无言以对。董叫嘲讽地说：“贡爷，我这茶钱可要你开了哇！”

驼拔贡说：“我开，我开，我认输！”

张焕一旁插嘴说：“这叫背着鼓上门——找着挨敲打。”

罗立明讲述　骆守正　彭先一搜集整理

烙　手

有一年冬天，县官的烤火盆生火加炭，都是董叫在给他做，还总是说这也没弄好，那也没弄对，董叫看到大老爷一坐到火盆边习惯地拿起火钳拨弄拨弄。董叫心想啥时候我总要把他整一下才舒心。

这一天，他看到县老爷下了公堂以后，要到侧厅里烘火，他就把火钳放在明晃晃的炭上烤烫了，看到县老爷走来，他忙把火钳从火上拿下，放在火盆边。这时，县官搓着手往火盆边一坐，问道："董叫，今天火咋生得不旺啊?"说着拿起火钳，只听他"唉哟！妈呀!"一声叫唤，丢下火钳直甩手。董叫忙问："大老爷，咋的了?"县官气呼呼地说："你没看见我的手吗?"董叫扳着县官的手一看，烫了两个血泡。他一边给县官吹手，一边说："来人哪，你还说这火不旺啊。再生旺点，还要把你的手烙焦呢!"

王福堂讲述

走"红火大运"

一年冬天，县官的老丈人来了，命董叫伺候他。这个县官的老丈人一会儿要这，一会儿要那，摆布这个，支使那个，害得几个人为他东跑西颠。董叫见他这一副盛气凌人的派头，就想起往事一桩。这是啥事呢？前次县官的丈人来到县衙，也是这样难以伺候，董叫正给县官的丈人装烟点火时，他的老表张焕急来报信说董叫的茅室棚子失了火，董叫要急忙回去抢火，这个县官的丈人说："一个茅室棚子有啥要紧！这是你家走红火大运，将来你要发大财呀!"

这一回，董叫想起那个"红火大运"，心想，你个老家伙那样不通人性，我今天也要想个法叫你走个"红火大运"。他看见县官的丈人穿着龙袍马褂、皮袄绒裤，大摇大摆来到客厅。客厅中放了一盆炭火。董叫一见，马上有了主意。他先有意给县官丈人搬了把浪浪倒的椅子，县官的丈人一坐椅子咯吱响就大发脾气。董叫说："老爷莫慌，我去给你换把椅子。"他跑到侧厅搞了一些碎炭火，放在坐椅子下边，搬到火盆边请县官丈人换坐。

县官丈人坐那里跷起个二郎腿，吸着水烟袋。一会闻到煳味，看衣服又没啥火星。董叫说："老爷今天伤了风，鼻子不透气吧!"县官的丈人毫不在意地喝他的茶，吸他的烟，又一会儿烧着肉了，他方人声喊叫。董叫忙上去假装抢火，把火盆的火和坐椅子捣的个稀巴烂，嘴里不住地说：“老爷！不要紧，这是您走‘红火大运’，将来要发大财呀！”县官的丈人一听，哭笑不得。

李茂键讲述　以上三则骆守正搜集整理

帮县官

董叫原来跟的一个县官姓马，人送外号“蚂蟥”，是个专喝老百姓血的家伙。宜城紧靠汉江，由于没有江堤，经常发水灾。“蚂蟥”就派人挨家挨户收缴堤捐。收了一次又一次，修堤的事无影无踪，搜刮的钱都进了“蚂蟥”的腰包。百姓们都恨透了这个赃官，可又拿他没办法。董叫便领着头告状，告一次不准再告一次，后来终于告准了状。上面派官员要来惩办“蚂蟥”。可是派来的官员暗地收了“蚂蟥”的礼，将“蚂蟥”从轻处治——只将他免官，没判他刑。

“蚂蟥”免官后，宜城又调来一个县官。这个县官是个清官。他一到任，便清理冤案，访贫问苦，很得民心。

董叫对那些贪官污吏恨之入骨，想尽办法整治；对为民做主的官，却是尽力帮忙。这天，董叫跟随新县官到县城东门外去视察。汉江刚刚涨过大水，东门外地势低洼，淹得最狠。他们去到那里一看，只见房屋全被洪水冲走，灾民们无家可归，都坐在那里流眼泪。县官劝他们盖房子。灾民们说：“没有木料啊！”县官往四周一看，是啊，一棵能盖房子的树木也没有了。他还不知道，这里原来灾民们种的树木，都变卖交了“蚂蟥”的堤捐了。县官便问跟来的随从，哪里有公有树林。随从们都摇头说没有。县官正在叹气时，只见董叫眼珠儿转了转，走到县官跟前说道：“禀大人，我知道有一片树林，做盖房木料好得很。”县官便跟着董叫来到城西岗地上，果见一片楝树林，树大林茂。董叫对县官说：“这树林是公家的，只管用。”县官很高兴，正准备派人伐树，可是班头忙对他说：“哎呀老爷，这个树林动不得!”县官问为啥，班头说：“当年皇上在这片树林里避过难，事后就把这里封为御地，不准人动。”县官一听很焦急，拿什么帮老百姓盖房子呢？董叫见县官是真为百姓着想，便凑到他跟前说：“大人，这林子的树木您只管放，没事。皇上不也说爱民如子么？他要知道您放树是给灾民盖房子，说不定还要提拔您呢！皇上就是万一怪罪下来，您也不要怕，只管找我董叫，我保险您一点事也没有。”县官早就听说董叫是个正经人，办法又多，便决定伐树盖房子。

十几个人，七八把锯子，一连干了好几天，砍的木料堆在那里像小山一样。县官正准备把木料分给灾民时，忽然得到了一个消息，削职的县官“蚂蟥”连夜赶往京城告状去了。皇上接状后大怒，要将宜城新县官问罪，派来问罪的钦差大臣明天就要到。新县官一听连说“不好!”便来找董叫。

董叫这时正在睡觉。县官喊了半天，才把他喊醒。董叫问什么事，县官苦笑说：“你真有先见之明。伐树以前你说皇上知道要提拔我，叫你算到了，明天要来‘提拔’我的人头了！不知你有什么好办法，我前来领教。”县官说完，见董叫好半天没搭理他，只当他在想办法，便耐心等着，谁知等着，等着，董叫却打起呼噜来了。县官一见心里这个气呀，不知从哪出。正要再把董叫喊醒，只见董叫翻了一个身，嘴里发着呓子说：“我放我的树，做我的万岁牌子，与你何干……”县官忽然心里一亮，赶忙跑了回去。

县官召集了几个木匠，连夜赶制了几个木牌子。第二天钦差大臣驾到，把县官喊去问罪，并拿出皇上给的尚方宝剑，要杀他的头。县官忙叫木匠把木牌子搬到钦差面前说：“大人，受过皇上御封的树林，我们为啥要动？这有个缘故。自从皇上登基以来，天下太平，万民享福。我们宜城的百姓感念皇上的恩德，都要求把皇上的圣像供奉起来，一天三遍朝拜。圣像最好是绘在木牌上，可一般的木料太不配了，只有受过皇封的御林的木料，才最相当啊。”县官指着那一堆小山似的木料接着说：“您看，我们准备给全县每一户百姓都做上一个供奉圣像的牌位，这牌位就叫‘万岁牌’。大人，这也有错吗?”钦差大臣听了这番话，转怒为喜，连连点头称是，立即回京，为新县官请功去了。

钦差走后，县官望着董叫，董叫望着县官，一阵哈哈大笑，然后，他们赶快张罗着给灾民分木料去了。

何志汉搜集整理

傅三倌儿的故事

（汉族）

傅三倌儿是一个劳动者型机智人物。其原型傅三倌儿系清末人，祖籍北京傅家台，后迁居上清水，出身贫苦，以替别人背运山货为生。他性情憨厚，聪明机智，专门与地主、老财、掌柜们作对。其故事流传在北京市门头沟的清水、斋堂、傅家台一带。

提　小　掠

有一回，傅三倌儿拉着毛驴去缴自封粮。按当时规矩，穷苦人家种地纳粮分两种；一是由地方[①]代收，代封，代缴；一是自封自缴，就是自己和官府商定数量，到时候自己送到衙门口，没粮也可以用钱顶替。

傅三倌儿正往前赶路，后边有两个小掠[②]跟了上来。这两个小掠见毛驴驮的捎马子[③]鼓鼓囊囊，心想：里边装的钱一定不少。又觉得傅三倌儿窝窝囊囊，是桩好买卖。他俩挤眉弄眼说黑话，打手势。一个小掠悄悄追上去，偷偷割断了缰绳，用手拉着留下的半截儿，坠着傅三倌儿。另一个小掠赶快

① 地方：管一村的地方官，相当村长。

② 小掠：即小偷或扒手。

③ 捎马子：也称捎马兜，两头有兜，人背在肩上或驮在牲口背上。

拉着毛驴抄小道溜了。

傅三倌儿心里有数，知道被小掠吃了，装作不知道，依旧往前走。他捉摸着偷驴的小掠走远了，剩一个，好对付，猛回头抓住了坠着他的这个小掠，大声喊道："你还我驴，你赔我驴！"小掠说："晴天白日，你怎么冤枉好人呀！"他俩各说各的理，吵吵嚷嚷，拉拉扯扯来到了马快[①]班房。傅三倌儿从头到尾说了一遍。小掠铁嘴钢牙一口咬定没偷。那时候，马快分段管，小掠分段吃，他们互相勾结，狼狈为奸，偷来私分，这些天小掠捞得不少，没孝敬马快。马快很生气，正想找茬给他们个模样看看。一气之下就把拉驴的小掠抓了来，让他把驴也拉回来。马快假慈悲地对傅三倌儿说："驴找回来了，你再看看钱少不少。"傅三倌儿打开捎马子，小掠和马快全傻眼了。哪里有钱，捎马子里装的全是碎砖烂瓦石头块。傅三倌儿是哑巴吃饺子——心里有数。可他不能露馅，便装做又着急，又伤心的样子，眼泪唰唰往下流，简直成了个泪人。他大声哭喊道："俺和你们一没冤，二没仇，你们可不能坑害我呀！皇天在上，大老爷在上，俺凑齐这自封粮可不容易呀！这都是俺们一家老小牙齿上刮，裤带上勒，省吃俭用凑足的呀！"说着甩了一把鼻涕，正好甩到小掠的脸上。马快问他丢了多少钱。他说："丢了三年的自封粮钱，共计一百贯。"马快到钱粮师爷那里一查，不多不少，恰好一百贯，便对两个小掠喝令："这是皇家的自封粮，老子帮不了你们的忙，快拿钱赔人家！不然县太爷怪罪下来，你们吃不了兜着走。"两个小掠哑巴吃黄连——有苦难言，如数赔了傅三倌儿一百贯钱。傅三倌儿一文没花缴了三年的自封粮钱。他拉起毛驴，走在路上高兴得唱了几句梆子：

稀奇稀奇真稀奇，
偷鸡不成丢把米。
马快小掠是狗崽子，
今儿个叫俺给算计。

---

① 马快：清朝管捕人的衙役。他们的值班室称马快班房。

呀呼依呀嗨，

俺替穷人出了口气！

连升超讲述　王清堂整理

买 棺 材

有一回，傅三倌儿来到北京前门外果子市。拐过弯儿，进了一家棺材铺，对掌柜说："俺买口棺材。"掌柜见他穿的破衣烂衫，脏啦咕叽，背着个背架子，说话山里人口音，不像买得起棺材的样儿。就说："山呆子，怎么到这儿来买棺材？"傅三倌儿说："咳，俺爹死了，都说您这儿棺材好呀。"掌柜寻开心，戏耍他："你爹死了买口棺材，你娘死了买不买？"傅三倌儿说："俺娘早死了。"掌柜见这穷小子，说话还软中带硬，便骂他："山旮旯儿个穷鬼，还跑到北京买棺材！"傅三倌儿说："你爹死了不用买棺材，你这儿有的是！"掌柜一时说不出话，干窝火。傅三倌儿说："你到底卖不卖？"掌柜说："打这儿买了你怎么往回弄啊？"傅三倌儿说："这你甭管了，俺背也能背回去！"老板估计：一口二百几十斤的大棺材，几个壮汉才能抬得动，一个山背子是背不起来的，便说："老山背子，你要是真能背回去，我就送你。"傅三倌儿硬不服软儿，说："背上就背上，咱们可说定喽，俺背起来，得送给俺。"掌柜说："好，一言为定，背起来就送你。"说完只见傅三倌儿腰背一拱，一下子就背起来了，转过身，稳稳地出去了。掌柜不知道，傅三倌儿从小就背背篓，扛大脚，力大如牛，他只是站在那儿发愣，自认倒霉。

就这样儿，傅三倌儿白捡了口棺材。

张全一讲述　傅长彬　乔长勋整理

红包袱换白包袱

有一回，傅三倌儿胳臂上挎个红包袱，嘴里哼着山歌小调，大步流星地赶路，后面来了个商人打扮的人。那个人衣帽整齐，肩上背个捎马子。他见傅三倌儿傻大黑粗，心想：大姑娘小媳妇走亲戚才挎红包袱，这么个丑八怪挎个红包袱干啥去，包袱里包的都是啥呢？就不怀好意地和傅三倌儿套起近乎来了：“喂！老乡，干啥去呀？包袱里包的啥宝贝呀？”“咳！我穷苦灾难的没价好东西。”“我看看行不行？”“不行，不行。”傅三倌儿又摇头又摆手。那个人哄骗他说：“你的不能看，我的能看，我这捎马子净是值钱货。”说罢顺手抽出了一块鲜亮亮的红绸子，傅三倌儿还是不搭理他。走了一段路，那人又问：“喂！老乡，你包袱里到底有没有好东西？”“俺没价，有的话，还怕人路劫哩！”傅三倌儿越说没有，那人越觉得有，就套他的话说：“你是给阔人做事的吧？”傅三倌儿说：“好样的多着哩，好差使摊不到俺头上。”那人又说：“你既不给阔人做事，包袱又没有值钱货，咱俩换换行吗？”“咋换？”“两换一。”“俺不懂。”“我用捎马子的两兜换你一个兜。”那人伸出两个手指向他解释着。傅三倌儿摇头晃脑，还是不换。这样一来，那人捉摸着他红包袱里一定是珍珠、玛瑙、翡翠，更紧跟了。住店后，等到夜深人静，那人左哄右骗，死乞白赖，非和傅三倌儿换不可。傅三倌儿说：“不换，俺对不住你，要换就得说一是一，说二是二，不许后悔。”“对，对，对。君子一言，快马一鞭嘛！”最后，那个人用白捎马子换了傅三倌儿的红包袱。他满脸堆笑，跷起大拇指说：“够朋友，你算个好样儿的！”其实，傅三倌儿的红包袱里没好玩意儿，全是些破衣烂裳脏鞋旧铺陈，那人打开一看，又羞又恼又急，因为有言在先，只好干吃哑巴亏。

傅长彬讲述　王清堂整理

游伯佬的故事

（汉族）

游伯佬是一个劳动者型机智人物，出自艺术虚构。他的故事近百篇，内容丰富多彩，乡土味较浓，流布于湖南邵阳、新邵、新化、怀化一带城乡。

款待差役

拱背老爷是个专靠打官司为业的老讼棍，方圆几十里闻名。一天，拱背老爷对游伯佬说："人家都说你善绕急口令，主意多，我俩过场嘴巴子劲①如何？"游伯佬说："老爷，我穷得叮当响，哪有钱陪差役？"拱背老爷一来想整一整游伯佬，二来也想趁机会抖抖自己的威风，假充大方，摸出几吊钱给游伯佬陪差役。拱背老爷红口白牙，捏造罪名，一张状纸呈到宝庆府②，决意和游伯佬见个高下。

不久，宝庆府就打发一个差役来下传票。差役来到游伯佬家里。游伯佬十分客气，准备热情款待。他当着差役的面，从床底下摸出一只早就准备的新夜壶，用水洗了又洗，从后门边提出一只新的狗粪箕敲了敲，使用夜壶沽

① 过嘴巴子劲：打官司的意思。

② 宝庆府：治所在邵阳。辖境相当于今湖南邵阳市、新邵、邵东、新化等县。

来了烧酒，用狗粪箕捡来了豆腐。回到家里把豆腐煎得二面黄，把酒烫得喷喷香，便请那差役喝酒。那差役认得沽酒的是屙尿用的夜壶，捡豆腐的是拾狗粪的篼箕，哪里敢呷。游伯佬殷勤相劝："呷得，那壶子你看见我用水洗了又洗的，粪箕捡豆腐也只沾黄一面呀。"那差役听了，差点呕出了黄胆水，只好跑到拱背老爷那里喝酒去了，乐得游伯佬自己饱食一餐，饱醉一场哩。

打官司

拱背老爷把游伯佬告到宝庆府后，传票下来，两人一前一后去打官司。那拱背老爷身穿长衫子，头戴顶子，好一派豪绅打扮。游伯佬走在拱背老爷后面，心想：这个老讼棍，吃的是诬告害人的饭，今日我要整他一整。便心生一计，故意摔了一跤，跌下路边的水田，把一条单裤弄得尽是泥。游伯佬说："我不去了。"

拱背老爷问："何解不去了。"

游伯佬说："看这一身泥，怎么进县堂？"

拱背老爷说："传票写定今日审案呀。"

游伯佬说："硬是要去，你脱条单裤我穿。你外面罩着长衫子，把裤子脱给我，哪个晓得你没穿裤？"

拱背老爷心想："游伯佬明明是怕进县堂，故意跌湿衣服想开溜，我且把裤子脱给他，好一同进城，到县里好狠狠整他一顿。"

游伯佬穿上拱背老爷的裤子，二人一同来到宝庆府，那日县官升堂，差役们一声吆喝，把二人传上堂来。拱背是个老讼棍，知道县堂礼节，恭恭敬敬面对县官跪着，而那游伯佬却面对拱背跪着，屁股朝着县官，县官惊堂木一拍，呵斥道："怎么跪的？"

游伯佬说："老爷不知，只因我一见拱背老爷膝盖就发软。"

那县官瞪了拱背一眼，喝令游伯佬跪到拱背后面去。拱背来了个恶人先告状，先诬告了游伯佬一长篇罪过，而游伯佬却一言不发。县官问到游伯佬："你有何话说？"

游伯佬说："禀老爷，我不敢说。"

"公堂之上，为何不敢说？"

这时，游伯佬暗中拿出一个绣花针，在拱背老爷屁股上钻了一针，那拱背老爷痛得回头一看，游伯佬乘机说："老爷，你看，我还没有说，他就当着你的面威胁我，要是回去了，那还了得，因此不敢说。"

那县官已有三分火，说："有事如实告来！"

游伯佬便告道："拱背老爷在乡下伤风败俗，调戏良家妇女。"

拱背急忙争辩道："县老爷莫听他胡说。"

游伯佬说："不是胡言，这拱背素来不穿裤子，到处游荡，不信，请老爷差人查验。"

那县官将信将疑，差人带下堂查看，揭去拱背的长衫，果然没穿裤子，差役报告县官，县官拍案大怒："岂有此理，竟敢在公堂上不穿裤子，侮辱本官！"喝令差役拖下打三十大板，直打得拱背老爷皮开肉绽，喊娘叫爷。

回家的路上，那拱背一跛一跛地走着，游伯佬说："老爷，屁股痛不痛？我早就讲这诬状告不得，你硬要来，自己出钱买人告状，又自己脱裤子挨板子，真是双赔本呵。"拱背老爷又羞又痛，从此，再也不敢告游伯佬的状了。

还治其人

黄提台养了一匹马，天天让它随意在外面吃东西。昨天吃了东家的青菜，今天又吃了西家的麦苗。要他拴好马，他却说："我的马呀，连上等的饲料都不吃，哪里会吃你们的庄稼！"

一天，游伯佬见黄提台的马又跑出来了，就轻轻走拢去，抓住缰绳将马牵到黄提台自己的麦田里。然后，他就跑到黄提台家里，关心地说："老爷，快去，你田里好像有一头牛在吃麦苗。"

黄提台暴跳起来，对游伯佬说："我走得慢，你快去牵来，不管是哪家的，不罚他，我就不姓黄！"

游伯佬去了，走到半路便打转身回来了，对黄提台说："老爷，不是牛，那是你自己的马呀。”

黄提台说：“你呀，也要帮我赶开呀！不然我那坵麦苗就完了！”

游伯佬说：“不要紧的，你的马连上等的饲料都不吃，哪里会吃麦苗哩。”

黄提台只得自己去赶马。等他跑到田边，一坵麦子早叫马吃光了。自家的马吃自家的麦苗，黄提台真是自己打落牙齿往自己肚里吞，从此再不敢随意放马吃人家的庄稼。

双龙抢宝

有一县官自称清廉，游伯佬想试其真假。一天，县官升堂，游伯佬走上堂来，告道：“县官大人，我今年头月初一打把斧头，去年腊月三十日掉了，请求查获。”

县官说：“你讲倒了。”

游伯佬装着耳聋，说：“么子？掉在灶里？我连灰都筛了也没寻到。”

“你这人有些糊涂？”

“老爷，掉了把斧头，不是锄头呀。”

县官惊堂木一拍：“什么话！”

游伯佬说：“对，是檀树把！”

县官吼道：“怎么乱讲！”

游伯佬点头道：“正是三斤十六两！”

县官喝令差役：“把此人给我收起来！”

游伯佬求道：“老爷，查获了莫收起了，请把斧头还我。”

县官大怒，喝令：“拉下去打。”

游伯佬正色道：“打起的斧头难磨，我要现的。”

这时，几个如狼似虎的差役把游伯佬拉下堂去，按在地上，高举板子，正要下手。游伯佬从胯下伸出两个指头晃了晃，差役见了，以为游伯佬许他二十吊钱，便把高扬的板子轻轻地落下，作个样子就把游伯佬带上堂来，县官问：“打了多少！”

差役对县官眨了眨眼，说：“打了二十。”

县官会意是许了二十吊钱，就把游伯佬放了。游伯佬走到大街上，一个差役追上来说：“你许我们县官二十吊钱呢！”

游伯佬故意惊叫道：“我哪里许你们么子钱呀！”

差役说：“那你从胯下伸出两个指头晃什么？”

“啊！这个吗？”游伯佬伸出两个指头在差役眼前一晃，说：“这叫做双龙抢宝，你们这些贪赃枉法的混蛋，我就是要挖掉你们的狗眼！”一边说一边伸起两个指头狠狠地向差役双眼叉去，差役吓得急忙转身跑了。

赚开城门

一天，游伯佬赶到宝庆城边，天已黑了，抬头一看，城门关了，好些人进不了城。大家对那守门人说尽了好话，守门人硬不开门。游伯佬灵机一动，想了个主意，大声说：“喊个屁！我们在城门框上睡一晚算了。”有人疑惑地问：“那何能睡？”游伯佬对那人眨眼说：“把这根扁担搁起，大家睡在这扁担上吧。”不一会儿鼾声大作。那个守门人十分稀罕，心想：这真是奇事，三寸宽的扁担怎么能睡觉？这时，守门人又听见城门外的人争吵起来了，游伯佬说：“哪个？莫乱翻身，莫把我挤下扁担去了。”另一个说：“哎呀，我还只睡得扁担床的一小边呀。”那个守门人听了，更觉得奇怪，忍不住打开城门来看个究竟，门一开，大家乘机一冲，就都进了城了。

智捉群贼

高山寺有一口古钟，它是镇山之宝。钟不大，钟声却十分清亮，十里外也听得见，余音能响半个时辰。在田心这个地方流传着这样一句话：“高山寺的钟，南岳庙的鼓，初一敲一下，余音到十五！”

有一天，山下有一家死了人，高山寺的和尚们要下山去做佛事，就请游伯佬守寺。

那天夜里，天黑得伸手不见五指。游伯佬突然发现山门外有一线香火，沿着曲曲弯弯的山路一直伸向钟楼。他轻轻地打开寺院的侧门，躲在暗处盯着，呀，好几个贼呢！前面一个“熟脚”插香火引路，后边几个手里拿着刀，沿着香火摸了上来，偷偷地爬上钟楼取钟。游伯佬一看急了。怎么办？寺里仅自己一个人，寡不敌众呀。他急中生智，想起寺前有悬崖，崖下还有一口塘，于是，就把贼插下的香火拔了，一路移到悬崖边，插完后他就敲起守夜用的竹梆，大声喊：“捉贼呀，捉贼呀！”

这群贼听到游伯佬的喊声，抬起那口古钟慌慌张张沿着香火不要命地往回逃，一直跑到悬崖边，他们跑得急，又加之天黑，看不清路，一个个先腾云驾雾，后便扑通扑通地掉进了悬崖下边的塘里。

这时，高山寺附近的农民都起来了，打起火把围住了那口塘，把跌得昏头昏脑的群贼都捉住了。

巧分七羊

有一天，游伯佬从场上买了一只羊回来，路过长塘铺，正碰上三兄弟分家，争吵不休。游伯佬素来是个爱管闲事的人，问他们争什么。老大说：“家里有七只种羊，父亲临终时吩咐，叫我拿总数的一半，应分三只半；叫老二拿我的一半，应分一只多；叫老三拿老二的一半，算来冇得一头。这都是一些母羊种，杀了分舍不得，分活的又分不开呀。”

游伯佬想了想，说：“这好办，把我的这只羊放到里边一起分吧！”

三兄弟一齐说：“这怎么行呀？”

游伯佬一拍胸膛，笑道：“我游伯佬素来爱管闲事，为朋友掏空腰包相助，一只羊算得什么！”

三兄弟见游伯佬那诚心诚意的样子，说：“那我们就听你的！”

游伯佬当起了中人，给三兄弟分起羊来：“现在是八只羊，老大你拿一半——四只；老二，你牵两只；老三，你牵一头！”末了，他问三兄弟：“你们有谁吃了亏吗？”

三兄弟都以为自己占了便宜，都说："游伯佬，我们都沾了你的光哩。"

"那好！现在还剩一只羊，就归我这个当中人的啰。"游伯佬牵起自己那只羊走了。

治泼妇

乡里有个风俗，砌新屋要择日竖新梁，还要赞梁祝福。有一年，刘家砌正屋，游伯佬在帮忙。圆垛那天，正准备上梁。哪想对门有个泼妇和刘家有仇，她拿了一块砧板，坐在对门山坡上喊天恨地地骂，想趁刘家上梁时送个坏兆头，急得刘家的人坐立不安。乡邻们都劝那个泼妇莫骂了，她反而越骂越上劲，砧板斫得一片响，句句不骂现成话。大家没办法，请游伯佬出面。而游伯佬呢，不但不制止泼妇骂街，当泼妇骂声小了时，反而撩拨她两句："呵嘿，对门那表文嫂好嗓子哟。"

那泼妇听了便又振作精神亮开嗓子骂开了，从早上骂到下午，砧板斫烂了，嗓子骂嘶了。游伯佬见那泼妇骂得差不多了，就高声问她："对门那表文嫂咧，你骂服了吗？"

那泼妇脱口应道："骂服了！"

"你骂饱了吗？"

"骂饱了！"

游伯佬高兴地大喊："承表文嫂贵言，上梁上得好，得富（服）又得宝（饱）呀，上梁——高——升！"噼里啪啦一阵爆竹响，那新梁便端端正正落在正堂上。大家都夸游伯佬机灵。圆垛酒席上，大家都要请游伯佬坐上席。游伯佬笑着说："我倒不配，这富呀宝呀是对门那表文嫂骂来的，你们去拖她来坐上席啰。"

有人把话传给对门那泼妇。那泼妇又羞又怕，生怕游伯佬真的来拖她坐上席，只得闩上门躲了。

以上八则刘军搜集整理

谈棋换面

一年正月，游伯佬去柳塘村给舅母拜年。他舅母是个嫌贫爱富的人，见游伯佬礼物轻，嘴巴子翘起挂得十二只油葫芦，连茶也不泡，把他晾在一边。

过了会儿，舅母的娘家侄儿荣贵也来了，带来丰厚的礼物。舅母泡茶又拿瓜子，眼睛笑得眯成一条线。她架起锅子下面条，还打了几个荷包蛋。游伯佬在堂屋陪荣贵嗑瓜子，闲聊，从侧门瞟了一眼灶屋里，只见舅母把荷包蛋都盛在一个碗里，上面盖上面条儿，端来放到荣贵面前。另一碗光头面放到游伯佬面前。游伯佬心里很有气，但嘴里不好说，只好装着没看见。他灵机一动，便和荣贵谈起棋来：

"这盘残棋是这样的形式，比方你面前那碗是红炮，我这碗是绿车，你一炮打过来。"他顺手把荣贵那碗面移到自己面前，"我的绿车蔸底一家伙，将!"说着，把自己的那碗面推到荣贵面前，然后从容地说："你看这着棋厉不厉害?"

荣贵肚子饿了，他不晓得碗里有名堂，心里只想到吃面，便不懂装懂地说："你这着棋厉害，厉害！吃面吧，莫凉了!"

"嘿，我游某百战百胜，哪输过一回啰。"说着，端起碗就吃。舅母娘见他一口一个蛋，白眼儿翻个不停。

何焕章搜集　刘军整理

"用得一世"

游伯佬有个侄媳妇，是个又自私又不孝的人。一次游伯佬生病在床，连口茶都难喊得到手。家里器皿又都被侄媳妇搬拿一空了。

一天，侄媳妇又来到游伯佬屋里，一不问叔叔的病情，二不问叔叔想么子呷，一心想得游伯佬的家产，只问还有么值钱的东西吗？游伯佬心里很烦恼，口里却喃喃地说："有呀，我还有一件好东西，用得一世，只要哪个杀只鸡我吃，那东西就送给她。"那侄媳妇听说是件用得一世的东西，心里盘算一定是值钱的传家宝，见财眼开，就杀了一只鸡婆，炖了，送给游伯佬吃了，问游伯佬："那件宝贝在哪里?"游伯佬有气无力地说："就在这……屋里。"那女人眼珠溜溜朝屋里转了转，问："是不是你睡的那张床?"游伯佬摇了摇手。那女人望了望屋顶，眨着小眼说："是不是这间屋?"游伯佬晃了晃头。"那是么子呢?"侄媳妇不解了。游伯佬指了指柴旮旯，侄媳妇忙问："是不是那宝贝埋在那地下?"游伯佬说："哎，摆起在那里你冇看见呀?"侄媳妇说："那里只有半截烂丝篾箩呀?"游伯佬点了点头："正是。"那女人睃了一眼："那半截烂箩只有一炉火，何解用得一世呀?"游伯佬说："没错呀，那只丝篾箩的竹片，把你用来剔牙，只怕一世还用不完哩。"

刘军搜集整理

解士美的故事

（汉族）

解士美是一个劳动者型机智人物。其原型解士美系山西襄陵县古城镇京安村人。他的故事多数是捉弄财主，嘲讽官府的作品，表现了农民的智慧和幽默感，具有浓厚的地方特色和泥土气息，在山西襄汾一带广为流传，家喻户晓。

戏耍能不尽

听老人家说，在老先前，京安有个叫“能不尽”的，种地兼做买卖。他从小走南闯北，过京窜卫，见过场面，学了一肚子日弄人的鬼点子。他听说不少的“能行”人都吃过解士美的亏，心里很不服气。他认为自己“当过宰相卖过馍——大事小事都经过”，而解士美一个土包子，不过是“黑蚂蚁拉了一根麦秸——能有多大的能耐”？就扬言要和解士美斗一斗。

一天正晌午，能不尽专门去找解士美，可巧路上碰着了。他拦住解士美说：“听说你本事不小，日弄人挺有一套？”

解士美说：“这你可说错啦，我只日弄‘鬼’，从不日弄人！”

“哦！”能不尽听出话里的味道，觉得这家伙就是不好斗。“反正不管咋说，我今天倒要见识见识。”

“那总得我有空呀！”解士美不耐烦地拔脚要走。

“想找借口溜走？没那么容易！”能不尽拽住不放。

解士美有些生气啦。“你这人怎么这么难缠？办事就不分个松紧？地里秋苗旱得要拧绳，好容易涧河里下来山水啦，你说是我扛板浇地要紧，还是和你淘笑要紧？”说罢，甩脱手就走。一边走，一边自言自语：“真没见过这号人，打铁不看火色，淘笑不分时候！别人急得热油浇心哩，他才闲得刘备招亲哩！哼！”

能不尽一听，信以为真，也急啦，掉转屁股就往回跑。

能不尽为啥急啦？原来，这地方是个十年九缺雨的旱疙瘩。一旦碰着上面上峪下来山水，人们浇地那真是可以不要命。因为水从远山里滚下来，沿路裹了不少羊粪蛋子牛屎堆，沤沤树叶烂草根，灌到地里，起码可保连有三年好收成。能不尽懂得这个道理，所以一听说有山水，当然心里早急啦，还顾得上要解士美日弄他？你才没见他往回跑的那个劲哩，就跟狼追狗撵差不多。

能不尽跑回家里，呼天喊地地叫上伙计和全家人，慌慌忙忙扛上挡水板，踢里扑腾就往村外跑。一路上，大气不敢喘，小气不停点，只怕抢不到头板水，早把要和解士美“见识见识”的事忘啦。赶跑到搭板挡水的闸口处一看，咦？但见干沙卵石满涧河，哪有山水一滴滴？能不尽气得眼里喷火，折身就找解士美，见面就问：“你日弄我干啥？害得人瞎搭张结？”

解士美把手一摊：“那有啥法？你找上门硬缠哩，我能连这点脸面都不给？”

能不尽这才想起自己找解士美要“见识”的事。“唉！想不到骡子没抓住，倒先挨了一蹄子！”

李全福　褚林生等讲述

借手巧砸百把壶

古城镇有个关老板，开着一个杂货铺。因为他做买卖光坑人，不是缺斤短两，就是以次充优，所以人咒他是“尕心眼子坏骨头，死了撂到庙后头”。

这天，杂货铺来了个买主，眼窝老盯着一把坏了嘴的茶壶。关老板一见，歪子嘴[1]就谝开啦：“我这壶叫‘没牙壶’，专从景德进下的。这种壶不光能泡茶，又能熬药，还能灌酒煮鸡蛋，所以又叫‘杂用壶’，可惜没人识货，看来你这个慧眼识得无价宝。是不是买一把？”

那买主说：“我正奇怪为啥没嘴哩，原来还有这么多用处？今天算我有运气。”说着，手插到兜里，钱哗哗直响。

关老板一听，喝！这主人不精悍，钱到海哩！得想法捞他一把。他马上把话头一变，说：“咱可预先声明：我这铺出货可有个规矩，叫做‘出双不出单’，要卖起码是两把，单买一把可不干！”

那买主却说：“我这人买货也有个讲究，叫做‘买整不买零’，要买至少得一百，不够一百我不要！”

关老板心中暗喜，忙说：“咱可是‘君子一言，白布染蓝’，说话得算数！”

买主道：“‘人前一句话，神前一炉香’，谁还当儿戏？”

“要现钱过手！”

“决不赊欠！”

“见钱交货！”

“取货点钱！”“叭！”两下里把手一拍，买卖就算成交了。

买卖虽然成交了，关老板心里可还嘀咕着呐，因为他还有件事没来得及办哩！他对那买主说：“我的货还在分号里，后晌取吧？”

那买主也说：“我的骡驮子还没拉来，当然能行。”说罢，就急匆匆地走了。

关老板眼看着那买主走远了，急忙把伙计们叫来，如此这般交代了一番。伙计们这个搬壶，那个拿锤，“叮叮咣咣”一阵子，一百把好壶就全没嘴啦。关老板把要办的事情办完啦，就放心地坐在栏柜前等着那买主来驮

① 歪子嘴：指嘴能说会道。

货。可是左等右等，日头都和西山亲嘴啦，就是不见那买主来。他有些心慌了，就走出铺外，站在街前，南瞅北瞧，扭得脖子发酸头发晕，还不见个骡子毛。直到这时，利欲熏心的关老板才意识到，要想等那买主来，看来是“一锤打在棉堆上——没响（想）”的事啦！

至于那买主是谁，你猜着我的谜就知道啦：

羊字左边长只角，
一个干字颠倒搁，
大王头上有两点，
买主是他没有错。

关炳才　陈文恒讲述

奇事与巧联

解士美没多上过学，可是他见啥爱学啥，学啥就钻啥。加上他脑子灵，记性好，见了春联、喜联、挽联啦，或者谐联、趣联、警策联啦，总要问清、念会、弄懂、记牢，所以久而久之，也就学会编对联了。解士美编对联出名，是出在一宗巧联上。

有年腊月，村里出了宗奇事：有户人家，准备给儿子娶媳妇，请帖也发出了，亲戚朋友也打到了①，日子定在腊月二十九。不料到了二十八，老当家的突然得了暴病，三吐两泻，就展脚了②。那时的风俗是，但凡死了人，殡葬期最迟不能超过年。这年偏偏凑的是个小尽——明天就是年前的最后一天了。这样一来，婚丧两宗事就顶头了。改婚期吧？不行。因为亲戚朋友早来了一大摊。贺喜的礼品已收下一大堆，还咋改？没办法，只好决定先拉哭

---

① 打到了，即通知到了。
② 展脚了：即死去了。

丧棒，再携手入洞房吧！

事情一定点，账房先生可熬煎上了。别的还好说，唯有这对联该咋写呀？就连村里的几个秀才也挠头皮，皱眉峰，没法下茬。可巧解士美这天也在这家帮忙，有人见他挑着水桶过来，就提议让他给编一副。账房先生和秀才都心里说：我家[①]啃的诗书，喝的墨汁，尚且无词，他一个打牛后半截的，能编得了？就不以为然地摇摇头，不想解士美一见他们这副神气，偏不客气，放下水桶，就挽袖子，嘴里还说："试试吧！"只见他拿过笔，蘸饱墨，展卧蚕，运悬肘，"唰唰"几下，上联出来了："遇丧事行婚礼哭乎笑乎细思想哭笑不得。"账房先生一见，吃了一惊："啊呀！起笔不凡！起笔不凡！"解士美头也不抬。"唰唰"又是几笔，下联也写完了。账房先生抢过来，朗声念道："'辞灵柩入洞房进耶退耶再斟酌进退两难'。嗯！绝！绝！"这一下，惊呆了秀才，喜坏了众人，谁也没想到解士美还有这么一手。你递烟，他打火，把解士美敬如天上的文曲星。有人直问解士美："你多会儿学下的这套本事？"解士美笑笑说："我有啥本事，还不是接下别人的涎水滴？人常说，'熟读唐诗三百首，不会作诗也会凑'。我这是胡凑下的。"说完，挑起水桶担水去了。这时，账房先生突然发现还短个东西，赶快招呼道："解先生，对联还没脑儿哩！"解士美回过头，远远撂过来四个字："乐极生悲！"

徐连生讲述

卖韭菜

有一回，解士美到古城集上去闲逛，见一个老头坐在菜担子旁直哭。一问，才知是这么一回事：老头的孙子病了，没钱医治，就借钱贩了点韭菜，想倒腾几个钱好看病。可是他没做过买卖，叫不会叫，卖不会卖，眼看散集了，才卖了半担。翠生生的新菜晒蔫啦，放旧啦，问都没人问啦。卖的那点

---

① 我家：方言，我们。

钱，还不够还本钱哩。老头又急又伤心，所以就哭啦。解士美听了，很同情他，就说："老人家，别哭啦，我给你照护的卖会儿吧。"他说话的那个俏皮劲，把老头逗得夹着泪颗笑了。

解士美把韭菜往顺序地拾掇了一下，把压在底下的鲜菜翻到上头，说："菜卖一张皮，快了不洗泥。拾掇拾掇，就是好货。来，我抓秤，你收钱，保险一会儿就卖完。"只见他，左手抓把韭菜，右手把秤一掂，冲着人群，拖腔唱着吆喝开啦：

来来来来看看看，
咱的韭菜卖得贱。
别看叶子有点蔫，
分量一斤顶斤半。
捏扁食[①]，包包子，
还能添锅浇臊子。
今天就剩这点货，
来得迟了摸不着。

他把嗓门儿打得亮，远处近处听得清；他把韭菜掴得高，来往过人都要眊，他这里唱得还没落音，霎时围了人一堆。有个老婆问："多少钱一斤？"

"一斤只卖八个钱，大人小孩儿都不捆。"

"要买三斤呢？"

"三八一个二十三，我称菜着你掏钱——接上！"

旁边的人一听，嗬，这卖菜的不会算账呀？好！咱也买上三斤，总少掏点钱。当下你三斤，他三斤，人人都是买三斤，解士美赶得把菜都称不供，老头忙得连钱也找不及。不大一会儿，半担菜就卖了个干打溜光。人走完了，老头才问解士美："小兄弟，将才你报错了吧？三八不是二十四嘛，你

---

① 扁食：即饺子。

咋报成二十三?”

解士美唱着答道：

三八本是二十四，
我偏说是二十三。
不是咱家不识数，
是咱故意装憨憨。
憨憨不是胡装的，
有个道理在里面。
韭菜今天不卖掉，
放到明天一定烂。
咱是为的快出手，
买主图的少掏钱。
利利廉廉早卖光，
不怕剩下受熬煎。

老头听了，连连点头，夸他道：“你这人真能，赛过京安的解士美!”

解士美紧了紧裤带，苦笑着说：“他能个屁！到这时候啦，晌午饭还没地方哩!”

黑秃子　徐连生等讲述

以上四则刘润恩　李善武搜集整理

糖葫芦的故事

（汉族）

糖葫芦是一位厨师型机智人物，出自艺术虚构。其故事大多与厨艺有关，诙谐成趣，流传于苏南一带。

一 盆 油

听老辈人讲，早些年县城里有一位名厨师唐师傅。唐师傅一辈子有两巧。头一巧是手巧，不管什么山珍海味，水陆筵席，只要经他一整治，就格外色美味鲜，别有风味。第二巧是嘴巧。他见了那些贪官污吏借着娶亲送殡勒索民财，气性上来总要编派着骂一气，权势再大他也不怕。他话骂得特别巧，见景生情，随口就来，像串糖葫芦似的，骂起来就是一串子。因为这，乡亲们送他个美号："糖葫芦"。日久天长，衙门里凡是请他做过酒席的那些有头有脸的人家，也几乎被他给捎带着串啦。

有一回，县衙里掌文案的红笔师爷要给儿子办喜事，排场摆得特别大，出进三天光海参鱼翅席就要开几百桌。家里人盘算盘算，这么大的席面，这么多干鲜海货，除了糖葫芦，一般厨师还真承办不了。有心想请唐师傅，可又怕被当成糖葫芦给串进去挨骂。特别这位师爷平日里还有个羊羔疯的毛病，最怕生气。家里人跟师爷一商议，师爷笑笑说："我不怕他串！我整天价明掌官司，暗揽词讼，上批案卷，下审刁民，口笔如刀！要抓住把柄我倒想狠狠串串他哩！你们就叫他来，我自有办法对付他。”

第二天，他们便把唐师傅找来了。刚见面，师爷开门见山：“老唐头，咱们丑话可先说在头里，现如今筵席面上所需用的东西，我早都准备齐了，你进了府只管闷头耍手艺，事不关己，不准说话！像我们这样靠衙门吃饭的人家，那些犯忌讳的话，最是听不得的。”

唐师傅一听，这意思就明白了，心里话：这是怕挨串想先封住我的嘴哩，行，往前走着瞧吧。他心里这么想，却满脸堆笑地说：“叫我装几天哑巴是吧？这正趁我的心。其实哩，我这人又不会说话，有时串两句，也是东扯葫芦西扯瓢，空惹得狗呲牙，驴瞪眼，所以比起来，我还是不说的好哇。”

师爷一听，像挨了一闷棍，可除了干哼哼两声，也没点子生。

话说定了，里里外外可就张灯结彩、杀猪宰羊地忙活起来了。真格的，唐师傅一天到晚只顾乒乒乓乓地干活，尽管里里外外人声喧嚷，鼓乐齐鸣，他却一声不吭。

一连两天，倒也事事如意，处处顺心，家里人就别提多高兴啦。他们心里盘算着：平日都传说糖葫芦嘴头子厉害，这回真被咱师爷给封住啦。

两天过去，第三天就是正日子了。一上午倒也挺顺利，谁知等晌午花轿进门以后，出了点儿事儿：厨房里一盆老油不知怎么打翻了。瓦盆子碎了不心疼，那千滚百炼的老油竟淌了一地。师爷本是个爱财如命的人，一眼瞅见老油泼了一片，扫又扫不拢，捧又捧不着，心疼得浑身毛抖肉颤，干转圈儿。他气得一蹦三尺高，直着嗓子满院里乱诈唬：“这……这盆老油是谁给我糟蹋了？”可蹦里蹦外，各人忙各人的事儿，谁也没功夫搭腔。

最后实在查问急了，一个灶下烧火的老汉就说啦：“刚才花轿临门的时候，大伙都跑出去了，厨房里只有唐师傅自个儿在菜案上配料，要么就得问问他才能知道。”

师爷一听这话，更像火上加油，一路指指戳戳，直蹦到厨房门口，唾沫星差点儿喷到唐师傅脸上：“噢，这么说，事就明白了。老唐头，这两天你那张巧嘴被我给封了，糖葫芦你串不成串儿了，肚里窝火没点子生，故意拿我东西煞气是不是？你……你得给我说说。”

可问来问去，唐师傅只顾里里外外张罗，眼皮儿都不抬。

一看这形迹，师爷认准是抓住了把柄，糖葫芦害了怕啦。所以更是蹦蹦跳跳，得寸进尺："糖葫芦，你不能这么装聋作哑阴死阳活的，你今天不把事儿摆个一清二楚，咱俩过不去!"

看看实在追逼急了，唐师傅轻轻把刀一放，就说了："师爷，你不是有言在先，进了府就不准我说话嘛。"

"你别拿这当挡箭牌！不准说话是不准把那号丧气败兴话，那些衙门里犯忌讳的话串成串儿骂人！可……可这盆油的事，你不能回避，你死活得给我讲清楚！盆是怎么碎的，油是怎么淌的?"

唐师傅笑笑说："师爷，俗话说，'话不听，气不生'。盆碎油淌，就够你气的了，再要听个闲言杂语的，触犯了忌讳，你不更气？我看哪，还是不说的好哇。"

"不!"师爷把手一摆："只要你啃住题儿，别下线儿，把这盆碎油淌的来龙去脉摆清楚，我……我气出人命不用你抵偿。要再这么推三推四的搪我，这盆油就是你的事儿!"

话逼到这一步，唐师傅眼看着不说是不行啦。菜刀啪一摔，可就说开啦："我本来呀，正干着你家这倒头活①。也不过刚交午时三刻②，猛听得三声追魂大炮③响罢，就看见从你家西那条决人大路上，呜呜哇哇抬个大花站笼④来！院里这伙男男女女一瞧见，忙得就跟抢孝帽子奔丧似的，争着朝那牢门外头跑哇！那个鬼哭狼嚎的乱腾劲儿，比半夜失火、逢集抄家还热闹！这本不算一回事，可就惊了府上这两只丧家犬了，它帮着汪汪一号丧，又吓了棚下那两只短命鸡⑤，短命鸡冤魂缠腿一挣命⑥，又蹬掉菜案上你家这把

---

① 倒头活：给殡事帮忙才叫倒头活。

② 午时三刻：古时处决人的时刻。

③ 追魂大炮：处决人时三声炮响后就开斩。

④ 站笼：刑具。这儿比喻花轿。

⑤ 短命鸡：指喜事上的长命鸡。

⑥ 挣命：指鸡乱扑腾。

祖传三代的杀人刀[1]，刀一掉，‘叭喳’，正好砸碎案下那只小牢盆[2]。牢盆一碎，那油要不淌就活见鬼了！”唐师傅越说越气，一句赶着一句，一声高过一声，像连珠炮似的，连个针尖那么大的回嘴空也没给留。他一见师爷想还嘴，又连连堵了两句：“这盆油你说到底怪不怪我糖葫芦？你……你别用倒插眼吓唬人，你那是吞鸡蛋黄噎的，你得说话，这回该听你的了！”

问了两声，没听有人搭腔。瞟眼朝外一看，哟！原来师爷早被串倒在地，鼻歪眼斜，口吐白沫，“咕咕”连声，早发起羊羔疯来啦。

郭鹏搜集整理

---

① 杀人刀：指主家的切菜刀。

② 小牢盆：在棺前摔的盆叫牢盆。

糯米贵的故事

（汉族）

糯米贵是一位厨师型机智人物，风趣而富有正义感。其故事大都与厨艺有关，别具一格，流传于广西南宁市一带。

糯米贵试工

从前南宁有个大名鼎鼎的厨子，绰号糯米贵。他从广东来到南宁时，人地两生。一天，他看见一间绸缎店的门边贴着招聘厨子的启事，他进店应聘，老板要试工一天。

第二天一早他就来店试工，老板交给他几钱银子叫他去买菜，说："菜单开好了，一定要照菜单做菜。"说完便走了，菜单没有拿出来。糯米贵察言观色，知道老板耍滑头，他进厨房东南西北上下左右都找遍了，也不见菜单，最后在灶膛里的灶壁上取出了菜单。

开饭的时候，老板看见桌上的菜和他开的菜单一样不差，就留用糯米贵。

糯米贵觉得这个老板如此诡诈，非回敬他一下不可。过了几天，米缸掏空了，他用红纸写上"米缸无米"四个字贴在米缸里，就去买菜。

到了开饭的时候，老板见菜已摆了多时，还不见糯米贵拿饭出来，便催他上饭。他说："老板我很早就通知你缸中无米了，你不买米，我哪能煮饭？”老板说：“你什么时候告诉过我？”糯米贵说：“今天天不亮，我就在米缸里贴字条通知了。”老板被他气炸了肺，嚷起来：“你贴字条在米缸里面，谁会知道！”糯米贵笑嘻嘻答道：“你写的菜单贴在灶膛内我知道，我把米缸无米的通知贴在米缸里你不知道，你堂堂一位大老板，倒不如我一个小小的火猫[①]！”说完了扛起自己的铺盖，到账房取了工钱就走了。

陆云程讲述

豆豉泡茶

糯米贵离开这间绸缎店几天后，有个开纸料店的广东老板，请他去做厨师。这个老板又想吃好的又怕花钱。

过了几天，老板酒醉饭饱，大谈广州食谱，说什么豆豉能和百味，是烹饪不可缺少的东西，要糯米贵牢记这句话。

第二天刚开店门，糯米贵照例给老板送来一壶茶。老板沏了一杯，呷了一口，觉得味道很怪，责问糯米贵，为什么把豆豉当茶叶？糯米贵说：“昨天老板再三要我牢记‘豆豉能和百味’这句话，今天我遵照这句话泡壶豆豉茶敬奉老板。”老板无话再责问。

天下第一味

糯米贵被纸料店老板销差出来。过了几天，在街上遇见一个在一家公馆做工的同行。他说他也砸了饭碗，原因是老爷问他：“天下第一味是什么？”他据实回答：“是盐。”便被赶出来了。糯米贵想了想，安慰他说：“不必发愁，你在家等候吧。”说完就往那家公馆走去，他对老爷说：“听说府上新近辞退了厨师，我请求到这里当厨子。”老爷正缺厨子，叫他当

① 火猫：对厨师的贱称。

天就来上工。

进餐时，老爷就座，一看桌上菜肴色彩鲜明，香气扑鼻，点头赞好，可是夹进嘴却味如嚼蜡，皱起眉头责问糯米贵："这些菜为什么全无滋味？"糯米贵躬身答道："先前那个厨子说盐是天下第一味，便被你解雇，所以我不敢把盐放进菜里。老爷嫌淡，不妨加些油、醋、糖或胡椒和辣椒什么的？"老爷摆摆手说："不行，什么都不行，非加盐不可！"糯米贵打铁趁热，说道："这么说，先前那个厨子说盐是天下第一味说对了。我是他的朋友，是为他证明盐是天下第一味来的，现在我该告辞了。"说完就走了。

老爷只好派人把先前那个厨子找回来。

做名贵菜

第二天是年初二，老板交给糯米贵二两银子作菜金，再三交代今天请两席贵客，菜越名贵越好。糯米贵接过银子，想道：二两银子就要做出两席名贵的菜来，真是又贪又揞[①]，今天一定给他们一个好看。

他走到一家花鸟店用这二两银子买了两只画眉鸟，还叫店老板写了一张收款单。回来拿鸟到厨房拔毛去脏，搁在火上烤熟，放在两个大号碟子里，用大碗盖好，等着老板叫开席。

大厅传话要开饭了，他便托出这两只用大碗盖着的大碟，每张桌子放一碟。老板请客人上席后，叫糯米贵全部端上来。糯米贵说："今天只此一味珍肴。"老板觉得奇怪，问道："就此一味？"随手把碗盖揭开，一看，只见偌大一只碟子里放着一小片薄薄的东西，便瞪起双眼喝问："二两银子只买得这丁点东西？"糯米贵一字一板地答道："这味叫做火烤画眉。每只一两银子，刚好把你给我的菜钱用完。不信有单据在此。"说着把买画眉鸟的收款单据摊在桌子上。这时真把老板、经理和师爷气坏了，拍着桌子叫喊："混蛋！立刻滚蛋！"糯米贵笑嘻嘻地说："画眉都烤熟了，哪还会下蛋？趁热吃

---

① 揞：汉语粤方言，"吝啬"的意思。

吧。”说完便扛起预先捆好的铺盖，向伙计们点点头告别，哼着粤曲迈开大步走了。

陆云程讲述

以上四则陆海风采录